镜中逃亡

谷　禾◎著

中国文史出版社

图书在版编目（CIP）数据

镜中逃亡 / 谷禾著 . -- 北京 ：中国文史出版社，
2024.1
（锐势力·名家小说集）
ISBN 978-7-5205-4497-9

Ⅰ . ①镜… Ⅱ . ①谷… Ⅲ . ①中篇小说－小说集－中
国－当代②短篇小说－小说集－中国－当代 Ⅳ .
① I247.7

中国国家版本馆 CIP 数据核字（2023）第 230965 号

责任编辑：全秋生

出版发行：中国文史出版社
地　　址：北京市海淀区西八里庄路 69 号　　　邮编：100142
电　　话：010 － 81136602　81136603　81136606 （发行部）
传　　真：010 － 81136655
印　　装：廊坊市海涛印刷有限公司
经　　销：全国新华书店
开　　本：880 毫米 ×1230 毫米　　1/32
印　　张：9.5
字　　数：300 千字
版　　次：2024 年 2 月北京第 1 版
印　　次：2024 年 2 月第 1 次印刷
定　　价：58.00 元

C目录
Contents

镜中逃亡

镜子本身看不见。镜子犹如真相。

——（意大利）路易吉·皮兰德娄

1

你知道我是不想杀人的。确切地说，从小到大，我连一只蚂蚁也没有杀死过，我连一片树叶也没有杀死过。我甚至一看见血就头晕目眩，一闻到混合在空气里的动物的死尸的味道就恶心呕吐。我的母亲曾经忧心重重地恳求我，说林青妈求你了，去医院看看医生吧。妈陪你一起去行不？妈已经对不起你死去的爸爸了。妈不能再对不起你了。妈心里明白你到现在还不原谅妈，不接受你刘叔叔，但妈一个女人家也难呢。妈……我说行了行了，这都哪儿跟哪儿呀，你烦不烦。我看见母亲的眼泪像夏天椿树分泌的树脂一样流下来，心里暗暗疯长起一种报复的快乐。母亲被我呛得低下头不再说话，神色渐渐变得模糊，回转身，郁郁消失在镜子深处，只留下一团驱不散的雾气和几声哀哀的叹息。

你知道我是一个女人。一个离婚独居的女人。或者更干脆一点说，我是一个离婚独居而又噩梦不断的女人。我所有的故事都隐匿在墙上这面巨大的镜子里。但镜子本身看不见。镜子犹如真相。

你以为我是神态失常，以为我在胡说八道吗？不。你比我自己更了解我。你甚至了解我曾经说出和没有说出的一切。你知道我是如何活到现在的。如果你现在冲进屋子，抢起块石头把镜子打碎，玻璃碎片一阵稀里哗啦地尖叫后，你看见血从我捂着额头的指缝里红蚯蚓一样欢快地爬出来，爬上我的手臂，我的全身，我颤抖的房间，我胆小如鼠的天空。

我头晕目眩。恶心。呕吐。我的身体抖成了一地枯萎的树叶。

我推开车门跳了下去，我再也抑制不住内心的悲凉，长啸一声，然后头也不回，向道路尽头狂奔而去。

我的脚下是软绵绵的公路，前面是大海，头顶是蓝得深不见底的天空。它们是另一些虚幻的秘密的镜子。在镜子面前我是无处逃遁的。除非你把镜子打碎。但你知道我是不想杀人的。

老天也知道。

2

你离我越来越近了。我已经闻到了你身上散发出的神秘气息。你想现在带走我吗？但且慢。在镜子被打碎之前，请等我把真相说出来，尽管镜子看不见。我不需要为自己辩白，也不想为自己辩白。

我的瑞士军刀还留在现场，还有那个男人喷涌而出的血。这次我真的杀人了。

那天去参加肖白的婚礼并非欣然。这些年我已经倦于同任何人交往。问题的关键在于肖白是我从小一起长大的唯一的朋友；而她的丈夫马力又是我至纯的初恋情人。这样看来无论我以什么理由拒绝，都显得不近人情。

肖白说林青姐，我和马力恳请你明天一定来参加我们的婚礼，而且我还要请你做我的伴娘。马力说，林青，明天你不来，后天我就要做肖白的新郎了。仿佛我去了他就要做我的新郎一样。肖白和马力在电话线另一端你一句我一句向我发动着越来越猛烈的感情攻势。肖白的声音明显带着马上要做新娘的兴奋和娇嗲，马力则试图唤起只有我们两个心领神会的回忆，我们在有些破败的公园野树林里笨拙地吭哧吭哧地搂抱、抚摸、接吻、做爱。那是一个雨后的夜晚，我们的身下是丝光手帕一样的月光，圆润的凉丝丝的露水，我们的呻吟把身下散发着腐殖质气味的落叶都惊飞了，我们是如此无所顾忌，如此的歇斯底里。仿佛我们都清楚这第一个夜晚就是最后一个夜晚。你说我能拒绝吗？我只好说，肖白，马力，谢谢你们，明天上午九点我准时到。

肖白和马力的婚礼是在市政府宾馆南二楼小宴会厅举行的。我赶到时，宴会厅里已经聚集了三三两两的来宾。男人大多穿着烫熨得笔挺的西装，打着领带；女人则艳妆长裙。他们互相陌生地打量着，偶尔也点点头。矜持地笑一笑。我尽量低着头走进去，但我的到来还是引起了小小的骚动。我知道这一切全是我美丽的容貌惹的麻烦。当然，你也知道我的美丽已经给我惹下了够多的麻烦。但我有什么办法？我是无辜的，我曾经学着像毕淑敏女士那样素面朝天，效果却并不见佳，反而激起了那些不怀好意的臭男人更大的兴趣，他们绿头苍蝇一样没事找事，以各种五花八门的理由和我搭讪，邀我跳舞，请我吃饭。用暧昧的手指、目光和话语纠缠我挑逗我撩拨我威胁我。他们不知道这些自以为得意的小伎俩只能让我感到恶心。我讨厌男人，讨厌所有的男人。

这些男人当然也包括我的继父，对！就是医院那个狗日的著名妇科专家刘明礼，还有我的前夫新闻科长李枫同志，把我的初恋情人马力也归入这令人作呕的群体确实有些冤枉，我其实是爱马力的，但我最终还是选择了李枫。既然这个世界除却男和女再没有第三种性别，那也只好委屈马力屈尊迁就了。这也是我想借参加他们的婚礼并答应做肖白伴娘的不便明说的原因之一，虽然我知道即使这样还是远远不能补偿马力的遗憾。

看到我走进来，肖白迅速从最里边冲出来，紧紧地拉着我的手，使劲地摇晃着。肖白说林青姐你还是那么漂亮哎，就是周润发来了也一样电死不误。肖白的脸上飞满了粉红的云霞。我说，肖白再瞎说你找别人做伴娘好了，今儿可是你的大喜日子。马力也远远地向我招手微笑，马力的微笑有些苦涩和凄然。化妆师的巧手把肖白梳妆成了另一个和我互相辉映的美女。如果她能再矜持一点，淑女一点，我相信刚才我的到来决不会引起一阵小小的骚动。

肖白盘着新娘头，婚纱拖地，美目流盼，左臂被马力挽着，右臂搭在我的左手上，在众人热烈的掌声中不无造作地款款步入小宴会厅，接受大家最美好最吉祥的祝福。肖白脸上的浓妆在闪烁的灯光下熠熠生辉。接下来婚宴正式开始，新郎新娘要逐桌敬酒。我则瞅着机会，急急奔向设在宴会厅另一端的卫生间。

——你知道我所有的噩梦都是从那个该死的卫生间开始的。

当然，之前我也做梦。我的继父妇科专家刘明礼多毛的手不怀好意在我背上摩挲着，并且渐渐放肆地蠕动到我的双肩，我的尚未完全发育的胸脯。刘明礼大蒜味熏人的嘴里喃喃低语着，乖女儿乖女儿乖女儿，一条长长的口涎从他的嘴角蛛丝一样挂下来。我呜哇一声从沙发上蹿起来夺门而逃。我没命地跑呀跑呀，跑过小巷，跑过大街和街心花园，跑过 C 市南关的颍河码头，跑过成千上万惊异的目光。扭回头的时候，我看见刘明礼已经锲而不舍地追踪而至，他嘴里浓烈的大蒜味开始撕扯着我的裙摆，但它抓不住我。我绝望的双脚渐渐离开了地面，并且越升越高，直到越过树巅才停下来。我从树巅上怒视着惊呆的妇科专家刘明礼。此刻刘明礼像一尊被暴雨淋湿的泥胎一样被我仇恨的目光钉死在了地上。我长舒了一口气，从天空中落下来，放声痛哭起来。

我睁开眼睛，我的母亲正满脸疑云地望着我，说林青你怎么了，是不是又做噩梦了？你怎么老做噩梦呢？我不说话，我看见我的继父妇科专家刘明礼正斜靠在沙发眯缝着眼睛扯着呼噜，一条长长的口涎蛛丝一样从嘴角明亮地挂下来，而那个遥控器还紧紧攥在手里，电视屏幕上一群花花绿绿的古装男女激战正酣，叮当的铁器撞击夹杂着几声喊喝和痛苦的尖叫此起彼伏地刺扎着我喧响的耳膜。我的整个脑袋都要炸了。

我的前夫李枫同志端坐在我们新居的真皮沙发上，一手捧着保温杯，一手习惯性地敲着茶几，说林青你还是我老婆吗？我说我不是吗？既然是我老婆，总不能不尽做老婆的义务吧。什么义务？什么义务你心里最清楚。如果仅仅洗衣服做饭迎来送往，我干脆请个保姆雇个礼仪得了。说白了吧，我还需要女人！女人！你可以说我没有出息，但我总要解决自己的生理问题吧。因为我是男人。但我永远不会去寻花问柳。你不怕我还怕呢。我不怕梅毒、艾滋。我是怕给组织脸上抹黑呢。再说我有老婆，而且是个美人。你他妈不是性冷淡吧，也没见着你跟哪个搞同性恋呀，那为什么每次老子像开足了油门的马达，你总一个木头疙瘩毫无感觉。我知道你不爱我，那你告诉我你爱谁？我愿意和他公平决斗。就像当年普希金和丹特士一样。你只爱自己？操，你以为我李枫是三岁顽童，你是我老婆，就该和老子做爱。对，是做爱。不是性交，你他妈像个木头疙瘩，老子还不如去和猪干，和羊干，和狗干，和兔子老鼠干。恶心？谁恶心？行，从今天起咱们就两清了。房子归你。存款归我。这是离婚证明，你签个字吧，剩下的我来做。不过你也够便宜的，结婚不到三年就弄到了一套房。这样不出三十年，你不就拥有十套房了吗？不过你也别高兴太早了，不出十天，老子就会让你臭名远扬，你不会得逞的。无耻？老子就是无耻。无耻得最后还要干你一次，老子不要你的感觉，老子就当是和猪羊狗兔子老鼠干。哈哈哈哈……我抓起手边的玻璃杯砸过去，李枫的脸鲜血四溅，瞬间淌成了一只烂番茄。

　　参加完肖白和马力的婚礼后，我的前夫新闻科长李枫同志和妇科专家刘明礼一起消失在了镜子深处。消失在我以后所有的梦里。现在我还能记起他们的模样。他们的模样和大街上的芸芸众生没什么两样，和你也没什么不同。

　　噢，对了，我还是暂时回来。回到肖白和马力的结婚现场，回到宴会厅另一端的女卫生间。

宴会厅的卫生间当然没什么说的：干净，整洁，一尘不染。我关上隔离挡板，解开裤带蹲下去。接下去的声音我还是不再浪费文字描写了吧，太无聊，也有失风雅。我想告诉你的是，我之所以急急奔向宴会厅另一端的卫生间，并不是火烧火燎憋得再难以忍受了，而是因为我实在找不到另外更好的去处。我的脑子里下意识地蹦出了"卫生间"这几个字。我鬼使神差地奔了过去。事实证明我的思维果然聪明，卫生间里太安静了，特别是和此刻宴会厅里震耳欲聋的喧嚣相比。我听见了下水管道里水流滴滴答答的絮语，我听见了头顶上日光灯丝丝缕缕地游移。而这些声音通常我都只能在噩梦醒来辗转反侧再难入睡时才听得见的。我面前的挡板已经油漆斑驳，但隐隐约约还能辨别出那些互相重叠的肮脏的文字和图画。对，是性。是赤裸裸的性。如今它不但在终年不见阳光墙报公共厕所里繁荣昌盛，而且堂而皇之地走进了阳光照耀下的残垣断壁电杆，人声鼎沸的车站码头广场，甚而至于蝗虫一样席卷了几乎所有的报刊广播电视以及互联网络。天哪，我胃里暗绿的溃疡又一阵阵漾上来，我感到恶心。我想呕吐。我不知在卫生间里待了多久。

一小时？

一天？

一年？

去你妈的！你以为这个重要吗？不！重要的是我正呕吐的时候，紧闭的挡板突然被粗暴地推开了。我看见一个白花花的男人挤了进来。对，绝对没错，是一个男人。因为第一眼我就看见了他那个死鸟一样的东西，虽然我不能看见他的脸，但我能想象得到那张脸一定和妇科专家刘明礼，和新闻科长李枫，甚至和你没有什么不同。或者他根本就是介于你们之间的虚无的幻象。

转过身去。他说。站起来，把脸靠到墙上。

不许出声，否则——他又说。

我顺从地转过身，把额头抵在凉森森的墙上。我的裤子已经褪落到脚踝。我感到我的后背有一个更凉的东西使劲按了按。我想到了刀子。明晃晃影射着罪孽和死亡的刀子。恐惧战栗像海水一样没过头顶。那一刻我知道我完了。有一瞬间我想喊，我张开嘴，却发现自己失去了声音。你能告诉我世界上还有比失去声音更可怕的恐惧吗。我的泪水恣肆地流下来。像一条黑暗的河流在我的意识里汹涌澎湃。我万念俱灰。我为什么要生为女人呢？就像镜子本身并不看见，但它为什么要说出真相？

他的手像一只贼眉鼠眼的老鼠一样蹿进了我的内衣里，上下左右地咬啮着、吞食着我的肉体，吮吸着、痛饮着我的血液。而那个丑陋的东西则放肆地一直顶着我的后臀。

呸，我还以为你这个 C 市出了名的美人比别人多长了两个窟窿，原来也和那些下三烂的暗娼一样货色。他说。

他从鼻孔里哼出几声冰冷而淫邪的冷笑后，突然松弛下来。他慢慢缩回手，移开刀子，提上裤子，系上裤带，拉开门，大步走出了卫生间。我扭回头却只看到了一个西装的背影。就像后来他一次次从我的梦中落荒逃走一样。我想如果泪水和目光能够杀人，他一定逃不出五米以外，我也不会在以后的每个夜晚把磨得血光飞舞的瑞士军刀一次次捅进他的肉体。我回到宴会厅时，里面已经空无一人，没有人告诉我这些人什么时候四散而去的，或者根本就原地蒸发了，只剩下一桌狼藉的杯盘和满地的纸花凄凉地对望着。

刚回到家我就听到了肖白和马力的电话。他们对我的半路出走深表失望和愤怒。我一个字也没有回答就挂上了电话。

我记得妇科专家刘明礼和新闻科长李枫同志就是那天晚上起从我的梦中彻底消失的。和他们一起消失的还有我的朋友肖白和马力。或者说是他们合谋找到了一个面目模糊的猥亵我的替罪羔羊，自己得以巧妙地全身而退。

我还记得也是那个晚上以后，我才开始把磨得血光飞舞的匕首一次次捅进那个面目模糊的猥亵者的肉体。

3

那天晚上我睡得很早，我不但没有胃口吃饭，而且连冲个凉的欲念也踪迹皆无。我和衣躺在床上，痴痴地望着紧闭的窗户。我没有开灯，墙上的镜子淹没在屋子巨大而空旷的黑暗里。这样很好，我可以什么都不再想，什么都不看见。我的思维一片混沌。那个面目模糊的男人就是在这时被我看清的。他的西装背影换成了夹克，潦草的长发遮住了眼睛和大半张脸。那张脸是我所熟悉的妇科专家刘明礼的脸，是新闻科长李枫的脸，是你的脸，是一张被虚无的镜子扭曲变形的脸。那张脸阴雨绵绵，密密的疤痕里却闪烁着遥远的星光。那张脸一动不动地死盯着我，盯得我毛骨悚然。我脸上的肌肉像石头一样僵硬，咬紧的牙齿也发出了清晰的嗒嗒的低颤。直到空蒙的月光照亮床头，那张脸才落叶一样慢慢消失。

不知过了多久，紧闭的房门裂开了一道缝隙。我想也许是我上床之前忘了关死，或者夜风突然加大的缘故吧。但房门外的脚步声却由远而近地清晰传来。那个人从房门裂开的缝隙里向我走过来。他喘着粗气，却又一言不发；他长发盖脸，却又一丝不挂。他那个丑陋的东西像一条喷吐着火焰的毒蛇，在一大片荒芜的草丛里张牙舞爪，跃跃欲试。他一点一点地向我逼近，我已经看见了他眼睛里恶毒的凶光，我歙动的鼻孔里塞满了他肉欲的贪婪气息。他高大的身躯伏下来，两条枯瘦如柴的钢蓝色的手臂慢慢卡向我的脖颈。在你的想象里此刻我一定吓昏了过去。接下来只能任凭他肆意凌辱。但对不起，这一次，你猜错了。尽管以前你总是提前预知真相，就像我的命运始终在你的镜子里转身一样。以前妇科专家刘明礼非礼我的时候，新闻科长李枫同志强行我的时候，我每次只能像一片被枝头遗弃的树叶，被狂风暴雨席卷着，在天地之间瑟瑟飘零。而这一次我却没有丝毫的惊慌，我眼睛里射出的阴冷的光也死死地盯着那个人，我的左手已经攥出了湿漉漉的汗液，我埋伏在被子下的右手里那把血光飞舞的匕首已经蓄势待发，随时等待着最后致命的一击。

　　几乎就在他扼着我喉咙的同时，我手上那把血光飞舞的匕首领先一步刺进了他的小腹。以前我以为我只会用眼泪和哀求的目光杀人，而且杀死的尽是些良知未泯的无辜者。今天我才知道我用起刀子来远比挥动眼泪和目光更利索娴熟，也更得心应手和痛快淋漓。听到"噗"的一声我又使劲搅了搅才"嚯"地拔出来。我没有再捅出第二刀，因为我看到我拔出的匕首已经静如处子，而且似乎正在月光下安静地沉沉欲睡。我想我不应该再无端地惊动她，她已经完成了自己的使命。那个人无力地缩回双手，紧紧捂着受伤的腹部，跟跟跄跄地仓皇逃出门去。

第二天早晨醒来，我静静地躺在床上回忆起昨夜的事情，我突然发现我的枕头下确实放着一把匕首。读到这里，你该怀疑我想对你撒谎了，你为什么从来就不相信我呢？但你说你原谅我，女人嘛，没有一点小小的虚荣还能叫女人？谢谢你的宽宏大度，我还是别耍那些个叫人忍不住笑出眼泪来的小花招了吧。我的枕头下放的其实只是一把瑞士军刀，这把瑞士军刀打造得非常小巧玲珑，刀的主人告诉我，这可是把正宗的瑞士军刀，用来切削水果挺好，还可以防身。刀的主人似乎很认真，又似乎有些半开玩笑。我把那把瑞士军刀托在掌心里，小心地用眼泪喂养着她的光芒。我看到她在暴涨的血光中再一次飞舞起来，重新做好了致命一击的准备。我把她小心地收藏起来，又轻轻放到枕头下面。

我从镜子里看到你满意地点点头，悄然离去。

现在只剩下了我自己，不，和我并肩战斗生死与共的还有我的瑞士军刀。我一遍遍地搜罗着那些零星的破碎的记忆，试图勾勒出那个猥亵我的男人的完整形象。我殚精竭虑，却仍然一无所获，只能一次次迷失在妇科专家刘明礼、新闻科长李枫同志和你留在镜子的幻象里，如果你这时突然走进我的屋子，抡起石头把镜子打碎该有多好，那个男人一定会立刻现出原形。现在我只有一个人对着镜子说，来吧，狗日的男人，你尽可以选择不同的秘密小径来吧。你可以推开门闯进来，可以翻越窗户跳进来，可以从下水管道，从燃气管道潜进来，也可以穿墙而过逼进来，但你一百次欺向我，我会一百零一次把我的瑞士军刀刺进你的肉体，你尽可以落荒而逃，我不会追赶你的。但我相信总有一天你的肉体会百孔千疮，你的血会流失殆尽，你的真面目会暴露于光天化日之下。

4

很多时候我怀疑镜子里那张美丽的脸庞究竟是不是我的。就像我怀疑妇科专家刘明礼是不是我的继父一样。我母亲嫁给中年丧妻的刘明礼后，我就成了一只可怜的羔羊。我母亲在家的时候，刘明礼对我可说是慈眉善目，关怀备至，比我死去的父亲更像父亲，而一旦母亲不在，他就立刻撕下伪装的画皮，露出了狰狞的本性。你跑不了的，小妮子。他说。凡是我看上的女人还没有能跑得了的……我只是喜欢你林青，我不会伤害你的，乖女儿我的乖女儿……妇科专家刘明礼多毛的手在我背上无耻地游走着，并且渐渐放肆地蠕动在我的双肩，我的尚未完全发育的胸脯。我的乳尖被妇科专家刘明礼揉捏成了两粒樱桃，两粒流血的樱桃。但我不是刘明礼的洛丽塔，刘明礼也不是我的亨伯特·亨伯特。我只是感到恐惧、绝望和恶心。不！我不能把一切事实真相告诉我的母亲。我可怜的母亲，这个用生命爱着我的女人啊，她会和她的丈夫刘明礼拼命，尽管她爱刘明礼。

我必须学会独自忍受。我没命地夺门而出。

二十岁那年春天我对母亲说我要和新闻科长李枫同志结婚。母亲说李枫可是整整大你十岁？我说李枫有钱，帅气，前途无量。刘明礼叔叔不是也比你大……你自己决定吧，母亲打断我说。

我从妇科专家刘明礼的魔掌逃出来，一头扎进了新闻科长李枫同志的怀抱。你知道其实我根本不爱李枫，爱在我心里早已腐烂，化成灰烬，飞向四面八方，我没有爱，没有欲望。李枫只是我需要的避雨之树遮风之伞藏身之屋。我知道刘明礼害了我，而我又以另一种方式害了李枫。所以李枫骂我打我折磨我甚至终于踹了我，我都毫无怨言。问题是你能不以这样的方式作践我伤害我。不管怎样，我总还是你同床共枕三年的法律上的妻子吧。难道真如那些庸俗小说影视上所讲的男人没有一个好东西吗？

刀子真是一个好东西。只要每天把她蘸着月光磨利了，她就会收敛翅膀安卧在我的枕头下面。这样我才能睡得踏实。

我待在黑暗的房间里。让自己被潮水一样漫进来的黑暗笼罩、带走。然后心里想，我再也不在这儿了，我会在镜子里找到自己的归宿。如果你突然闯进来，抢起块石头把镜子打碎，你会在破碎的玻璃片里找到我的影子，因为我已经不在这儿，我就像我房间里的桌椅、沙发、衣橱、冰箱、窗帘。它们不需要光，不晓得我在这儿。我也像它们一样看不见我，忘记了我在房间里。我只在镜子里存活，在虚无的幻象里进进出出。

一直等到我进入梦乡，我的瑞士军刀才不动声色地走出来，埋伏在我的手上，等待着向我进犯的男人发出致命的一击。

我望着墙上的镜子，如今它苍白，慵懒，雾气茫茫，波涛汹涌。我找不到我自己，也找不到你。那个侵犯我的男人的气息却越来越浓重地压得我喘不过气来。我必须须臾不离地把我的瑞士军刀握在手上。我每天按时上班下班，不亢不卑而又冷若冰霜。只有在梦中，我才是一个不屈的勇者，一次次把我的瑞士军刀捅进那个男人的身体。我满头大汗地醒来，点燃一根烟，我狂跳的心脏渐渐平静下来。我把烟头扔到烟缸里，又沉沉睡去。天亮了，我起床，每天按时上班下班，度过一个个平静如水的日子。

5

你知道我是不想杀人的。但是我的瑞士军刀的的确确捅进了那个男人的腹部，虽然声音极低沉细微，在我却响亮如晴空霹雳。我看见淋漓的鲜血一下喷出老远，染红了远远近近的车厢、座椅、旅客们的衣衫和脸庞。整个车厢里顿时乱作一团。我拎起行李包，最后望了一眼落在那个男人脚下的瑞士军刀。此刻那刀静如处子，而且似乎正要在午后盛大的阳光里沉沉入睡。我突然想起以前每一次把瑞士军刀捅进那个男人肉体后却从没有看见有血流下来。我知道他为什么一次次去而复返了。也许他每一次的到来都是为了磨炼我杀人的勇气和技艺。

我推开车门跳了下去。

那天本来我是去 K 市出差的。我匆匆收拾好行李下了楼。坐上出租车才想起把我的瑞士军刀忘在了枕头下面。我想我必须赶回去，我已经到了离开她就辗转难眠不能睡稳的地步。只有她才能让那个男人落荒而逃。我招呼司机师傅调转车头开回去。我请他在楼下稍等一会儿，我急急慌慌跑上楼，打开门，进到卧室，掀开枕头。我的瑞士军刀还在那儿，一脸的委屈和沮丧。我轻轻地拿来起她，顺手装在口袋里。下来以后我看见司机师傅已经满脸焦急。我说对不起对不起，出租车已经重新出发。

我上到开往 K 市的大巴车上时，车上只有最后面还有两个空位。我挤过去坐下来，轻轻闭上了眼睛，我得喘口气。我不知道那天的时间为什么竟如一生一样漫长，我迷迷糊糊地睡着了，又迷迷糊糊地苏醒过来。我是被车厢前排的争吵惊醒的，我抬起眼睛望过去。天哪！你一定猜得出我望见了谁。对，没错。就是那些夜晚一次次沿着不同的路径进入我房间的那个男人。此刻他正张牙舞爪地向对面步步后退的瘦小的背影紧逼过来。他的眼睛凶光毕露，他长发遮住的脸既像妇科专家刘明礼、新闻科长李枫同志，又和你们每个人有所不同。你可以想象我当时的心情。我心里的复仇之火熊熊燃烧起来，我下意识地抓紧口袋里的瑞士军刀，我感到它已经迫不及待。我慢慢地走过去，和那个步步后退的瘦小的背影交错的瞬间，那把瑞士军刀已经到了他的手上。那个瘦小的背影突然变得高大起来，几乎还没有等那个逼近的男人看清楚，寒光一闪，我的瑞士军刀已经深深刺进了对方的心脏。现在回想起来，那个步步后退的瘦小背影根本就是一个无辜者。而我才是真正的凶手。

我真的杀人了！我再也抑制不住内心的悲凉，长啸一声，然后头也不回，向遥远的道路心头狂奔而去。

我所有的秘密都隐匿在墙上这面巨大的镜子里。镜子本身并不看见。他就在那里，悄悄地等着向我发出一道道神谕的闪光。镜子犹如真相。

你可以走进我的房间，抡起石头把镜子打碎。你会在每一个碎片里找到我留下的蛛丝马迹，我想至少……你看见这些碎片吗？我还要试着将它们捡起来，戳入在这世上每一个角落污辱女人的所有男人。

皮 皮

　　说来你不信，皮皮来到我们家并成为其中重要的一员，机缘竟是因了我爸急不可耐的一泡热尿。这事儿后来很长时间里成了村子里关于我爸的一个段子，有鼻子有眼地四处传扬。邻居们不止一次向我爸求证，他嘿嘿地笑，流露出的表情夹杂着孩子气的天真和狡黠，满脸的丘壑也顺势舒展了，像极了我们村子所在的那片平原。

　　那片平原之于丘壑，最大的区别就是无论在哪个季节，从任何地方望出去，满眼尽是看似混乱实则秩序井然的一茬茬庄稼，后者轮回的却尽是乱草和丛莽的荒凉，却不见经年累月生活在平原的农人有半点庆幸和豪情。他们知道庄稼长势越好，就预示着越要付出更多汗水和劳力。儿女们陆续去城里讨生活后，我爸开始尝试着改变这种被动局面，眼见邻居们不断扩种经济效益更高的烟叶和棉花，他却反其道而行，把一半的责任田改种了甜瓜。我爸承认最初他不过是想偷点懒儿，想着不用再顶着酷暑一头扎进撒土不漏的玉米和烟叶地深处，不用背着喷雾器走进棉花地，在呛人的农药气味里摇摇欲坠。但是，人算赶不上天算，我爸还是算错了那一年的雨水。

处暑以后，大雨不歇气儿地灌下来，喝足了水分的瓜蔓随地疯长，结下的甜瓜中了魔术样，一夜间滚满了垄沟垄背，远看仿佛一地玩累后倒头睡熟的娃娃，整个村庄都淹没在了经久不散的甜瓜气息里。在我妈愤愤地催促下，我爸不得不起早去把成熟的甜瓜从瓜蔓上摘下来，装上他那辆快要散架的架子车，套上棚子里反刍的老牛，沿着村后稀烂的土破路，泥浆滚滚地运到梨花镇去当街叫卖。水天泥地阻断了村里人赶集的路，梨花镇空荡荡的，一眼能看到头尾。所以，尽管我爸喊得嗓子生烟，尽管价格已经低到两毛钱一斤，直到日头转过了大西南，一车甜瓜还剩下大半。我爸作了难，扔到街头或者路边壕沟里不但有失体面，回到家更会挨老婆的埋怨，运回去吧，眼见着烂掉，隔天一大早还要盯着星星，继续去瓜田里摘了那些新成熟的甜瓜运到梨花镇来。

我爸板面也没舍得吃一碗，就赶着牛往家里走，一路不断地为自己的小聪明懊悔不迭。走到距离闫寨村不远的岔路口，我爸"吁"一声喊停了老牛，左右望望，见四下无人，匆匆钻进了路边的玉米地。等他痛快淋漓把一泡热尿撒完再从玉米地里出来，竟然有两行热泪从眼睛里滚落下来。我知道那是一种彻底释放后的无比轻松，因为我也不止一次有过这样的经历，只不过发生的环境换成了城市街头巷尾的公厕而已。

等我爸回到牛车旁准备继续赶路时，发现竟然有一个年龄和自己差不多的老汉在候着他。你是老周吧？老汉说，我见过你，你现在北京的大儿子当年在闫寨教书的时候在我家吃过饭，我姓梁，前边小梁庄的。老汉用下巴指了指闫寨相反的方向。我爸不知道他要干什么，满眼疑惑地望着过去。是这样子的，你这车甜瓜就送我吧，反正卖不出去了，运回去还要空耗气力，真不值当。不等我爸接话儿，老汉继续说，我不白要你的——我爸看见老汉的胸前什么时候已经多了一个蛇皮袋子，等他抖手松开袋口，一个小黑脑袋钻了出来，接着是一双闪着明光的黑眼睛。我用这个给你换，老汉说，我家狗生的，皮实着呢，又聪明，你养着，守瓜棚的时候还能做个伴。我敢肯定，我爸第一眼就看中了老汉的小黑狗，因为他没有任何犹豫，就问老汉要不要自己把瓜送到村子里。老汉说不用，卸这儿就行，我吆喝村里人自己来拿。

皮皮就这样来到了我们家，至于甜瓜和老梁最终去了哪里，都变得不再重要。等我爸一脚迈进门槛，就汇报似的对我妈说，瓜没卖掉几个，剩下的在回来的路上我跟小梁庄的老梁换了这个回来。我爸说着，蹲下身子，顺势把皮皮从蛇皮袋子里掏出来，撒在了地上，摸着他的黑脑袋，老梁说这狗聪明，能看家护院，还能陪我看瓜，皮实着呢，以后咱就叫它皮皮吧。我妈破天荒没有数落我爸不靠谱，但也没有表现出欣喜，鼻子里嗯一声，就去厨房里给我爸煮饭了。我爸如释重负地长舒了一口气。

我爸给我打电话，问我是不是又出差了，去哪个城市。我说在温州。我爸说温州不好，夏天就像身上贴了张狗皮膏药，难受得很。我正想问啥时候去过温州，忽然听见电话里传来了狗叫声。我爸马上说，是皮皮在叫。我养的小狗，可爱着呢，你们过年回来就能见到了。我爸的语气里透着自得，仿佛又给我们收养了个小弟一样。他又依次给我弟弟和两个妹妹打了电话，反复炫耀家里来了新成员，却一个字儿都没提种瓜卖瓜的辛苦。

皮皮真是够皮实的，在我们家吃的都是我爸我妈的剩饭，喝刷锅和洗碗水。我爸下田干活总带着它，开始的时候是抱在怀里，后来去梨花镇上买了一辆人力三轮骑上，每天拉着它，到田里才放下来。村里人跟我爸开玩笑，说老头儿你可真够可以的，当年养娃也没见你这么用心嘛。我爸回答说你们净瞎扯，难道我的几个娃都是风吹大的？这养狗和养娃其实一个道理，你掏心掏肺待它，它长大了才给你看家护院，才千里万里追随着你。果然如我爸所讲，才过了三个月不到，皮皮已经欢实地跟在我爸屁股后边招摇过市，村里村外乱窜，赶到入冬，已是长到了近二十来斤，举手投足一副十足的帅哥模样，不但身子健硕，毛色黑得发亮，而且长在眼睛上边的两块灰斑，也变得亮白如雪。我爸再走在街上，皮皮已经从他身后换到了身前，仿佛他的贴身保镖，遇到陌生人还佯装要扑过去的样子，凶巴巴地狂吠不止，差一点把对方吓得屁滚尿流。直到我爸大声呵斥着，才悻悻地闭了嘴，扛着尾巴，继续向前走去。

皮皮的到来从根本上改变了我们家的生活。按我爸的说法，自从我们兄妹去城里以后，他和我妈就再了无牵挂，无论去多远，都可以大门一锁转身走人，这以后就有了诸多不便，有皮皮在家，就像挂了心，猫狗一口，吃喝拉尿，保不准它还会闷闷不乐呢，就只能带上，或者尽早赶回来。

我爸再打电话来，我问他要不要带着我妈一起来北京住些日子。我爸犹豫了片刻，有点忐忑地问，现在火车上让带狗不？我告诉他估计够呛，好像有规定是不许带的。我爸说那就算了，你妈血压高，心脏也不好，把她一个人留在家里我不放心，一起去又不让带皮皮，我们还是守在村里吧。我又问他要不要买些狗粮寄回去。我爸说不用，乡下的土狗不像你们城里的狗，还吃专用的狗粮，有泡屎吃就高兴得颠儿颠儿的，恨不得唱歌给你听。

我爸说得果然没错，到第二年年底，我就亲眼见证了乡下的狗与城里的狗的不一样。

我从北京回到梨花镇，又从梨花镇回到周庄，还没到村口，隔着车窗，就听到狗的叫声，似近又似远，很像雨后升起的炊烟那种感觉。我知道，一定是风把我身上的气息提前刮到了村子里，狗鼻子尖，立刻就嗅到了，条件反射似的吠叫不停，表示着自己的警告，也向院子里住着的主人传递着仿佛鬼子进村的消息。等车开过了村口的小桥，大大小小十几条狗已经聚拢在那儿，昂着头，支着耳朵，目露凶光，怒对着我身下的庞然大物，接着，半个村子里的狗此起彼伏地叫了起来。

我从车上跳下来，把求救的目光望向街巷两边排开的一座座紧闭的院门，希望能有熟悉的老人走出来把它们喊停。但停顿了好一会儿，也不见有走人出来，把这群凶神恶煞给唤回去。狗们似乎看出了我的胆怯，叫声更加严厉，而且慢慢地缩小着包围圈，做出一个个前扑动作，仿佛我胆敢再前行一步，它们就会把我给撕而食之。开车送我的同学老刘机警地摁响了汽车喇叭，一声连着一声。狗们受到了惊吓，退后两步，绷紧的身子放松了，叫声也不再像刚才那样嚣张。但我还是不能坐回车上，在周庄，如果车一直开到自家门口而不早点走下车来向所有照面的老少爷们打招呼，一向被视为叛徒而再少有人搭理。看到路边正好有一棵撅倒的泡桐树，我就势退到那儿，弯腰折了一根四尺来长的树枝，顺手把叶子捋去，对着吠叫的狗，示威似的挥过去。狗们的嚣张气焰被压了下去，慢慢退回各家院子的门口，坐下来，尾巴竖着，继续吠叫。

随着吱吱的响声，有几家的院门打开了，出来的却是我不熟的小孩子，他们也用探问的目光打量着我，呵斥着自家的狗不要再乱叫。狗们这才收敛了目中凶光，嘴里呜噜着，摇着尾巴进了院子。

终于看到了一个相识。确切地说是他先认出了我，说是礼锦啊，哪阵风把你给吹回来了？我赶紧把手上的棍子竖到车身上，上前几步，喊了声老勺叔好，从口袋里摸出提前备下的香烟递上，又摸出打火机给点着了火儿。老勺叔比我爸小几岁，在村里算是我爸的发小，但能量比我爸大得多。我爸曾经不止一次对我说，老勺这家伙可是个鬼才。我问怎个鬼法儿，我爸说他家的楼可是咱们周庄最早盖起来。我说那又怎样。我爸说瞧把你能的，这盖楼的钱可是老勺跪在长沙火车站广场边一块一块讨回来的，大几十万呢。我说噢，一边连连摇头。我爸以为我不信，急忙分辩，说他亲口告我的，他不会对我撒谎的。果然有一天，我正上班的时候，忽然接到了一个陌生电话。电话里的人声音急切，只问了一句你是礼锦老侄子吧，就赶紧进入了正题，说我是你老勺叔，给你说实话吧，你叔我出了点事，我被派出所的民警打了，你说我一不偷二不抢的，坐地要个饭妨碍着谁啦，凭什么罚我钱，还踢我，又说再去那儿就放狗咬我，把我抓进去。我问他在哪儿给我打电话，他说长沙啊，火车站广场边上，除了这儿，我还能去哪儿呢。我说你回咱庄啊。切，回周庄？开玩笑。老勺叔很不屑，让我回去和你爸一起去种瓜呀，那还不如让民警把我抓进去呢。我问打电话找我有什么事儿，老勺叔说老侄子你可不要揣着明白装糊涂，你爸都告我了，说你和长沙的市长认识，你赶快给打个电话给他，让他招呼车站派出所的警察给老百姓留口饭吃，不要再找我麻烦就可以。我不知道是我爸吹牛乱说一气还是他听错了，总之我真的不认识长沙的市长，但任我怎样解释，他还是生气地挂了我电话。唯一让我释然的是这个电话证明父亲真没对我撒谎，也证明了老勺叔的确我们村里的鬼才……老勺叔猛地吸了一口烟，吐出一个大大的烟圈儿，又看了看我，说你小子好几年没回了吧，胖了啊，也老了，看到没，连村上的狗都不认你了，每年多回几趟，看它们还咬你？我一边点头称是，简单问了老人家的安，才告了别，重新回到车边，叮嘱老刘别再摁喇叭，并随手把棍子拿了，继续在此起彼伏的狗吠声中，向遇到的乡亲们打招呼，问好，敬烟，往家走。

我小时候也养过狗的，也是一条黑狗。没有名字，壮实得像牛犊，性格又凶，逢到人来我家，还没到门口，就狂吠不止，捕到人影，更是厉声叫着，奔过去，立起前爪，扒着门缝，凶巴巴地做着扑咬的姿势。胆小的来人早吓白了脸，相熟者隔着门缝呵斥一声，这狗马上收了声，一边去了。我出门玩耍，那狗跟在身后，形影不离，到了玩耍之地，却不缠我，和别家的狗玩在一处。待到天黑回家，又悄无声息地走在我身前。后来乡下兴起了打狗风，上边组织的打狗队进了村，在干部的引领下，一家挨一家地清理。风声吹来，我不得不把黑狗藏进了家里的粮囤，盖上盖子，弄出一个透气的小孔，提心吊胆地防着。打狗队反复来我家找寻，又哄又吓，我愣是不认，一口咬定黑狗走丢了。几天过后，村子里再没有了狗四起的叫声。我以为危险解除了，大着胆子把狗拉到院子放风，却见数名打狗队员从天而降，神仙一般越墙跳下，抡起手中的家伙，雨点般乱棍砸下，为首的趁机用一把特制的铁钳夹着了狗脖子，也不说话，拖着就朝村外走。黑狗知道在劫难逃，呜呜几声，绝望地望着我，眼泪破眶而出。我发疯似的在后边追，鞋子都跑掉了，祖宗八代地追着破口大骂。追到村口，才被我爸赶上来抱着，擦干鼻涕眼泪再看，哪里还有打狗队的影子。我儿时的玩伴小松也养过另一条人见人爱的黑母狗，蓝眼，白额，宽臀，浑身如绸缎，不见半根杂毛，那叫一个漂亮。这黑母狗却和村上一条癞皮狗好上了，我们放学回家的路上，正碰上两条狗好得入巷，屁股对着屁股，仿佛上了锁，旁若无人。我们用砖头砸，不开。用树枝打，还是不开。小松真是急了，一溜烟儿跑回家，拎来一把菜刀，寒光一闪，砍了下去。可怜的癞皮狗应声落荒远遁，却把一条尘根齐崭崭留在了黑母狗的肚子里。若干日子过后，两条狗差不多同时一命归了西。

终于到了家门，首先迎接我的当然是皮皮的吠叫。我爸闻声从屋子里走出来，叫了一声"皮皮"，再打开门的时候，皮皮摇着尾巴先跑过来对我表示友好了。一年多的时间，皮皮已经长成了一条大狗，威武的样子一点也不输于我养过的黑狗，别说我爸，换我也会一下子喜欢上的。我和我爸一起往客厅里走，皮皮却没有跟过来。可能是看到了我狐疑的目光吧。我爸说，它平时就在那儿守着，喊它才会回来的。我妈也笑着说，回头闲下来，让你爸给你讲讲，皮皮快被他养成精了。

晚饭我爸破例喝了点酒，脸色立刻像燃起了火。他向来不沾酒的，但终于没有架住我和老刘劝。老刘说这可是放了五年的茅台，一小杯可是十块钱也不一定买得到，您老人家得尝一尝。我父亲显然动了心，说就你们满嘴跑火车，却伸手端起来，仰脖喝了一杯，咂咂嘴，又说比望天猴辣椒还辣。老刘说酱香，味道好着呢，自己也爽快地喝了一杯。但任我们百般劝，我爸是再没有端起来，倒是我母亲爽快，前后喝了十来杯，说你爸属狗肉的，入不了席，从年轻时候我一个就能喝他一群。我们都大笑起来。老刘提出回梨花镇。我说家里有地方，你喝了酒的，住下明天回去好了。老刘说这点儿酒没事，我孬好也是梨花镇的副镇长，交警不敢查我的。我和我爸送老刘出门，一直送到村后的大路上，回来的时候发现皮皮就在我爸身后不哼不哈地跟着呢。确认我们转身往家走之后，皮皮一溜儿小跑先回了屋，等我和我爸进屋，看到它正低头在食盆里大块朵颐吞吃着晚餐剩下的饭菜呢。我问我爸皮皮有啥神奇故事，我爸嘿嘿笑着，本来也不算啥神奇，都是村里人舌头根子嚼成了神奇。秋天的时候，我和你妈急着下田收豆子，把皮皮留在了家里，还忘了锁大门，没承想咱家的母猪竟然拱开圈门，又拱开大门，领着十几只猪娃撒欢似的跑了出来。这下子皮皮着了急，先是汪汪大叫不止，见母猪和猪娃都当耳旁风一样不搭不理，干脆龇开尖牙利齿，连咬带吓的，硬生生把咱家两百多斤重的母猪赶回了院子。皮皮对猪娃们就客气了很多，只是叼着它们的小耳朵，一只一只地叼回了院子里。又担心猪娃再跑出来，皮皮就坐守在门槛上，一直到我和你妈收完豆子回到家里。我说真的呀，你们确定吗？我妈说都是你黄大娘亲眼见的，我和你爸回来的时候咱家门口还有几个人站着没走，叽叽喳喳地都说要不是亲眼所见打死都不敢想相信，真是太神奇了。那会儿皮皮还在门槛上坐着，虎视眈眈地，一会儿看看围拢的人群，一会儿看看蠢蠢欲动的猪娃。皮皮的故事很快传遍了周庄，枝枝叶叶的，越说越神奇。皮皮从此成了村里的"新闻狗"。

第二天，我对我爸说不知道啥时候能回来一趟，提出去村里各家串个门，看望一下留守的老人。两位老人立刻对我的想法表示了极大的支持，我妈还提醒我记得别空手，每家给几个零花钱，没多有少，也是个心意，要是腰里没带她拿给我。我说不用的，临出门时候忽然想起进村的情景，就四处踅摸着想找一条结实的棍子，拿在手上壮胆。父亲看出了我的心思，摆摆手，指了指正在院子里摆尾巴的皮皮。我半信半疑，等出了门，却见皮皮已经跑在我前边，还一边扛着尾巴，一边对着各家院门口虎视眈眈地呜噜着。果不其然，这一路下来，竟然再没听到一声狗的警告。看来狗真是一种神奇的动物。

　　到了约定的回城时间，老刘开车来村里接我。和我父亲母亲道了别，坐上车，车轮缓缓移动，从后视镜里看到有十几条狗追在车后吠叫，我心里却安然得很，我知道，这是村里的狗们在为我送行呢，追得最远的当然是皮皮，追到村口，才住了脚，伸长脖子，仰起脸，目送着车子突然加快速度，扬起了烟尘。

　　回到北京后，我有很长一段时间心里毛茸茸的，也要养一条狗的想法像野草一样疯长，终于忍不住向老婆提了出来，没承想迎头被她泼了盆凉水。你不是发热说胡话吧？我老婆说，也不动脑子想想，每天吃喝拉撒早晚伺候着，你还上班不？满屋子的狗毛飘来飘去你打扫不？到周末你就天南地北地出差有人替换不？你也一大把年纪了，怎么回去一趟就中了你爸的邪了？我老婆一脸的不解和愤怒，说完再不搭理我，转身进了厨房。虽然每次和我爸我妈的电话里都少不了有关皮皮的消息，但自己也要养条狗的念想算是彻底绝了踪迹。我反复地有关皮皮的零零碎碎都讲给女儿，还把我小时候养狗的故事也添油加醋地讲了，有好几次还愤愤不平地对女儿发哑巴恨，看着吧，等过几年退休了，咱也回村里去，我要养一群狗，看谁能阻止得了？女儿说得了，您退休了不用回周庄，就跟着我吧，我买了给你养——我们爷俩你看我，我看你，然后一起哈哈笑起来。

我问女儿要不要亲自回去爷爷家看一看皮皮，女儿说算了，店里的事儿太忙，等出差过郑州的时候再拐家去看吧。女儿终于还是没有回去村里，我知道城里出生长大的孩子，其实对老家的感情已经淡薄得很，若非爷爷奶奶还活在那儿，是一辈子也懒得回去一次的，就像女儿说的，北京才是我的家，至于周庄，是你在那里出生和长大，我长这么大也没有去过几次，怎么能说是我家呢，你不要搞错啊。

我爸终于还是恋恋不舍地把皮皮留给我妈，一个人去了离周庄更远的深圳。在我们村，这些年下来，但凡还有把子力气的男女差不多都去了城里，就好像城里竖着那么一块巨大无比的吸铁石在等着他们成年，然后毫不犹豫地给吸走一样，梨花镇上逢集赶场的尽是老弱病残，甜瓜是没有再种了，种了运去街上也卖不了，一般剩下的只能眼睁睁看着烂掉，只好麦子割了种玉米大豆，玉米大豆收了种麦子，反正镇上有各种机械，田主愿意出钱，一个电话搞定。我爸带着皮皮坐在树荫下，看拖拉机播种机收割机打药机除草机在田间来回奔忙，一副怅然若失的样子，仿佛丢了魂儿，变成了松垮的皮囊，又赶上我妹一天一个电话急催，种上麦子的第二天，我爸就坐上了从亳州开往深圳的火车。

先去深圳的是我妈。我妹要生第二个孩子前，提出让我妈过去住一段日子，伺候月子的事儿嘛，总是自己妈才更细致贴心，知道自己闺女需要什么，怎么做才好。但我妈只在深圳我妹家待了不到一个月就寻死觅活地要求回周庄。我妈是村里出了名的倔脾气，年轻时候就强势，掌握着家里的话语权。我妹和妹夫在网上开店卖衣服，临街还有一个小店面，少不了在饭桌上商量些生意上的事，我妈也像在家里一样积极参与，提出自己的建议，看两口子根本不睬，很不甘心。小郑是个直性子，就说妈你真不懂这个，就甭这份操心了，我妈觉得受了委屈，阴着脸，当场摔了碗筷，拿起电话就拨给了我，声泪俱下地向我控诉两人慢待她，历数两人如何败家，不懂得过日子的难处等等，还说受够了，一天也不能再待下去了，让小郑赶紧给买回亳州的火车票。我妹和小郑见我妈真生气了，忙不迭地认错赔不是，没想到我妈根本不买账，到了第二天，见小郑仿佛没事一样，也没有提啥时送她去火车站，又给我打了电话，一边抽泣一边说，不花他们的钱，儿子你给我买票，越早越好，他们这个家我是一会儿也不能待了，你说我这辈子看过谁的脸子，与其这样天天憋一肚子气，还不如回家和你爸还有皮皮一起待着。我心想也许拖几天，等她慢慢消了气，也就不会再提这档子事儿，自己的姑娘姑爷，有啥不能担待的，就敷衍她说我查过了，一星期内都没有卧铺。现在火车票都是一批一批放出来，您再待几天，有卧铺票放出来，我马上挑最早的给你买。我妈说不行，没卧铺就买站票，反正我下午就带行李去火车站，你看着办吧，挂了电话。我只好一边摇头苦笑，赶紧给她买了张卧铺，一边又给小郑拨电话过去，先安慰他，请他原谅老太太的任性，又叮嘱他甭忘了准点送老太太去车站。这下我妈是扬眉吐气了，却苦了我妹，两个孩子要带，还要做家务，打理网店，在老家的婆婆和公公又脱不开身，只好再打电话道歉，央求我妈回去深圳，但一任我妹怎么求告，我妈始终一副铁石心肠，终于还是我爸沉不住气了，从我妈手里要过电话，瓮声瓮气地对我妹说，你们甭急，过几天我去。虽然没得到最理想的结果，但多个帮手总是好的，放下电话，我妹脸上终于有了一点笑色。

去了我妹家之后，我爸的主要工作从每天带皮皮走街串巷和去田间地头瞎转，变成了去幼儿园接送外孙女，在家里洗衣拖地。开车的手艺我爸是不可能再学了，好在还有单车，接送外孙女这事儿对他不难，洗衣机全自动带烘干功能，只有拖地不像他想得那么容易，一遍拖下来有点喘气，再拖一边腰背都酸疼不止，想想年轻时生龙活虎的日子，我爸第一次在心里承认自己老了，这老真是不知不觉中来的，就拿皮皮说吧，初来到我们家的两年，除了饭时和晚上睡觉，只要敞开大门，我爸不带它出去走动，就自己满村子晃荡，比田里的野兔还不着窝，有一次竟一连几天寻不见影子，不知道恋上了别的狗，还是真的迷了路再找不回家，还是我爸和我妈着了慌，赶紧四处打探，但问遍了村子里所有人，都说也好几天没见过皮皮了，以为出了什么意外被你们煮了狗肉……我爸不再听下去，白了对方一眼，掉屁股去问下个人了。村子里寻不见，我爸我妈又去田野上和邻村去找，两人分头在麦地里转悠，"皮皮，皮皮"的叫声焦急又凄凉，在麦地上空缭绕回荡，如同在一声声呼喊着走丢的我们赶紧回家一样。

　　不知道是我爸我妈的执着感动了天地，还是别的什么原因，总之半个月后的一天，皮皮竟然独自走回来了。听到汪汪的叫门声，我爸以为耳朵幻听了，疑惑地打开门却看到竟然真是皮皮回来了，只是瘦得脱了形，不但皮毛脏兮兮如乱草，而且蔫巴巴的没一点精神，能看出在走失的这些日子里，皮皮一定忍受了莫大的饥饿和委屈，心疼得我爸老泪都下来了，也不嫌脏臭，直接抱起皮皮，回去了屋子里。皮皮的意外走失让我爸我妈汲取了教训，从此进来出去就把院门关了挂上锁，再不让皮皮偷偷自由出入。渐渐地，皮皮也一天比一天不再活泼好动，总是眯着眼长卧在屋子走廊下，或者趴在院门里对着门缝外的世界发呆。我妈问我爸皮皮是不是得了什么病。我爸说能吃能喝的会能有什么病呀，和人一个样子，老了，胳膊腿就懒得动了。我妈掰着指头一算，也真是的，皮皮来我们家竟然有八年了，八年的狗怎么算也该是人六十上下的年纪了，也不比自己小太多嘛。在深圳的日子里，我爸坚持每天晚上给我妈打一个电话，安排我妈不要忘了吃降压药，然后就问皮皮怎么样了，白天都去了哪里，还反复叮嘱我妈晚上睡觉不要太死相，万一坏人向院子里投下浸了迷药的食物，皮皮辨不清吃下去偷了去。我妈嫌我爸絮叨，说怎么会，皮皮鬼精着呢。我爸说小心没大差，不怕一万，就怕万一，人倒霉了喝口凉水都塞牙呢。我妹的大女儿在边上，听着姥爷一口河南话絮叨个不停，就捏着嗓子学说。我爸仿佛没看见，继续啰里啰唆地叨叨着。

我爸还真是乌鸦嘴，他担心的两件事儿最终竟然都应了验，先是几天后靠大路的几户人家养的狗一夜间不翼而飞，连一根狗毛都找不见。我妈这才上了心，第二天就把皮皮的窝挪到了屋子里。即便如此，每天晚上还是战战兢兢地不敢睡好，原因是村里另一家的房子竟被人摸着黑从墙上掏了个洞，存下的粮食被偷得一干二净，报案到村委会和派出所，最后也没有个长短交代，只能自认倒霉。我爸再打电话回去，我妈也东家长西家短地叨叨，说这什么世道，看来村里是没法待了。我爸说你这是杞人忧天，有皮皮在呢，黑里有啥动静他会叫的，我最担心的是你高血压和冠心病，一定不要忘了吃药，不舒服了就去医院。我妈说你放心吧，只要你活着，我就死不了。

那天我妈在田里锄了一上午的草，可能确实有点累了，回到家关上院门，把锄头竖在墙上，皮皮跑过来接她，我妈还弯下腰摸了摸皮皮的脑袋，在往屋子里走的时候，却两眼一黑，天地旋转，人像被罚倒的榉树一样仆倒在了地上，整个院子突然变得死一般寂静。

接到屋后文化媳妇打来的电话，我连夜坐车赶到了老家的县中心医院时，文化媳妇和村医生都还在病房里，我赶忙向他们道了谢。我妈已经苏醒过来，平静地躺在病床上，除了脸色略显苍白，和正常的人没什么两样儿。终于看到亲人了，我妈的眼泪忽然就下来了，说儿子你终于回来了，你要是再不回来就没妈了。我拉着我妈的手，安慰她说看您说的，都过去了，您能活一百岁呢，还告诉她已给我爸买了票，天黑前他就能赶到家了。住院医生走进来，声音平缓地对我说，你妈这次晕倒可能是长期服用的降压药出了问题，再加上睡眠不好，干活又累了点儿的，医院给更换了新的药，以后注意多喝水，多休息，在这儿观察两天就可以出院了。等我妈情绪平复下来，我问她事情发生的过程。我妈说都是皮皮，皮皮救了我的命，咱家住得偏，你爸又不在，日里半天也难得有个人影子晃过，我晕倒之后，是皮皮看我一直不起来，呜呜地叫也不睁眼理它，就使劲拽我身上的衣服，把我袖子都拽烂了，还是不见我动一动，皮皮知道我出了事，就跑过去院门口那儿，对着门缝不停地叫，还把身体竖起来，用两只前爪不停地刨门，发出啪啪啪的响声，一直到文化媳妇串门回来，经过咱家门时，听见皮皮刨门的声音，叫声也和平时不一样，这才走过来，隔着门缝往里瞅，看到我躺在院子里，叫了几声奶奶，也没有回应，急忙叫了人和村里医生过来，翻墙到院子里，打开门，把我送来医院里。看我点头，我妈又叹了口气，早知道这样子，还不如留一个不让考大学，都飞到城里去了，最后竟然是一条狗救了我的命。我妈又眼泪汪汪起来。一旁的文化媳妇和村医生一齐安慰我妈，说以后我们多去家里看您，有我们在没事儿的，您就把心装到肚子里吧。

我爸也从家里赶来了医院，当然少不得被我妈一顿埋怨，但见我妈好好的，也就不反驳，小心地把我妈扶上车一起回了家。一打开院门，皮皮就冲了出来，对着我妈摇头摆尾，还把身体竖起来，扒到我妈胸前，够着舔我妈的胳膊。兴奋劲儿过去后，皮皮紧随着我爸我妈往屋子里走，脚步稳重，目光温顺，眼睛上方的洁白也暗淡无光，哪里有一点舍己救人的大英雄派头。

深圳是去不成了，北京也甭再想，我爸我妈的生活又恢复到了半年前的样子，除了偶尔的电话铃声响起，偌大的院子和屋子里，陪伴他们的只有四季的更替和比他们更快老去的皮皮。我妹还想让我妈或我爸过去帮着带小外甥女，我说你们花点钱请个保姆吧，或者小时工也可以，总之两位老人是不能再分开去不同的地方了，他们已年过七旬，真到了秤不离砣的年龄，万一谁有个三长两短，出现上次那样的紧急情况，你能负得起责任？这才打断了我妹的心思。

今年春节，我妹和小郑提前带着两个女儿回了老家陪我爸我妈过年，我和妻子却因为突发的冠状肺炎疫情被滞留在了城里，从他们通过微信传来的视频和照片上，我看到小外甥女已经满地飞跑，一手一脸的泥和灰，玩得开心极了，一边嘟着嘴含混不清地叫"舅舅"，一边向我做鬼脸，大外甥女则很安静，比小时候更多了淑女风范。我妹上传的照片里有一张大外甥女骑在皮皮身上的引起了我的特别注意。大外甥女一脸春风，皮皮的眼神却有点落寞。我问我妹皮皮怎么样了，我妹说每天卧在走廊下懒得动，逗它也不动，吃得也少，眼屎擦不完，遇到生人来，才跑过去汪汪几声。我提出让她带皮皮去梨花镇上看看兽医，我妹说已经去过了，医生说患了严重的糖尿病，需要每周注射胰岛素，回来给爸妈说，两个老人都反对，妈说又不是人，打啥胰岛素？人的命，天注定，何况一条狗呢。皮皮救过我的命，我和你爸也不亏他，好吃好喝给他，活一天是一天吧。

但皮皮终于没有活到我爸我妈为它养老送终的那一天。我妈没跟我们任何人打招呼就做主把它卖掉了，这让几家的孩子都有点不能接受，我也难过得不行。知道这个消息是在我们几家人的微信群里，我妹说想再给家里买条狗养着，问大家买什么够好。我觉得奇怪，就问她皮皮怎么办。我妹说妈打电话说已经把皮皮给卖了。在群里一直不太说话的女儿突然开了腔，说不许卖！我奶啥人呀？那么好的狗忍心卖掉，还养个屁狗，你们卖吧，谁卖我跟谁断绝关系！然后是一串流泪的表情。

意识到情况的严重性，我赶紧给我爸打电话问情况。我爸说除了糖尿病，过年后皮皮身上还长了很多癣，臭烘烘的老远都闻得到，你妈心里难过，不愿意看着它就这样子死去，我们才咬牙把它卖了。弄上车的时候，皮皮满眼都是泪。我又问我爸是不是把皮皮卖给了杀狗的人家，我爸迟疑半晌，没有说是，也没有说不是。

前段时间，女儿忽然打电话过来，说买了条狗下午要带回家来。我想阻止，女儿说在小区门口了，没有出入证门卫不让进，你就出来接吧。

女儿带回来的是一条纯白贝灵顿幼犬，长得很漂亮，还有点像小绵羊。你好好养着吧，但啥时候都不许卖，真不想养就还给我，女儿说。

到今天，北运河边散步和玩耍的很多男女和小孩子都认识我的贝灵顿幼犬，纷纷与它合影，甚至可以说，我的贝灵顿幼犬已经成为北运河公园里一道奔跑的闪电和走动的风景。没想到老境还没有到来，遛狗已经成为我每日的功课，有时候我会突然想，我爸带着皮皮走在原野上和我带着贝灵顿幼犬走在公园绿道上是不是也有着一样的心情，而眼前的贝灵顿幼犬是否也有着和皮皮一样殊途同归的命运呢？

少年和羊

"别在那儿磨蹭了。"父亲说，"赶紧把羊牵上来吧，要是等到村长再发现会给你捉走的。"父亲焦躁的声音带着明显的真真假假的威吓。少年抬起左手用力揉揉眼睛，极不情愿地向绳子的端点移动了一点。

"马上就来。"少年的嘴里像是噙着什么东西，嘟嘟囔囔地应了一句。

少年的右手始终没有离开羊的肋腹，少年张开的手掌在朦胧的晨晖中显得鲜红剔透，仿佛有满手星光温暖着、呵护着那雪白的可怜的动物。走在少年面前的山羊抬起头，两只眼睛眨也不眨地回望着周围的一切，目光湿乎乎的，蓄满的温柔和幸福，似乎马上就要漫溢出来。它的四条壮实的腿则非常放松地立在那儿，胀得鼓鼓的乳房滴滴答答向路面石缝里钻出的草尖上涌着湿热的奶汁。少年想如果他要是它的羊羔多好，他就可以俯下身去，嘬起尖尖的流着白沫的小嘴巴吮吸一会儿，它就不会一整夜都悲悲切切地咩咩叫唤个不停了。可是它的羊羔已经被村长用力扔过去的砖头活活砸死了。羊羔活着的时候，总是寸步不离地跟在它身后，学着它的样子啃食嘴边鲜嫩的青草，有时还会撂起四蹄撒几个欢儿，或者屈起四肢慢慢地爬行一段距离，等到它吃饱了安静下来，羊羔就乖乖地移过去，把小脸儿贴在它胀鼓鼓的乳房上轻轻地来来去去蹭一会儿，才仰起尖尖的流着白沫的小嘴巴贪婪地吮吸起来。少年出神地望着眼前的一切，目光里流露出无限的钦慕和神往。这时的少年眼前总会倏地闪过母亲模糊的影子，母亲临死前紧紧拉着他和父亲的手的苦涩的笑。

少年还记得父亲把山羊买回来的情景。那天上午放学回家，少年和往常一样，把父亲放在土墙边的凳子移到大门前，很麻利地爬上去，小心翼翼地踮起脚跟儿，取下藏在门框上的钥匙，再跳下来，把凳子移到原来的位置，打开了大门。他又推开厨房虚掩的门，把书包扔在案板上，掀开锅盖，拿出一个早饭剩下的馒头，香香地咬了一口。他从厨屋里出来，抬头正看见一脚门里一脚门外走进大门的父亲。父亲说："孩子，看我跟你牵回来一个什么稀罕宝贝。"父亲的脸笑成了一朵花，眼睛眯成了一条线。自从母亲去世后，少年还是第一次看见父亲笑得这样开心。父亲闪身走进院子后，少年就看见了那只怯怯地躲在父亲身后的山羊。那时候山羊还没有现在这么大，当然也没有现在这样壮实。

"这是村上利用上边的扶贫款买来分下的。"父亲说，"好好给它割草吧，等到明年秋天它生下羊羔，我们就会有很大很大一群羊了。"

"那卖羊赚的钱我就可以和铁蛋一样去城里玩一趟了吧？"少年忘了去咬手上的馒头，兴奋不已地望着父亲问。

"那当然。"父亲继续说，"城里有我们村里一百年也不会有的高楼、汽车和许许多多好吃好玩的东西。"

"那你一定带我去城里。"少年说。

"那当然。"父亲似乎显得比少年还兴奋。父亲说话的过程中已经把拴羊的绳子重新束紧接长了。父亲把绳子递给少年，说："去外面田野里牧羊去吧。"

少年再放学回家就有了事做。少年牵着羊去村外田野边，找一块草木茂盛的地方，龇牙咧嘴地使劲儿把木橛子插入松软的土地里，自己则很放松地坐在阴凉的树荫下望望田野，田野尽头有些光秃的山冈。田野里远远近近也有许多和自己年龄差不多的孩子以及它们的羊若隐若现，少年的心里不再感到寂寞和孤单，母亲的影子也渐渐模糊起来。少年看见他的羊已经隐没在草木深处，少年想到明年秋天他就会有很多羊，卖了羊他可以和村长儿子铁蛋一样去城里玩一趟，亲眼看看那里的汽车、高楼，还有自己只在书上和铁蛋家的电视上模模糊糊从来都没有看清楚过的河马、大象和金丝猴。少年高兴起来。高兴起来的少年就从阴凉的树荫下走出来，最后望了一眼隐没在草丛中的山羊，把手上的土坷垃奋力掷向对面的田野深处，张开双臂鸟一样向更远处的小河飞跑过去。跑到小河边少年已经有些气喘吁吁了，小脸也涨得像今晚西天的晚霞一样红彤彤的。少年脱下衣裳扎进水底，过了老长一段时间才将一把湿得淌水的头发从对岸浮上来，少年不知道事情的祸根早已在那时已经埋下了。

少年走近路边的树丛，挑拣一段叶子较密的树枝折下来，又走过去放到山羊面前，山羊抬起脸看了少年一眼，低下去就吃起来。它的嘴巴嚅动得很快，下巴上的胡子欢快地抖动着。少年想也许此刻它已经暂时忘记了失去孩子的痛苦。少年轻轻舒了一口气。树枝上的叶子眨眼工夫就不见了，好像不是山羊一片一片吃下去，而是一下子弥散在空气里似的，吃完树叶的羊回过头去慈祥地望着少年。少年则继续蹲下去，鲜红剔透的手已经移到山羊腹部，轻轻地缓缓地抚摩着，像是在无声地安慰它。山羊一动不动地站在山路上，仿佛一个慈祥的母亲，以十分亲热的姿势和少年紧挨在一起。少年靠在它的身旁，嘴唇一张一翕地喃喃地含混地低语着。看上去似乎像是正在用只有他和山羊才能听懂的语言倾诉。山羊点点头，温热的目光从少年身上移开去，望着山下的田野。田野里花儿开得正热闹，沟沟坎坎的绿色已经消褪了不少。从田野中间穿过的那条弯弯的小河就是少年经常把它拴在田野边不管自己独自去嬉戏玩乐的地方。河水平静地流淌着，流向田野尽头，它仿佛已经忘记了几天前自己亲睹的惨剧，或者它正淙淙讲述的仅仅是一个古老而又遥远的传说。河水的目光如此安详，连脚下山路上的石头也感受到了从山下传递的不绝如缕的暖意。

少年把头倚在山羊肚子上，山羊的肚子热烘烘的，随着它平静的呼吸一起一伏。少年把脸贴在它的乳房上，从酥软的乳头上滴下的奶汁溅在少年的脸上，有几滴还溅在了少年的嘴角上，少年咧开嘴，微微笑着体验着从山羊体内散发出来的，带着淡淡腥膻味的湿热，还调皮地伸出舌头在嘴角边舔了舔。可一想起被村长砸死的小羊羔，少年又难过起来。

少年喜欢看羊羔撒欢儿，喜欢看羊羔摇着尾巴高高兴兴叼着奶头撒娇般一拱一拱的样子。当他看到羊羔因为跑到田野里而被巡视路过的村长砸死并大摇大摆地捡起来背走时，他哭了；然后便绝望而徒劳地坐在毒花花的阳光下，听着山羊不停地撕心裂肺地咩咩地呼唤，少年的心都要碎了。他怨恨自己无用，对不起父亲和去世的母亲，更对不起此刻焦急呼唤着的山羊。那天下午少年破天荒旷了课，他感到没有脸回家，他在滂沱的泪雨里和山羊咩咩的呼唤声中睡着了。少年做了一个美丽的梦，在梦里他抱着羊羔一起回家了。醒来的时候少年发现天已经黑透，他躺在父亲的怀抱里。父亲用粗糙的手掌擦去他脸上的泪花，父亲安慰他，说不怪你孩子，都是我不好，忘了告诉你村里行情不好。必须马上自己想门路处理掉，改养香猪。否则买羊的贷款连本带利都要自己去还。"晚饭都要凉了，咱们赶快回家吧。"父亲说着，放下他，去拔插进土地里的木橛子，过了好一会儿，山羊的身影就从草丛里露出来。

翻过这座山，往前走上一晌工夫，再翻过一座更大的山，走下去就是县城了。对于少年来说，县城和北京并没有多少区别，只是北京要更遥远、更大一些，当然北京还有县城没有的天安门、故宫、万里长城，还有鞠萍姐姐和金龟子。除此以外还不一样都是高楼大厦，车水马龙，人流如织，灯火似海？少年早就想像村长家铁蛋一样去县城玩一趟。可是父亲总叫他安心读书，有本事长大了自己去，连母亲去县城住院父亲也把少年托付给邻居，而拒绝带上他。少年为此恨了父亲老长一段日子，父亲和他亲热他也懒得搭理。直到父亲给他买回了这只羊，少年又感到有了希望，少年的心一下子高起来。尽管如此，昨天夜里父亲告诉他，要他明天一大早和自己一起去县城时，少年还是有些不相信自己的耳朵。

"不过要把你的山羊带上。"父亲用手抚摸着他的头发说。

"为什么？"少年不等父亲回答又问，"城里有放牧山羊的田野和草地吗？"

父亲摇摇头。看到少年变了脸色，赶忙接着说："但是城里有很大很大的公园呀，咱们的山羊可以在那儿过更甜的日子。"少年点点头，但想了想似乎又感到了某种恐惧。少年声音颤抖着告诉父亲，自己不想去城里了。

"那不行！"父亲显然有些生气，"如果不把山羊卖掉，咱们拿什么还村上的贷款呢？况且接下去村上还要我们买香猪喂养呢。"

"香猪是什么猪呀？"少年仰起脸问父亲。

父亲皱着眉头想了半天，还是使劲摇摇头，叹了一口气。说："大概和咱们过去养的膘猪差不多吧。"父亲看见少年的眼睛里像有两朵火苗在幽幽燃烧，赶紧转过脸去，不再看少年。

"孩子，快点儿把羊牵上来，再磨蹭今天就赶不到城里了。"父亲的声音从更高处的山路上远远飘过来。

"唉——"少年从山羊胀鼓鼓的乳房下抬起脑袋和脸应答道。

山羊望着山脚下细细流淌的小河和开花的田野，似乎又想起了几天前悲惨的一幕。少年放学回家后扔下书包，牵着它走到了一个比平常日子更远的地方，山羊发现了田野边的青草越来越稀少，少年每天总要牵着它走得比前一天更远一些，现在离开它第一次去的地方已经有很长一段路程。少年寻到一片草木还算茂盛的沟坎，紧挨着沟坎就是长满庄稼的田野。少年不知从哪儿找来一块红砖头，用手高高地举起来，使劲儿地把木橛子砸没进土地里。少年甚至没有去阴凉的树荫下喘口气，径直就飞向了那时离得很远的小河，留下它和它的孩子在那儿吃草。它低头吃一会儿草，抬头咩咩唤几声它的孩子。也许是它太过贪吃了，有一瞬间它突然发现它的孩子竟不见了，它咩咩连声地叫唤，眼睛四下不停地寻找着。它预感到似乎要有什么不幸的事情发生，就拼命地想要从木橛子挣脱开来，去田野里找一找它的孩子，但它的努力每次都不得不以失败而告终，它沮丧地一屁股坐在地上，继续咩咩地叫唤着，希望至少少年能够听到，后来它就听到少年的哭声。少年在离它不远的地方坐下来，往下淋着水的脑袋埋进两条腿之间。它已经明白发生了什么事情，也抑制不住撕心裂肺地咩咩痛哭起来。

山羊温柔地咩咩叫了两声，目光定定地望着自己的孩子走失的山下。少年的目光也随着它的目光望过去，少年轻声安慰它说："对不起，都怪我贪玩粗心。"

"你的孩子就是在那儿被村长用砖头砸死后背走的，现在只剩下你自己，却马上又要被送去城里了。"少年又说。

少年冲动地抚摸山羊的乳房，他觉得它有些像自己的印象模糊的母亲，又觉得自己也有些像是他的孩子，于是它内心很自然地慢慢滋生出一种想吃奶的想法。少年跃跃欲试再一次缩回脑袋，仰起的脸贴近山羊胀鼓鼓的乳房反复磨蹭着，张开嘴巴衔着它粉红色的乳房，用力吮吸起来。山羊凝神站在那儿，目光依旧望着山下的田野和小河，而后腿则分开来，给胀鼓鼓的乳房和少年留出更大的空间。山羊湿热的乳白奶汁像泉线一样汩汩流进少年的嘴里，有些来不及咽下的还顺着少年的嘴角边溢出来，流到了山路上。山羊的奶汁很鲜美。山羊胀鼓鼓的乳房在少年的吮吸下渐渐松软下来。这一次它真像少年的母亲一样，一动不动地站着，任由少年牢牢地抓住它那胀满奶汁的乳房，放肆而贪婪地吮吸着。

"到底怎么回事？"父亲焦急的声音不耐烦地从更远的山下飘

下来，仿佛他早到了山顶，并且已经歇了足够一段时间，"你还听话不听？"

"上去了——我们马上就赶上去！"少年不敢再怠慢，随口答应着，一边慌忙从山羊的身子边钻出来，直起身子舒展了一下四肢，轻轻赶着山羊快步向山顶走去。

太阳还有一树梢高的时候，少年和他的父亲赶着他们的山羊来到了城里。这时候太阳的热力还没有完全消退，热辣辣地晒着行人的脸。少年和他的父亲脸上厚厚的灰尘被纵横的汗水画出了一条条弯弯曲曲的河流，他们的山羊一身雪白的羊毛也仿佛着了火一样烤红了半条大街。一街两旁的高楼大厦巍然耸动着威严的肩膀，仿佛要向他们压过来。正是下班的高峰时分，各种车辆走走停停，遇到行人拥挤，还会没有好气地发出低低的怒吼，蛮不讲理地呵斥几声。自行车则丁铃丁铃焦躁地响个不停。风卷起的尘埃里混合着饭菜的芳香和呛人的汽油味道，少年的肺腑里翻江翻倒海一般难受，他很想马上吐出来，四下里看看却又找不到合适的地方，只好忐忑地继续朝前走。在暴怒的车辆面前，山羊也完全没有了走在山路上时的神闲气定，浑身颤抖着，紧张而艰难地迈着僵硬的步子。

城市里没有茂盛的田野，开放的沟坎，潺潺流淌的清凌凌的小河，只有走在上面的人糊糊粘脚的狭窄的马路。马路边那些树的叶子上蒙着他们脸上的灰尘一样厚的灰尘，流淌的河水也黑黑地翻滚着呛人的湿臭。父亲在前，少年在后，他们山羊紧紧地夹在他们父子中间。

在喧闹的大街上，走过一个红绿灯路口，少年都要停下来问父亲："爸爸，我们把山羊带到哪儿去呀？"

"带——带到公园里去呀，孩子。"父亲的回答有些吞吞吐吐。许是很少说谎的缘故，父亲的脸色已经从耳根红到了后颈。

少年似乎并没有注意到父亲脸色的细微变化，继续问："公园还远吗？"

父亲点点头，一边用眼睛的余光不停地扫视着马路两边敞开的店铺和大门，寻找着他此行要去的地方。

"走快点孩子。"父亲又扭过头，使劲儿拽扯着手里的绳子喊道，"这边来，你也快一点儿！"

各种车辆嘟嘟的喇叭声已经把山羊吓得全身剧烈地抖动起来，父亲牵他的绳子挣得紧紧的，手指头都勒成了紫黑色，他的另一只手则紧紧地拉着少年的胳膊。山羊的眼睛里充满了恐惧，无所适从地望着那些高大的怪物擦着它的身体跑过去。现在少年父子和山羊已经齐头并进，他们仿佛害怕谁不小心会走失似的，互相紧紧地挤靠在一起。

灼热的空气里忽然飘过来一些清凉香甜的气息。少年向马路边侧过脸，就看见路边那个贴满花花绿绿各色彩纸的大箱子一样的家伙。少年琢磨那可能就是铁蛋家电视上那个男人可着喉咙吆喝的"可奈可奈人见人爱"的所谓冰箱吧。冰箱旁边正有一个和少年差不多高矮的女孩剥开手中那根雪糕外面包裹的粉红的彩纸，低头在雪糕上咬了一口。少年目不转睛地盯着女孩手上的雪糕，下意识地伸出舌头舔了舔干裂的嘴唇。

"噢，我差点忘了，走了一天山路你一定渴坏了。"父亲顺着少年的目光望过去，一边说着，一边从上衣口袋里摸出一张角票，塞到少年手里。少年幸福地仰起脸望着父亲，开心地笑了。少年几乎是跑着去冰箱跟前的。他把钱递给女孩，接过女孩递过来的雪糕，剥去包裹的彩纸，不等转过身，就贪婪地吮吸起来，就像上午在山坡上吮吸山羊的乳房一样。那雪糕也带着少年熟悉的甜甜的奶味儿，而且凉丝丝地特别舒服地舔着他的小舌头。少年寻思自己吮吸山羊的乳头的时候山羊也是这种感觉吧。少年就是在这时听到父亲的尖声喊叫的。少年的手一抖，那块吮了不到一半的雪糕啪地掉到了马路上，摔成了粉身碎骨的几片。

少年还记得山羊生羊羔的那个盛夏的早晨的情景，他去学校早读经过羊圈，忽然就看见羊圈里的碎草上比平日多了一团粉红的东西，山羊正低着头，怜爱地伸出舌头，在那个东西上轻轻地舔着。

"爸爸，快来看！"少年抑制不住内心的激动，转身又回到屋子里，使劲儿地摇晃睡得正熟的父亲。父亲赶忙揉揉眼睛，一骨碌从床上爬起来，抓起衣服就往院里跑去。等到少年领着父亲再次来到羊圈的时候，那团粉红的东西已经变成一只湿湿漉漉的白羊羔。白羊羔颤巍巍从碎草上站起来，慢慢地，一点一点地，向山羊身子下胀鼓鼓的乳房移过去。

"爸爸，我们的山羊生羊羔了！"少年欢快地叫着。

"明年秋天我们就会有一群羊了。"父亲也禁不住嘿嘿地笑起来。

少年飞跑到父亲跟前，看见他们的山羊已经卧倒在血泊里，四条腿还不停地踢蹬着，在汽车保险杠下用力地挣扎。

"你妈个 X 的，眼装裤裆里了，不知道该往那边躲路吗？"肇事的卡车司机从玻璃里探出脸来，满口喷着白沫对着父亲叫骂。那些骑自行车的和徒步的行人都停下来，神情木然地望着眼前突然发生的一切。

在令人窒息的沉默中，少年蹲下身子，帮着父亲一起使劲儿把受伤的山羊从汽车保险杠下拖出来，并且紧紧地抱在怀里。少年的面色像风吹起的白纸一样苍凉，乌黑的眼睛里涌动着扑簌簌的泪水。行人中有人打圆场，说，算了算了。后边的车辆越聚越多，交警早已经下班了（或者这个小小的道路交岔口根本没有了交警），司机们不知道前边究竟发生了什么事情，一个个把汽车喇叭摁得震耳欲聋，乱糟糟地回响在大街上。少年抱着它的山羊和父亲往路边挪了挪，那个司机在人们的劝说声中骂骂叽叽地缩回头，摇上玻璃，缓缓开动了汽车。其他车辆也跟着动起来。聚集的人群很快四散而去。

少年和他的父亲在人行道旁边的一块空地上坐下来，少年把紧紧搂在怀里的山羊松开来，那只可怜的动物直到这时才发出一声痛彻肺腑的咩咩的低吟，少年看见两缕鲜血顺着山羊的嘴角流下来，染红了山羊雪白的胡子，也染红了自己的衣裳。山羊的疼痛把少年难过得五官都扭曲了，如果是在田野或小河边，他一定会忍不住对着蓝水晶的天空嘶嘶长啸。在少年的心里，有一种什么东西正在一点一点地渐渐死去，并且永远也不会再复活过来。

"爸爸，公园里还要我们的羊吗？"

父亲点点头，又摇摇头，和怀里的少年靠得更紧。答非所问地说："我们还要归还村上的扶贫贷款呢。"

"那我们把羊送到哪里呢？"少年又问。少年感到父亲的全身都在像山羊一样颤抖着。他一只手抚摸着山羊的脊背，另一只手抚摸着少年纷乱的头发。说："去肉联厂吧。"

停了一会儿，父亲又说："那里会很快给它治好送到公园的。

咱们回家接着养香猪去。"

少年没有再问下去，他暂时还没有意识到他就要和他的山羊分开了。少年喜欢他的山羊，喜欢回想它热乎乎的肚子，喜欢回想它胀鼓鼓的乳房和带着腥膻味道的奶汁。喜欢把脸轻轻靠在它的乳房上蹭来蹭去的小羊羔一样的感觉。少年说："爸爸，赶快把它送到肉联厂，咱们回家吧。"

少年和他的父亲从肉联厂出来，天色已经黑透。浓重的夜色刚刚像一张巨大无比的金丝绒幕布一样罩下来，就被次第燃亮的万家光亮在灯火的映衬下显得更加暗淡。少年和他的父亲走在已经比来时空旷甚至冷清了许多的大街上，他的脸贴着父亲的身体，靠近父亲的那只手一直被父亲紧紧地攥着。风卷起缤纷的落叶和废弃的塑料袋，一路踉踉跄跄地狂奔而去。风里挟裹的烤肉的芳香却固执地拐了个弯，径直钻进父子俩的鼻孔。少年似乎仰起脸望望父亲，父亲也会意地放缓了脚步，左右看了看，拉着少年向路旁一家烟火袅袅的烤肉摊走过去。

父亲站在摊位前犹豫了一下，还是从口袋里抽出一张新崭崭的五元的纸币，递给了忙不迭的烤肉师傅。过了半根烟工夫，烤肉师傅就把满满一把肉串递到了父亲手上。父亲只留下一小半，另一大半全部放进了少年松开的手掌里。

在肉联厂大院里，少年看见一板车剖开肚子、剥了皮的山羊被几个穿着白大褂的"医生"送进了一个很大的屋子，少年的心像是一下子被谁摘去了，突然感到身体里空落落的。少年曾经听村里大人们说羊是通人性的，知道人们什么时候要杀它，看见人在旁边提着血光闪闪的刀，它就浑身筛糠样抖作一团；人提刀走向它时，它便双脚下跪，哀泪涟涟，不停地点头求饶。少年想他的山羊绝不会这样没有出息的，因为它是他的羊。这一次少年没有流泪，而且咧开嘴角笑了笑。不知是他突然之间长大了，还是明白了这一切都是宿命，都是任谁也无法摆脱的宿命，就像他母亲的死。

　　如果你是细心的读者，你会发现，从肉联厂出来到现在，少年都没有说一句话。少年的脸色异常庄重和肃穆，父亲给少年的那把肉串还一根不少地拿在他手里。在满街扑鼻的烤肉气息里，少年和他的父亲拖着巨大的阴影，一步一步地缓慢地向城外走去。

轻轻飞起来

　　那天是梨花镇六月会的日子，窗户外面还黑漆漆的，隐约就传来了咕咚咕咚的响动和吵吵嚷嚷的说话声。我翻转身体想继续接着刚才的梦做下去，但刚闭上眼就听到了父亲嘶哑的喊叫。起来了，男孩。父亲的嗓子里像塞着一块吸足了夜露的破棉絮。快起来去镇上出生意，再睡大头觉就没我们的分了。

　　和父亲的喊叫混杂在一起的还有他往尿桶里撒尿的白亮亮的脆响。

　　男孩是我的名字。父亲说我出生后她和母亲挖空心思给我取过十几个名字，但不是和东邻的父亲瓜葛不断，就是与西家的祖上缠绕不清，没有一个如意的。父亲最后拔出咬紧在嘴唇间的烟屁股狠狠地摔在地上，说干脆叫男孩吧，他娘的，这回就是老天爷说的咱也不改了。母亲还想分辩，抬头正撞上父亲阴沉得滴水的脸，只好又把要说的话和唾沫一起咽了回去。我就这样被村里人"男孩、男孩"地一直喊到现在。这个名字春风一样吹拂着我，牛奶一样沐浴着我，好像每喊一次，我就能长高一寸似的。读到小学五年级，突然有一天我莫名其妙地开始讨厌甚至恶心这个名字，无论在哪里遇见村里人，我总是在人们亲昵的叫声里头也不回地径直走开。我变得越来越孤僻寡言，考试成绩也直线下滑。村里人有意无意地告到父亲那里，父亲只是不咸不淡地骂我几句，说这孩子就这熊样，脑子缺根弦，您别计较。最后干脆拎小鸡一样把我从课堂上拎了回来，帮他去梨花镇上守杂货摊子。

父亲说，自古上学的比牛毛稠，能成事的比牛角还稀，我咋瞅小子都不是这块料儿，兄弟就您别再白费口舌了。父亲静静地坐在校长对面的矮凳上，隔着袅袅的青色烟雾望着校长，声音和神情分外安详。

窗外的天空阴郁而高远，很长时间都不见一只鸟飞过。

在我们村子里，只有校长的侄儿媳妇花枝喊我的学名"李雷"，花枝从没有"男孩、男孩"地喊过我，我不知道这和校长有没有关系。我经常在梦里遇见花枝，在梦里我走得很快，简直比跑还快，两只脚渐渐离开了地面，仿佛一列高速运行的磁悬浮列车。风摩擦着我的皮肤，呼呼的响声震荡着耳膜，道路两旁的树木一棵结着一棵不停地向我身后倒下去，月光照耀着幽静深远的旷野，村子里的灯火一闪而逝。但花枝比我跑得更快，花枝衣袂飘飘，偶尔回头望望我，轻轻地招手。花枝娇媚的笑脸仿佛夜空中另一轮漫溢的满月。我拼命地追上去，但一眨眼工夫，花枝又远远地在另一端微笑回望。看来这次我又追不上花枝了。为什么每一次我都追不上花枝呢？有几次在路上遇见花枝的时候，我都差一点憋不住想问问她。

我极不情愿地拉亮灯，屋子里根本没有花枝的影子，却到处都荡漾着她肉体的气息。父亲的喊叫又响起来，我迷迷糊糊地穿好衣服，拉开门走到院子里的时候，父亲已经把他的家当整整齐齐地收拾到那辆枣红色的三轮车上。

父亲说，给车子充充气。气筒在门后边，父亲又说。自己却吭哧吭哧去关他和母亲住间的门。

我们家的四间主房被隔成两部分，当门两间是迎来送往的客厅，客厅里紧靠后墙放着一个水曲柳条几，接下来摆着的是一张又老又旧的八仙桌，红漆的桌面已经剥落，八仙桌左右竖着两条长凳，条几和桌子上面堆满了许多乱七八杂的瓶瓶罐罐。邻着当门东边是父亲和母亲的卧房，要走进卧房需要首先经过客厅。上学以前我和父亲、母亲一起住的，一般情况下，晚上我睡在他们中间，早晨醒来总发现自己到了靠近母亲的另一张软床上。我有些奇怪地问父亲怎么回事。父亲一脸坏笑地望着母亲，说问你娘。母亲就挥起拳头擂父亲的后背，父亲并不生气，两个人咯咯笑着打闹了好一阵，脸色也变成了刚下蛋出窝的母鸡模样。母亲告诉我，我睡觉老混床，是自己混到软床上的。母亲边说边用衣袖去揩眼角笑出的泪花。

但有一次夜半我却被惊醒了，我感到父亲正用力把我抓着母亲胳膊的手掰开，父亲把我从热被窝里拖出来，挪到软床上。我也不出声，装着睡得很沉。被窝里并不冰凉，暖暖地像谁刚刚睡过。父亲拉拉被头蒙上我的脑袋，又仔细地把两边掖严实，才回到自己床上。不一会儿，我就听到了母亲断断续续地呻吟，那声音很轻，很细，像一根五颜六色的丝线在月光下飞舞，一尾粉红的金鱼在海水深处起舞浪游。渐渐地那声音粗重起来，似乎月光遮上了薄薄的云片，海水腾起了微微的细浪。母亲含混的呢喃和呼吸越来越急促，仿佛置身于一个巨大的旋涡，她急切地呼唤着，用尽全力向上挣扎，但却怎么也把握不住自己。我全身筛糠似的颤抖起来，张开嘴咬住捂在唇上的被子，两只手则死死地抓紧了身下的褥子。那薄薄的白云突然隐匿了形迹，月亮也不见了踪影，天地间阒寂无声，只有幽暗的海水掀起的滔滔狂浪追赶着冲向暴涨的星光。父亲和母亲几乎同时发出了一声低沉的叫喊。我大着胆子掀开一条被缝，看见父亲的大脑袋埋在母亲坚挺的双乳间，仿佛一个安静的婴儿。屋子里白亮亮的有些刺眼，母亲的双乳反射着青瓷的辉光。

我从被窝里拱出脑袋，说，娘你刚才又喊又叫的是不是哪儿痛？

听见我说话，父亲条件反射一样从母亲身上骨碌滚了下去。一面哝哝唧唧地回答，是——是——你娘肚子里生早虫子，痛得实在忍不住了。

那你怎么还压在我娘身上呢？我有些生气。

我——我——我跟你娘使劲拱一拱。父亲结结巴巴的。还使劲儿晃了晃膀子让我看。

这会儿好些了吗？我把目光转向娘。

嗯——娘向我点点头。又说。快睡吧，不然红眼绿鼻子的老山猫就会来吃不听话的孩子的。

第二天晚上睡觉的时候，父亲把我带进了最西边也是我现在睡的这间屋子。说儿子你已经长大了，从今天起要自己睡了，过了这个春天我送你去学校念书。父亲的语气里饱含着不容置疑的力量。

我和你娘会来照看你的。父亲又说。接着剥葱一样利索剥去我身上的衣裳，把我塞进叠好的被窝，又在我身上重重拍两下，拉灭灯，关严门，走了。

以后夜里梦见母亲，她总是赤裸着上身向我走来，她的眼睛仿佛一潭幽深的湖水，洁白的双乳反射着青瓷的辉光，我不能自已地伸出手，却总是抓不住她。

花枝是前年冬天嫁给我们村肖坚的。尽管肖坚家并不宽裕，但娶亲的那天还是从梨花镇请来最好的响器班，雇了两辆红色桑塔纳，吹吹打打把花枝迎进了门。走出车门的花枝应该算是我们村最漂亮的新娘子。我混在人群里，听见人们说，哎呀，这么俊雅，比男孩他娘进庄时还俊哩。

说，快赶上电视里头的扣儿了。

说，啧！人家祖上积德行善烧高香了。

说，傻肖坚真他娘的艳福不浅。

花枝穿一条石磨蓝牛仔裤，大红束腰缎面薄袄，头发很随意地披散在肩上，烘托出一张化了淡妆的脸庞，最撩人的还是她高耸的胸脯，仿佛正有一对洁白的乳鸽安卧在衣裳下面，稍有触动，就会扑棱棱飞向蓝天一样。我的母亲也曾经是村里漂亮的新娘子，她也有着那么一对美丽洁白的乳鸽的。我突然想起了那个夜晚，那些和母亲有关的枝枝叶叶的梦境。我不敢再往下想，偷眼瞅了瞅站在门口的肖坚，肖坚正傻呵呵地死盯着花枝笑。

晚上我们一群孩子去闹洞房，花枝很大方地拿出许多瓜子，喜糖分给我们。我们玩了一会儿就佯装四散而去。半夜的时候又重新聚拢来，蹑手蹑脚地走到肖坚家后窗下，屏住呼吸，侧耳细听新房里的动静。那时候我早已从电视上知道父亲为什么把我带进现在睡的房子，却因而产生了对男女之事更强烈的窥视欲望。等了很久，却听不到屋子里任何动静，我们都有些失望，想散去了。屋子里突然响起了像叫骂的哭泣，还有扔东西的响动。后来各种声音又渐渐归于寂静。

第二天早饭后上学，走到村口迎面碰上回娘家的花枝。花枝推着一辆簇新的轻便自行车，旁边跟着一个和我年龄差不多的男孩，吃力地拎着一个红色包袱。我说，你咋不放到车座子呀——

男孩抬头看看我，又去看花枝。花枝点点头，很僵硬地挤出一丝笑容。花枝的脸上和脖子里都泛着一道道交错的血红印痕，目光里也不见了婚礼上一闪即逝的喜悦。胸脯却毅然耸着，仿佛那两只乳鸽在微微忽闪翅膀。花枝说，你是叫男孩吧？

嗯！我点点头。我说，你怎么知道？我还叫李雷呢。我满脸绯红，不好意思地扭头跑向拐去学校的岔路。

父亲在前面扶着车把，我在车后弓腰撅腚使劲推着。从梨花镇延伸出来的砖石路像一条出鞘的长剑把我们村拦腰劈为两半，过往的车辆呼啸而来，呼啸而去，卷起一阵阵呛人的尘埃，遮没了半个天空。每次走在路上，我都胆战心惊的，仿佛那尘埃里隐匿着一只看不见的巨手，不定哪一天就会突然伸出来把我掳掠而去，让我从这个世界彻底消失。

花枝和我有着几乎一样的感觉，但花枝的恐惧更多来自那些张牙舞爪的汽车。花枝说每当它们从对面扑来的时候，她都像松鼠遭遇到老虎，瞬间就吓成了一摊稀泥。所以如果不是什么火烧眉毛的要紧事，她从来不敢在砖石路上骑自行车，而且连走路也挤靠着路边的白杨树，紧张得大气都不敢出。早晚它们会把我活活吞进肚子的。花枝跟我说这话的时候也是在村口。不过时间已经延续到第二年夏天。放学的铃声从我们教室门前的大柳树上扑棱棱地飞向远近的村落，但每次我总试图比铃声飞得更快，飞到村口以后，再扭回头观察与我比赛的铃声，它已经远远落在后面，简直比乌龟爬得还慢，我转回身突然看见了正在向我微笑着走近的花枝。我到现在也弄不清花枝是什么时候拦在那里的，或许花枝早在那里等待多时了。她就埋伏在路旁的壕沟里，风亲昵地抚摸着她好看的衣裳。也发出了和花枝衣裳下面那对洁白的乳鸽的鸣叫一样好听的喃喃低语，等待的人影越来越近，花枝赶紧从壕沟里跳出来站到路旁。

李雷。花枝轻轻的一声呼唤就把我定在了那里。李雷你想听听花枝嫂子的故事吗？花枝被落日放大的身影投射在马路中央，任由过往的汽车碾压着。花枝眼睛热热地望着我。在这个村子里也许只有李雷愿意听听花枝的故事了，因为花枝从嫁到这个村里就感到李雷是自己的亲弟弟。我看见两行泪水从花枝的眼睛里潸然而下，而她胸前的那对乳鸽也像睡熟了一般安静下来。将落的夕阳一点一点把花枝巨大影子移向砖石路对面。我什么也没有说就跟着花枝向村后的高粱地走去，走在花枝前面的是肖坚春天花三百块钱从镇政府买来的小尾寒羊。肖坚把拴羊的尼龙绳扔给花枝。说要是秋后绵羊和你没有一个能怀上羔子的，看老子到时不扒了你的皮。肖坚像吐瓜子一样吐出这句话，褂子往肩上一甩，头也不回地拐进了肖老三家。现在小尾寒羊们正咩咩地向西天鸣叫着，声音温暖而悲凉。

想死呀你，父亲的怒吼把我从亮晃晃的黄昏拽回黑黢黢的黎明。

我抬头往天上瞧，星辰依旧密如汗珠骤雨，滚满父亲脊背一样的天空，而我和父亲之间的三轮车正发出枣红的光来。

从我们村子到梨花镇只有不足一公里路程，所以我们到达镇上时天还没有完全放亮，夜色里匆匆走动的人犹如幻影，父亲不停地和他们打着招呼，但我看不见他们的脸，他们脸上的寒冷和温暖，怨怒或体恤。集市两边的屋子，无助地僵在曙色里，只有穿街而过的风扬起废弃的塑料袋挂上房檐时，才止不住发出几声苍老的咳嗽。父亲把车子停在每天出摊子的地方，我帮他把应用的物什拿下来，支起架子，再把零碎货物摆放到上面。父亲则不再伸手，拉过平时放在我家当门客屋里的长凳，一边抽烟，一边和邻摊说话。日他娘，要是现在天儿格巴塌下来多好。父亲说。穷的富的一块砸死去球。父亲的生意这些日子有些不顺，所以才无赖地恨不能把气撒到世上所有人身上。生意红火的时候父亲可不是这样，生意红火的时候父亲嘴里不断地哼唱着"芝麻官"牛得草的唱腔。"有本县我笑哈哈……老班头讲话差……阎诰命她势力大……你老爷我不怕她……一不贪赃……二不卖法……"父亲唱得字正腔圆，韵味十足。好！围观的人们禁不住鼓起掌来，父亲兴奋得脸色通红，笑眯眯地做个鬼脸，咽一口唾沫，从兜里摸出纸烟点燃了，深深抽上一口，悠悠地吐出一个袅袅的烟圈儿，不再说话。

我把货物摆放好，天也就完全放亮了。如果这时你经过集市，冷不丁瞅一眼我们的摊子，也许你会哑然失笑。我们的摊子上摆放的尽是值不几个屁钱的针头线脑和一些属于孩子的玩意儿，而且整个摊位不到两米长。但我问父亲的时候，父亲却板着脸教训我，小孩家懂个屁。我家的三轮车横在旁边，默默地望着父亲和我，它身上散射出的枣红色光芒在白昼的喧哗里越来越引人注目。

　　夜色渐渐围过来，我和花枝在高粱地头坐下。那时候高粱刚刚漫过人，深绿色的叶子密密地交错着沙沙喧响。高粱的根部分泌出的甜腥气息在叶子的空隙里潺潺流淌着，晚风轻拂着我的面颊。我双手托腮，凝神的目光一忽儿也没有从花枝的身上走开。那天花枝穿的是一件粉白色连衣裙，饱满的胸脯前绣着一只翩翩欲飞的月蓝色蝴蝶。在我安宁的目光里，那只蝴蝶也异常安宁。以后花枝每次出现在我的梦境里和出事那天穿的都是那件白底蓝蝴蝶连衣裙，我至今也搞不清那些日子和我的梦境有什么必然的联系。那件连衣裙是我今生见到的最美最惊心动魄的衣裳。是的。一定是的。

　　花枝的眼睛里有两朵燃烧的花儿在跳。花枝沉浸布满泪雨滂沱的往事里。平静地讲述着自己。

　　那些车就像咆哮的老虎，早晚会把我活活吞进肚子的。这一天不会等待太久的。花枝失神地望着远处的砂石路，像在对我说，又像是喃喃自语。花枝把什么都给了他，花枝的身子花枝的心，还有花枝的梦。但他却突然丧失了带花枝远走高飞的勇气，偷偷一个人去了南方，把花枝甩给了狗日的肖坚。为了追赶他，花枝没头的苍蝇一样一路狂奔，差点就成了那些车辆的足下之鬼。

　　是他和我父亲一起卖了花枝。花枝说。也许他永远都不会回来了，他就这样毁了花枝的一生，这个天底下最没有出息的男人呐——

　　李雷不是喜欢嫂子吗？停顿了一下，花枝又说。现在你就好好看看花枝吧。花枝的声音轻得像一声月光的叹息。

　　花枝慢慢掀起美丽的白底蓝蝴蝶连衣裙。慢慢地，慢慢地。花枝的神色纯净若水。我终于看见了花枝那对洁白的乳鸽，她们安卧在花枝的怀里，有几分胆怯，又有几分好奇和惊颤。她们粉红的小嘴像两瓣月光里幽幽吐气的兰花儿。我双手托腮，颤颤的心儿没有一丝杂念。

月儿是什么时候升起来的？月光驱散了茫茫的夜色，把我和花枝密密地包围起来，不让任何人看见。我和花枝沐浴在月光的温柔里。花枝的那对乳鸽承载着月光，和我的母亲有着不一样的姿势。我颤颤的心儿突生出凉凉的渴意，倾斜的身体向着花枝渐移渐近。我嗅到了一种让我目眩神迷的气息。而那气息就是从兰花的蕊里溢出来的，它一点一点唤醒了我母亲怀抱中的记忆。我茫然地抬起眼睛。我望见了深蓝的夜空中另一轮漫溢的满月。花枝的目光鼓励着我，我不由伸出手，捧住那对洁白的乳鸽，慢慢地抚摩着它们微凉的翅膀。我焦渴的嘴唇颤抖着伏下去，轻轻噙住了那两瓣粉红的兰花儿。开始的时候我笨拙的小舌因为激动而有些僵硬，渐渐地，它变得熟练起来，放纵地吮吸着花瓣上的月光和露珠，整个身体也仿佛一头贪婪的牛犊在花枝的怀抱里起伏波动。我的耳边恍惚响起了花枝星星般的呓语。

花枝沉醉的手指在我的背上漂泊游移着，交叉的双臂箍得我喘不过气来……

我不知道花枝是什么时候离开的，自己又是怎么离开的。回到家里已是夜深人静。

回到家时我已长大成人。

我没有惊动父母，而是一个人悄悄推开大门，蹩进了自己的房间，摸索着把书包摘下来，挂在床头墙壁上的钉子上，轻轻钻进了被窝里。那天夜里我做了一个梦，一个五颜六色的梦。但我的梦里没有花枝，也没有我的父母，而只有我自己在无垠的天地间一往无前地走着。梦醒以后，我更加厌恶"男孩"这个名字，"李雷李雷"的呼唤在我心中轰隆隆喧响不停。

午后的天气异常闷热，白亮亮的阳光在有些空旷的大街一浪一浪荡漾开去。来梨花镇赶会的乡下人早没有了踪影，只剩下我们这些出生意的还在苦苦支撑着，等待偶尔经过的迟到者慢慢腾腾地走过来。他们一边冷冷地打量摊案上自己需要的东西，两只粗糙肮脏的手翻来覆去抚摸挑拣着，一边用眼睛的余光警惕地望着摊主。精明的摊主则夸着自己货物的优异，极有耐性地帮他们挑选，老练地和他们周旋着磨价钱，直到他们满意地离去交了钱，拿了挑中的东西离去，才拿起案上的毛巾，擦一擦满脸淋漓的汗水，长长地舒一口气。

这和早晨多么不一样。早晨他们总是一副不屑的表情望着摊案前拥挤的人群，狠心地咬住高价不松，恨不能把赶会的乡下人口袋里的血汗钱一下子全掏出来。早晨父亲只是让我远远地看着。赚钱的学问都在早晨哩。父亲说。午后的时光你只能学会怎样不赔钱或者少赔钱。我们的顾客大多是些妇女和孩子，我看到他们似乎被我们摊案上那些花花绿绿的针头线脑和小玩意儿迷惑了眼睛和心智，极少有人和父亲砍价，拿了东西，交过钱，急忙离去。脱出的空隙马上又被后边挤过来的人填上。父亲乐得五官一起挤向老脸的中心，还不到早饭时间，就热得汗珠子顺着斑白的两鬓噼里啪啦淌下来。父亲扔给我一块钱，说自己去买两个烧饼吃去吧，就不再看我，继续张罗自己的生意。

日头不知不觉间滚到了头顶，毒花花的阳光箭头一样射到地上，晃得人眼睛生疼。我无聊地坐在那辆枣红的三轮车上，心里禁不住一阵阵发起慌来，眼前的三轮车的枣红光芒也恍惚间陡然暴长了。如果你抬头的瞬间望不见我，一定是那光芒把我遮没了。那天早晨的天空真蓝啊，甚至比花枝白裙上的蓝蝴蝶还蓝，蓝得像有什么事情要发生一样。

有什么事情要发生呢？我怔怔地望着蓝透的天空，眼前有许多金色的小蛇在狂舞，它们向我喷吐着鲜红的舌头，做出各种新奇的姿势，诱惑我，迷乱我。我低下头，恍惚看见身下的三轮车也在随着我的身体左右摇晃，它躁动的枣红光芒在无声地流血和叫喊。

父亲终于直起腰瞟了我一眼，示意我到他跟前去。父亲的表情告诉我今天生意非常不错。我走过去以后看见摊案上的货物果然所剩无几，而我的三轮车也暂时安静下来。

我先回去，下午还要找机器浇水，你等到半下午再把摊案收起来运回家。父亲从裤袋里摸出一根纸烟点着了，头也不回地拐上尘埃飘浮的砖石路，高大的身影渐渐消融在荡漾的阳光深处。

之后的时间如同垃圾，从父亲离开后，就没有任何顾客走过来，我坐在父亲的摊位后边的板凳上，差不多已经昏昏欲睡了。

我记得花枝就是被那一浪一浪的阳光推过来的。花枝的脸上没有笑容，也没有汗水，花枝就那么婷婷地站在我面前。花枝！我听见我的胸膛里谁的声音在隐隐地回荡。

李雷你的三轮车我骑一下。花枝说，那个毁了我一生的男人，他终于回来了——我必须去和他说个清楚。

花枝骑上我的三轮车上了尘埃飞扬的砖石路。花枝甚至没有问问我是否同意，就径自骑上我的三轮车上了尘埃飞扬的砖石路。

我的三轮车像是终于找到了自己的主人，它温顺地俯下身子，让花枝坐上去，轻快地飞起来。花枝！我胸膛里那个神秘的声音越来越响。但花枝不回头。或者说，花枝根本就没有听到。

白底蓝蝴蝶裙的花枝就这样被我的三轮车暴涨的枣红光芒托举着，向砖石路的尽头飞去。

在花枝之后，紧跟着驶过去的是一辆巨大的绿色拖拉机。尽管那时我正凝神望着越走越远的花枝的背影，我还是把一切都看在了眼里。那辆拖拉机驶到离我不远的地方突然停下来，开车的人从驾驶室探出手，接过卖冷饮的妇女递上的一罐饮料，甩下一张纸币，"嘭"地一声扯开拉环，仰起脖子灌下一口，又猛劲踩动离合，急慌慌向花枝追上去。

那辆巨大的绿色拖拉机就要超过托举着花枝的枣红色三轮车了，但花枝和她身下的三轮车突然像被某种神秘的力量吸着一样，慢慢向拖拉机的轮下倒去。花枝啊花枝——我感到胸口爆裂一样疼痛，那个声音已经活活冲出来，在午后炫目的天空下，肝肠欲碎地震颤着所有的耳膜。我看见花枝飘飘的白底蓝蝴蝶裙从狂奔的拖拉机轮下轻轻飞起来，飞起来。她裙下安卧的那对乳鸽喷涌迸溅的鲜血霎时模糊了我的眼睛。而我的三轮车暴涨的枣红的光芒则渐渐暗淡下去。

我没命地追上去。

那辆绿色拖拉机终于安静下来。从集市上跑过去的人群把花枝和我的枣红色三轮车从紧卡着的轮下拖出来。花枝的脸变得支离破碎；沾满尘埃的眼珠鼓突着；鼻子、嘴唇已经无影无踪；安卧胸前的那对乳鸽也早已灰飞烟灭，只裸露出森森的断骨。拖拉机身后留下的长长血迹在午后惨白的阳光下分外耀眼。我的枣红色三轮车则癞皮狗一样被扔在路边的壕沟里。

事情发生的那一刻空旷的大街上阒寂无人，只有惨白的阳光炙烤着灼人的砖石路面。

那天午后，整个梨花镇到处都弥漫着呛人的死亡气息。

母亲告诉我，那天午后花枝几乎问遍了村里所有能找到的人，但他们的自行车都无一例外因为各种原因不能借给花枝。花枝最后决定徒步去见那个毁了她一生的男人。

如果不是镇上遇见你，如果你不把三轮车借给她……母亲目光苍凉地望着我，说那个男人到底还是把花枝的一生给毁了。

母亲说，也许事情本不该这样的。

也许一切都是命中注定。母亲又说。

第二天父亲照常天不亮就嘶哑着嗓子喊醒我，和他一起去梨花镇上布置摊位。午后时分我看见有个很帅气的男人独自在花枝昨天停尸的地方站了一会儿，又继续向坑坑洼洼的砖石路尽头走去。凭感觉我断定，他就是花枝急着要去找他说清楚的男人，他就是那个毁了花枝一生的男人。我从脚下捡起一块明亮的瓦片，抡圆胳膊，拼尽全力向他掷了过去。

空气里弥漫的死亡气息已经淡得若隐若现，那长长的血迹似乎正一点点聚拢来，还原成为一对洁白的乳鸽，紧跟着明亮的瓦片扑棱棱飞向蓝透的天空深处。

你揍我的时候为什么脸上一直带着笑

　　去梨花镇的路是砂石路，坑坑洼洼的，忽而烟尘，忽而泥浆，一点也不平整，好在我骑的是单车，可以灵巧地避让，裤子才没有变成梵高的星光夜。赶到梨花镇中心校，已是午后时分，把揣在口袋里的毕业分配通知交上去，大校长接待了我（乡镇中心校校长的俗称），展开后瞟一眼就丢在了一边，转脸看着我，淡淡地说，你就是李林啊，一直不见你来报到，还以为你打工去了深圳或海南，看来是误会了，欢迎，欢迎啊——然后示意我坐到旁边空着的藤椅上，问我吃没吃饭，喝不喝水。我撒谎说吃了。过一会儿，一个中等身材、手指间夹着一根燃烧的古铜色纸烟的中年男人走进来。大校长说这位就是梨花中学的张校长，以后就是你顶头上司。我赶紧从藤椅上站起来，向张校长问好。对方也不客气，握了手，很用力的那种，又问哪学校毕业，愿意教什么课。我告诉他说是准师，还强调学校的培养方向是小学教师。张校长说这个我知道的，但我们这块儿教师紧缺，去年和今年分来的几个中师生都进了我这里，边教边学，实际效果还是比那些个天天操心田里庄稼的民师顺手得多呢。

　　梨花中学是梨花镇唯一的中学，建在镇子向西约一公里，原本是几个村庄之间的一片漫野地，据说曾有飞碟光顾过，但因为地势低洼，还是很被各村嫌弃，镇上就收回来建起了学校，学校门前的砂石路也是梨花镇通往县城的唯一交通要道。校园呈长方形，中间一条砖铺路，从前向后，两边分别是操场、中心校办公区、两口水塘后才是中学的教学区、教工和学生宿舍区、学校食堂等，由于学生多，师资紧，不足六十平米的教室里满满当当塞进了百来号学生，坐得挤挤挨挨，书声骤响，立马气球样膨胀开来，一直传向学校围墙外的田野，田野上那些玉米就更加挺直了身子，任是风吹雨淋也纹丝不动，仿佛也浸润在了隔墙传来的琅琅书声里。而课桌之间却仅能容身，学生们只有坐直了身子，才不会妨碍别人，每当夜幕降临，从房梁上吊下来的日光灯燃亮后发出持续的铮铮声响，灯管四周萦绕着从田野里循着光飞过来的蠓虫，灯下是热得满头大汗，或念念有词或奋笔疾书的莘莘学子。学校分我的是初二年级语文课，兼二（2）班的班主任。我至今记得第一次正式走上讲台的情景，面对讲台下百来号年龄只比我小三四岁、却又稚气未脱的学生，我紧张得面色通红，结结巴巴的几句开场白瞬间就淹没在了学生们的哄笑里。教英语的付鑫老师是比我高一届的师范生，本镇人，老爹是梨花镇退休的老书记，毕业于邻县的另一所学校，个子矮我一头，长我两岁。毕竟已经工作了一年，付鑫老师对学生的情况显然比我熟，一回到教工宿舍就提示我，上岗后第一等重要的事就是要立威——树立起你在学生心中作为班主任的权威和威严，尤其你这个班的这些孩子，大部分都是家住在镇上的街痞子，桀骜难缠，属于烫手的山芋一类，早来的老师知根底，趁着你这个班的班主任人选迟迟没定下来，把好管的学生换了去不少，没想到竟被你接手了。付鑫老师说完，皮笑肉不笑地望着我，仿佛我就是那个踩了狗屎的倒霉蛋。

还真被付鑫老师说中了，当天晚自习时间，学生们都在各自座位上写各种练习册，我坐在讲桌后的椅子上，低着头翻看着上午从县城里买回的《十月》杂志，在笔走龙蛇的飒飒寂静里，突然有人拍了我后脑勺两下，并且说，小伙子，看啥呢？我下意识地抬眼望过去，原来是一个身量和我差不了多少，鼻孔下已经长出浓浓茸毛的男孩。对方也一下呆在了那里，嘴巴张成 O 形，就像电影里的定格一样，猝不及防地傻在了那儿，全班的同学憋不住地哄笑起来。我心想对方一定是翘课了，没有参加下午课间我与学生短暂的见面，要不怎么也不会是这样的表情。待对方缓过劲来，我才问他叫什么名字。对方咧嘴露出一口白牙，拍着自己的胸口说，我叫史小威，我爸就是在梨花街的丁字街口杀猪，大家都叫他史老虎的那个。说完兔子样猫着腰，刺溜一下蹿去了最后一排靠东北角的空位。

教室里很快恢复了安静，但我能感觉到，这种安静并不是源自坐在讲台上的我的气场，而是源自这个刚刚刺溜下去的史小威，它是压抑的，是被他的到来给控制的。在这样的环境里读书和教书，尤其暑热盛大的时节，总难免擦枪走火，所以，学生与学生之间干架争吵、学生与老师之间言语冲突，就成了按下葫芦起来瓢的常事儿。我合上杂志，扫了一眼教室前后，板着脸说，以后无论上课时间还是早晚自习，只要有老师在，都必须先打报告，经允许后再进教室！

到第二个周的星期二下午，我正在办公室兼宿舍里批改作文，教政治的郭老师推门走了进来，不待我开口，就怒冲冲地对我说，必须让你班的宋佳云当众给我道歉，她一天不道歉，我就一天不给你这个班上课。我忙不迭地说对不起，一边给她倒水，一边问发生了什么事。郭老师虽然到中年，却是梨花中学货真价实的美女教师，课教得又好，不是真受了委屈，断不会这样义愤难平的。我不要水，郭老师摆摆手，说我不渴，至于发生了什么事，你还是去问你的学生吧，真是气死我了。说完转过脸，头也不回地走了。

我没有马上去找宋佳云问个究竟——我还不知道宋佳云是哪一个，是黑的还白的，胖子还是瘦子，也没有到班里去刨根问题，而是耐心等到晚饭后，招呼从寝室往班里走的班长转告宋佳云到办公室兼宿舍里来见我——说实话，我不过是个刚过完十八岁生日的新兵蛋子，还没有找到娴熟应对付鑫老师口中的"街痞子"的有效方法和沉稳心态，我知道的，一旦当着那么多学生的面把局势搞崩了，后边的局面是我无法收拾也无法承受的，在梨花中学，这样的事儿早已不算啥稀奇。

后来还是史小威告诉我，说宋佳云的家也在梨花镇上，她爸是梨花村的支书，按史小威的说法，丁字路口跺一脚整个四街都地动山摇的大人物，比杀猪的史老虎的威风老了去。

门外喊了声报告，我知道是宋佳云来了，喊了声"进来"，出现在我眼前的是一个扎着马尾的清秀女孩，就停在跨过门槛后的位置，倚着门，低头看自己的脚尖，仿佛收敛了自己，不见丝毫霸道张扬的蛮横，怎么惹郭老师发那么大火呢。也许是看我并没有如她想象中劈头盖脸地斥责，而是平静地询问情况，宋佳云终于抬起头来，目光直视着我，低声争辩说责任不在自己。明明前一节课我因为肚子痛写了假条给她来着，竟然上课第一个就提问到我，我哪里答得出来呢，宋佳云说。然后呢？我问。然后我就坐下了，宋佳说，她质问谁给的权利，不经老师允许可以坐下，命我站到教室外去。你出去了吗？我又问。错不在我的，为什么要我出去？再说出去不是再耽误一堂课吗？宋佳云答道。再然后呢？我继续问。再然后就是一顿没脸没皮地数落，说知道你家树大根深，又有什么了不起，等等，反正很多不入耳的话，我心里气不过，竟然不小心地把堆在桌子上的课本和作业本都弄掉落到了地上，这下郭老师爆发了，厉声呵斥我，指责我心存不满，故意给老师办难堪，还把教科书使劲摔到了讲台上，说她教这么多年学没见过我这样的学生。那你呢？我继续问。我就回了她一句"我上这么多年学，也没见过你这样的老师"。冲突的过程还原到这里，宋佳的声音渐渐走弱了。看着她满脸羞红的样子，我跟她说郭老师当然有不理智和说话不相宜的地方，但作为学生，怼老师肯定是错误的，这个必须要按郭老师要求向她公开道歉的，这也是维持班级秩序必须做的。你这样想吧，假如郭老师是你妈，和你之间出现了这样的局面，你连个道歉都没有，你妈会不会有好脸色给你？宋佳云终于点头答应了下来。尽管如此，郭老师和宋佳云之间还是从此结了芥蒂，一直到毕业，郭老师再没有在课堂上提问过宋佳云，宋佳云的中考政治成绩也是几门功课里最不理想的，以至影响了她的升学。当然，这些都是后话。

　　经过一个月左右的观察试探，我认定史小威是那种更喜欢通过惹是生非刷存在感的孩子，就想了个辙，安排他担任班里文体委员，想用这种办法给野马套上笼头，我很为自己的主意得意。在那个年代，梨花中学的学生是统一住校的，开学以后，散居在乡下各村以及镇子上的孩子，要从家里带了软床（一种把木床架用绳子祥起来做的单人床）和被褥来，因为条件有限，几十张软床挤在一间面积和教室差不多大小的寝室里，实在放不下，还需要委屈个头小点的孩子，两个合铺睡。文体委员是班委会里最辛苦的小干部，每天早晨五点一刻起床铃响后，招呼大家起床，再带队去学校大门口的砂石路上，喊着整齐的口号晨跑——那是我见过的最壮观的奔跑，两千多个孩子以班为单位，排着前不见头后不见尾的长队，喊着此起彼伏的嘹亮口号，奔跑在冉冉上升的曙色和烟尘里，他们的周围是无边的田野，脚下是坑洼不平的砂石路，擦身驶过的是突突突冒着黑烟的货车和拖拉机。跑完步，无论冬夏，所有学生还要集合在操场上，接受学校领导的训话。为保障晨跑学生的安全，学校要求各班任课老师轮流跟队，任课老师不到场的班级要留在操场上，直到任课老师或班主任现身——这也是学校对任课老师偷懒的惩戒。史小威当了文体委员不几天，我就成了中枪者之一。原因是那天早晨带队的付鑫老师睡过了头儿，张校长问是谁带队，学生们说应该是付老师，张校长就让学生去他办公室兼宿舍喊他过来。付鑫老师以感冒为由拒绝在学生面前丢人现眼，气不过的张校长又命令学生喊我去操场上。等我胡乱穿好衣服赶过去，看到的就是一百个多个窃窃私语的孩子和张校长的铁青脸色。张校长咬牙看了我一眼，一个字也没有问转身离去。我有些尴尬地咳嗽了一声，板着脸对着孩子们挨个看过去，发现队列中并不见史小威的身影。我问班长怎么回事，班长嗫嚅着嘴唇想说什么，终于还是低下了头。还是宋佳云勇敢，说刚才几个男生还在嘀咕，说史小威自己想多睡一会儿，起床时候就让班长替他带队，说不定这会儿还在被窝里做梦呢。孩子们都笑起来，我安排学生就地解散，自己赶去学生寝室，果然发现史小威正睡得香甜，阳光穿过玻璃窗斜射进来，照亮了挂在他嘴角的一条虫子样的口涎。被我揪住耳朵直接拎起来，没等我张口，史小威就一溜烟儿跑去了教室。

史小威惹是生非的秉性仿佛从娘胎里带来的，他就像一个头顶烈火的哪吒，走到哪里，就把那里搅和得鸡犬不宁。睡懒觉的事儿才平息过不几天，史小威就因为午后时间带着班上同学去校外偷拔了农户家的玉米秆当甘蔗吃被逮了个正着。

那天吃过午饭，史小威提出去学校外的田野里转转，还随手"你、你、你"点了三个同学。被点中的孩子纵然心里一百个不乐意，还是乖乖地跟着史小威溜出校门，一头钻进了撒土不露的玉米地。在史小威的提议下，几个孩子选定一片青绿逼眼玉米，咔嚓折断了，就地蹲坐，忘情地大快朵颐起来。他们的面前，很快攒起了一地渣渣，被正在田里除草的农户逮了个正着。农户押着被抓现行的孩子来学校讨公道和赔偿，走到一半，几个孩子互相看一眼，突然作鸟兽散，钻进玉米地，霎时就不见了踪影。等农户找到张校长，史小威他们早已翻墙坐回教室里自己的座位。张校长带着农户挨个教室去辨认，走到我们班门口，只伸头扫了一眼，农户就指着史小威对校长说，就是他领的头儿，梨花街上杀猪的史老虎的儿子，扒了皮我也认得出他骨头。

这一次，张校长破例没有把事情交给班主任处理，而是直接要史小威等几个学生自己回家，请家长到学校里来见他，不但训了话，罚了赔偿款，还警告说下次再犯一律滚蛋！史小威的爸爸代表几位家长表态回去一定严加管教自家孩子。敢再犯，我就把他狗杂种当猪给宰了，史小威的爸爸咬牙切齿地发誓，临走的时候，也没有忘了把一个装着十几斤新鲜猪坐墩的蛇皮袋子留在张校长办公室里。

我试图通过个别谈心的方式促使史小威浪子回头，史小威的表现却一次比一次更加沮丧。史小威说，老师啊，不是我不想学，而是根本学不进去，我坐在班里那个座位，满脑子都是我爸杀猪卖肉的情形，枝枝叶叶地在眼前过电影，跟活的一样，然后心就飞走了，屁股下也长了草，痒得难忍，看来我也这辈子也只有跟着我爸杀猪的命了。我给他讲贝多芬，一个聋子怎么扼住命运的喉咙。我给他讲铁杵磨针，童年的李白怎样幡然醒悟等等，为了表达诚意，我还把他的座位从教室后排的死角调到了中间靠边位置，安排班里最老实的孩子和他同桌，既让他时时置于老师的视野，也为他创造了一个自我约束的安稳环境。史小威却苦着脸告诉我，老师啊，你弄这些没用的，我不是李白，也不是啥多芬，我只是梨花镇丁字路口杀猪卖肉的屠户史老虎的儿子，您还是饶了我吧。

史小威调皮捣蛋的风时不时吹入我的耳朵。在许多人看来，老师不在的情况下，他可以露出青面獠牙，驱使甚至霸凌二（2）班除宋佳云之外任何人。这个史小威就是我们班最大的不安定因素，也是每一位科任老师的眼中钉肉中刺，只有我仍然拿他当一个正常孩子待，在他的身上表现出了一种与十八岁的年龄不相称的耐心。没有人理解我的苦衷，他们说得没错，史小威在不停地犯错，而且屡教不改，但仔细想来，却又没有一个错致命到了足够开除学籍的地步，这样的孩子一旦管崩了，让他在班里耍起来，受影响的就不是他几个人的问题了。要搞也要等待一击中的的时机，让他和他的屠户爸爸都无话可说，到那时再让他卷铺盖走人也不为晚，现在我还必须稳着，坚持每天和他磨嘴皮，对他苦口婆心。

老天有眼，这一天终于来了。借用付鑫老师原话，这狗东西竟然欺负到老子头上来了，他心里哪里还有一点师道尊严，他不是学生，而是一个彻头彻尾的畜生、流氓、严打对象。必须让他滚蛋，滚回镇上跟着他爹杀一辈子猪去！我问付鑫老师发生了什么天大事儿。付鑫老师说刚才和几个老师骑单车从梨花镇上聚餐回来，正碰上史小威也往学校里来。史小威眼尖，先看见了他们，就一脸痞相地要搭他便车，还没等付鑫老师答应，史小威就骑上了后座。这狗东西，路上那么多学生、老师和来梨花镇赶集的农民，他坐车也就坐了，坐上后还不老实，不但言语放肆地喊老付骑稳点儿，还动手动脚，伸手抓住我的裤裆尖叫：哇噻，付老师，你鸡鸡好大呀！几乎所有听到的人都憋不住哈哈大笑起来，臊得我巴不得找个地缝钻进去不再出来，付鑫老师继续说，你说这是不是往我眼里推石磙？我当时就冒火了，停下车，拽他下来，骂了几句，反身抽了他两个耳刮子。这狗东西还跟我急眼了，要不是几个老师拉着，说不定真和我动起手来，这种学生就是坏了一锅汤的老鼠屎，有他在，你二（2）班的学生老师都跟着倒霉。让他滚蛋，对，立刻滚回梨花街上，跟着史老虎杀一辈子猪去！事情的过程就是这样，他以为他爹是屠户就没人敢惹，我爹还是梨花镇的老书记呢，看谁治得了谁？付鑫老师喋喋不休地说着，整个胸口都跟着波澜起伏。

史小威知道自己闯了祸，回到学校，也不去教室，径直来了我的办公室兼宿舍，看我面色阴得滴水，知道已被付鑫老师抢先告了状，上来就问我准备怎么处理他。我反问他自己觉得怎么处理合适。史小威皱着眉头嘟着嘴，想了想说，我其实只是和付老师开个玩笑而已，谁想他竟恼了……我又拿给宋佳云做的比方讲给史小威听，老话儿讲师徒如父子，付鑫老师和我大不了你几岁，这父子之说也就扔了，但天地君亲师的道德伦理总还是要讲点的，要是你当众摸着你爸那地方这样喊，试试他会不会揍死你？付老师确实提出了要你退学的处理意见，加上你有那么多的前科，如果你不去向付老师认错，求得他谅解，我也是没有办法的。看我不是开玩笑，史小威感受到了极大的压力，却仍不服气地争辩，冒犯老师肯定是我错，我向他承认错误，但他骂了我，扇我耳刮子，他没有错吗，凭什么剥夺我继续上学的权利？

我让学生请了付鑫老师过来。付鑫老师第一眼就看到了站在门外的史小威，悻悻地说，你也在呀，要跟我说什么？事情已经发生了，怎样处理你这样目无师长的混混痞子是你们班主任的事，再和我没有一毛钱的关系。对不起付老师，是我错了，我给您道歉，史小威带着哭腔说着，恭恭敬敬地给付鑫老师鞠了个躬。付鑫老师冷笑了一声，你就装吧，这要道歉能解决一切问题，东条英机就不用上绞刑架了。史小威显然没听明白付鑫老师的用典，眼里透出迷茫的目光。我是说，我不想以后在梨花中学校园内再看到你，我已经向你的班主任表明了态度，你不用求我，也不用求李老师，没用的。付鑫老师清了清嗓子，又补了一句。仿佛真被付鑫老师看穿了，史小威的目光不再躲闪，而是直视着付鑫老师，冷冷地问，没有商量的余地吗？没有！付老师点头。那我问付老师一个问题，我不过给你开个玩笑而已，你骂也就骂了，揍也就揍了，揍我的时候还脸上一直带着笑，你是觉得我很可笑吗？切！简直是胡搅蛮缠，谁看到我揍你的时候脸上一直带着笑了？付鑫老师沉下脸，声音也有些抖。

很多同学都看到了，在场的老师和过路人都可以作证。史小威倔强地说，你那不是在骂我，也不是在揍我，你是在侮辱我。我只不过是给您开玩笑，您竟然要赶我走，剥夺我接受义务教育的权利？我看见两行泪水顺着史小威的腮帮子流下来。我原本想请付鑫老师过来，史小威当面认个错，表个下不为例的态度，先大事化小了，再慢慢冷处理，事情的发展却超出了我的把控，搞得我只好先让史小威回寝室反省去了。付鑫老师激动的情绪显然还没有平复下来，气愤愤地嘟囔道：我他妈就是脸上一直带着笑又怎么样，还反了他？

晚饭时分，史小威的爸爸找了学校，和他一起来的还有宋佳云的爸爸宋支书。两个人先找了张校长，张校长说自己还不清楚这件事儿，让他们来找我。两个人找到我的时候，我正扒拉晚饭。晚饭是从学校食堂打来的，馒头、白菜豆腐汤、面汤，和农户家里的猪食没有太大差别，比我读师范读书时的伙食差太多。两个人问我李林老师在不，他们显然没把我当老师认出来。我推开碗，抹了抹嘴巴，说，我就是，有事吗？黑胖的中年人说李老师好，我是史小威的爸爸史老虎。我笑了笑，说您不用介绍，我记得您前段时间来过学校的。史小威爸爸打了个哈哈，又指了指身后高瘦的同伴说，这是我们村宋书记，也是你班宋佳云她爸，我们一起来的。我请两位家长坐下来，史小威的爸爸说，就站着说吧，站着说话方便。小威回家把惹付老师生气的事儿向我讲了，都是我家小威的错，怪我平时管教不严，这不，我把宋支书也请了来，希望李老师和付老师不看僧面看佛面，看在宋支书前来的面子上，再原谅小威这一次，给他一个改过自新的机会，也给他一个继续念书的机会。我未置可否，转眼去看宋支书，宋支书也点点头，数落起史小威爸爸来，说你家这个小威，都是被你这当爹的搞坏的，整天光顾杀猪，要是将来他杀了人，看你还拿谁的脸面应对！史小威的爸爸赔着笑，连声说那是那是，以后我严加管教，决不再犯。我在心里暗笑两个人在演双簧，顿了顿，才说，是这样的，作为班主任，我当然不希望一个学生落下来，但出了这样的事，解铃总须系铃人，总要求得付老师谅解，事情才有缓和的空间啊。

我带史小威的爸爸和宋支书去见付鑫老师，史小威不知从哪里也跟了过来。几个人一边走，宋支书问我佳云最近怎么样，我没提和政治郭老师那档子事儿，而是说成绩不错，又不惹事，蛮好的。宋支书很高兴，见了付鑫老师，抢先伸手，握手后笑着说，哎呀，时间过得太快了，付老师你还记得不，上次我去你家找付书记汇报工作的时候你还在上中学，我都觉得还是昨天的事儿，这一转眼你都工作了，接着才把史小威的爸爸介绍给付鑫老师。史小威的爸爸又向付鑫老师做了次检讨，转身对着史小威训斥道：快给付老师道歉。说了两遍，史小威依旧梗着脖子一言不发。史小威的爸爸着了急，扬起拳头要去揍史小威，被旁边的宋支书赶紧拦住了，说哎呀，毛主席都讲了，对犯错误的同志不能一棍子打死，毛主席还说了，有错就改，改了就是好同志呢，只要小威以后不再犯，付老师肯定不会开除他的是不是？说完转脸去看付鑫老师，以为付鑫老师的态度会借着梯子软下来。付鑫老师不吃这一套，依然板着脸，丝毫没有就此饶过的意思。史小威也较着劲，紧抿嘴唇，拉了一把他爸，又拉了一把宋支书，说爸，宋叔，不要他姓付的赶，我自己走，此处不留人，自有留人处，大不了我跟着你杀一辈子猪去，那又怎样？宋支书向我摊开手，摇了摇头。我送他们到学校办公区门口，望着他们消失在茫茫的夜色里。再回到办公室，已经不见了付鑫老师的影子。

到下一个周末，本来我计划好了回去村里帮家里干点农活，付鑫老师却找来了，邀我陪他一起去家里见见他爸。付鑫老师对我说，我爸你知道的，退休几年了，到现在还没能适应眼见的门庭冷落，脾气越来越暴，你记得去了无论他说什么都表示认同就可以了。我让他放心，就骑了自行车，和他一起往镇子上走。

镇政府家属院在政府办公楼后，独门独户结成的一溜平房，住的大都是镇上的头面人物，老百姓称为梨花镇的高干区，我们一直往前走，不断有狗叫声从紧闭的门扉里传出来，凶巴巴地吓得人头皮发麻，走到尽头一户，付鑫老师敲门，响起一阵窸窣的脚步声，开门的是一位面相慈祥的老太，付鑫老师赶忙介绍说是他妈，我点了头问安，跟着付鑫老师穿过半院子的花草和蔬菜往屋子里走，走进客厅，抬眼就看到了一位穿着半旧藏青色中山装，灰发、背头，与付鑫老师面相神似的老人，不用说，这就是付鑫老师他爸了。付鑫老师叫了声爸，向老人介绍说这就是我提起的同事李林，老人欠了欠身，微笑着示意我坐下，又收了笑容，转过脸看向付鑫老师，指了指对面的小椅子说，你也坐。付鑫老师恭敬得像刚入学的小学生，拉过小椅子坐下了。案几上的茶水已经备好，袅袅地冒着热气，看得出老人已经等了一会儿。他让我们自己把茶端起来，自己却坐得更端正了，开门见山地说，之所以把你们叫过来，是因为我听说了最近有关你们和学生之间的一些事儿，付鑫你也来讲给我听一听，正好李林在这儿，有遗漏和差错的地方你来补充。付鑫老师就把和史小威之间的冲突以及后来家长找来学校的过程原原本本复述了一遍，讲得具体，几乎不需要我再补充什么，完了又悻悻地补充说，这个孩子初一我就教他了，第一课 what's your name？他在这行英语下边标注的汉字竟然是"我日要您母"，全班学生都跟着起哄，这样的学生谁有法儿教？我也跟着附和，说就是的。我们都说完了，老人呷了一口茶，慢慢放下杯子，目光在我俩脸上扫一遍，才严肃地说，我也是这年龄参加工作，那时候在解放区搞土改，也和你们一样愣头愣脑的，但心里始终记牢了"骂人无能，打人犯法"这一条儿，要求自己要以理服人，绝对不许和老百姓起冲突。都像你们这样子，不是把老百姓都赶去敌占区了吗？现在可好，一个小毛孩子，屁大点错儿，就被你们赶出学校，推向社会去了，你们配得上"老师"这个称呼吗？屋子里静得能听见我们三个人的呼吸，付鑫老师端茶杯的手在微微发抖，额头上沁出了密密麻麻的汗珠。老人的批评也让我心虚和不安，但付鑫老师如此紧张，是我事前真没想到的。

逃也似的出了门，我问付鑫老师怎么办，要不要找时间一起去把史小威叫回来。什么怎么办？凉拌！要那样子你我的脸往哪儿搁？我爸这儿？不用理他，付鑫老师恨恨地说，一定是狗日的宋支书向老头儿告了我黑状。

我从此再没见到史小威，眼前却经常浮现出他那张坏笑的痞相。我向宋佳云和其他几个家在梨花街上的学生打听，他们说史小威从梨花中学离开后，他爸托人把他送去了邻乡白马中学，但也就待了一个月出头，就被灰溜溜地赶了出来，他爸厚着脸皮又托关系，想把他送去另一所中学，那校长一见他爸就惊呆了，说原来是你家孩子啊，我们这庙小，可装不下这尊大神，您还是另寻别处好了，然后推说去厕所应个急，就再找不见人影。但我心里还是怀了几分惭愧，去梨花镇街上办事，也尽量绕开丁字街口走，以免碰到逢集永远在那儿出生意的史小威爸爸，生出什么意外和事端。

学校期末统考成绩出来，我带的二（2）班总成绩破天荒夺得了年级第一（这个班升入初二的成绩可是年级倒数第一啊），张校长和很多同事纷纷向我竖起大拇指，付鑫老师也很得意，说怎么样兄弟，我说史小威就是那粒坏了一锅汤的老鼠屎没错吧，这不，你把它捞出来扔掉还不到一个学期，这个班立马就令人刮目了。我向每一个人说着感谢支持的话，心里却五味杂陈，有时还莫名其妙地沮丧不已。但这么多年，甚至后来离开梨花镇调去县城，再来了北京工作和生活，我到底也没再见过史小威的影子。

去年冬天我回了老家，参加完二伯的葬礼，再从亳州乘火车返回北京。没想火车因故障要晚点四个小时，我拖着疲惫的身子走出候车室，顶着寒风穿过空旷的站前广场，想到边上寻个填饱肚子的所在，也许是天冷夜深的缘故，半条街上的店铺大多关了门，只剩一家烩面馆还亮着灯。我推开玻璃门和棉布隔帘走进去，问闲坐的服务生有没有什么吃的，服务生白了我一眼，说厨房师傅下班走了，只有挂面和小菜了。我要了一碗葱香挂面和黄瓜拌豆腐丝，把面汤也喝干净了，竟然吃得满头大汗，起身去到柜台付钱，老板却坚拒不受。老板一脸认真地望着我，说你是李老师吧，我还是你学生呢，你试试还认得出我不？我打量了他一会儿，脑海里忽然跳出了"史小威"三个字。没错，一定是他！我试探着问，你不是史小威吧？老板的脸上瞬间露出了我熟悉的痞笑，说哈哈，李老师您记忆力还真不错的嘛。我又想起了当年的事儿，赶紧说当年都是我年轻冒失，处理问题没经验，让你受了委屈，这么多年你心里肯定还恨着我和付老师吧，这里我得先给你道歉了。史小威说老师您太客气了，都是过去几十年的事儿了，那时都怪我太调皮捣蛋，换了别的老师，一样也不会有好果子吃的。我说那时候如果我坚持不让你离开，还是有挽回余地的，都是我一己私心作祟，竟然真把你赶走了。我又问史小威这么多年在做什么。史小威说离开梨花中学后辗转了几所学校，但最后还是回了家，先跟着我爸学杀猪买肉，后来我爸就把我送出去学厨艺，结业后先在梨花镇开了家饭店，因为老家能消费的年轻人越来越多地去了外地务工，生意也不太景气，再后来就把饭店盘了出去，来亳州开了这个饭店，一直到现在。我还向史小威打听宋佳云的消息，史小威说宋佳云后来从高中考上了师专，毕业后回了梨花镇教书，但这几年乡下孩子大多一窝蜂去了城里寄宿的民办中小学，她那所学校只剩下了几个学生，后来被邻村另一所学校合并了。我觉着再耗下去也没意思，就让她辞了职，回来我店里照顾生意了。看我一脸疑惑，史小威又嬉皮笑脸起来，说宋佳云现在是我媳妇儿哈，我可是发扬不要脸的精神，费了老劲才把她追到手，不过结婚后宋佳云告诉我她从小一直就喜欢我的，嘿嘿……史小威讲完，我们又聊了其他一些同学的近况。史小威说，我儿子小时候和我当年一样永远没有安静的时候，佳云觉得有问题，带他去郑州看了大医院，医生检查后说是典型的多动症，来回治疗了两年多，才终于改掉了。看快到乘车时间，我提出不叨扰他了，先过去候车室等车。史小威坚持送我过去，路上突然问我有没有付鑫老师的消息。我有些犹豫，还是告诉了他，说我和付老师联系不多，但知道他如今在武汉的一所私立高中当校长，学校规模很大，在整个华中地区享有盛誉。史小威沉默了一会儿，说，哦——那挺好的，啥时你们再联系，您记得带个好给他哈。我说一定的，史小威又说，也烦劳您帮我再问他一下，当年在梨花中学，他揍我的时候为什么脸上一直带着笑呢？我心里咯噔一下，抬眼去看去，黑暗中，一张略显认真的脸明灭可见。我郑重地答应了，分手的时候，史小威也没有向我问起付鑫老师的联系方式。

回到北京后，我给付鑫老师打了电话，问他为什么这么久也不联系，是不是把老兄弟忘了。我们俩打着哈哈，兜兜转转终于把话题绕到了梨花中学。我问他是否还记得起一个叫史小威的学生。付鑫老师想了想，说，真不记得了，我们有过这个学生吗？又说，你啥时来武汉，我请你去黄鹤楼下吃武昌鱼吧，那里做的武昌鱼是全中国最好吃的，不，也是这个世界上最好吃的。

失踪的针头

牌局和色子的死

三饼正要把手上那张没用的南风甩出去，突然看见自己的老婆凤仙满头大汗闯了进来。三饼的手不由抖了抖，那张南风"啪"地落下来，刚好砸在面前那一排挤挤挨挨竖起的麻将牌上。被砸中的那张仄仄歪歪摇晃了几下，最终还是没有站直，痛苦不堪地倒了下去。相邻的麻将牌们也像传染了多米诺病一样纷纷倒下去，其他三个牌友的目光一齐射向三饼的麻将牌和三饼此刻正在不停地颤抖的右手。三饼的脸渐渐变得乌紫烂青。三饼愤怒地望着气喘吁吁的凤仙，说："报丧啊，你？"

凤仙就像一个根本没有听见三饼呵斥的聋子，自顾自地带着哭腔说："不好了，万苍医生把针头留在色子的肉里了。"凤仙见三饼没有反应，下意识地缩了缩流线型的肩膀，又说，"我只听见扑的一声，万苍医生拔下的针管就只剩下了半段针头，另半段如果不是留在色子的肉里，还能去哪里呢？"凤仙的目光越过三饼的肩膀就看见了屋子后墙上的年画。

三饼的脸色忽儿红忽儿白，腮帮子一跳一跳的，就像正有两拨壮汉在打作一团。

三饼的这局牌里埋伏着三个红中三个发财，三饼刚才一直在想这局肯定要赢个精彩的杠上开花，至少也能把刚才输给七万的捞回来。但现在他的脑子已经变成了一片白茫茫的荒山。三饼慢慢地从板凳上站起来，挪开屁股，在一片惋惜声里挤出人群，跟在老婆凤仙身后向万苍医生家走去。

万苍医生的家在村子最西头，万苍医生的小诊所就设在自己家里。三饼跟着老婆走进诊所时，万苍已经做好了手术前的一切准备。三饼看见万苍的铝合金盒子里放着刀子、剪子、镊子、紫水，一大团药棉，有那个他已经见过至少一百次的玻璃针管子。万苍医生坐在柜台后边，一边抽烟，一边在浓浓的酒精味里伸长脖子望着门外，专心地等着三饼和他老婆凤仙到来。

"我儿子呢？"三饼说。三饼甚至没有喊"万苍"两个字，三饼的脸上乌云翻滚。

"三饼你放一百二十个心。我已经给色子服下足够的安眠片，你过来瞧瞧色子现在睡得多香。"万苍医生指指靠后墙的雪白布幔，又说，"一会儿做完了手术，色子很快又会活蹦乱跳的。"

万苍医生的神闲气定似乎在告诉三饼，那半段该死的针头只是个头一次得手的小痞子，只需自己在色子的屁股上拉开一个小口，很快就会被缉拿归案。

三饼点点头。

万苍医生端起铝合金盒子从柜台后边转出来，轻轻拉开遮住的布幔，露出了睡在软床上的色子。三饼看见色子的小脸深深埋埋在万苍家的小枕头上，细细的睫毛上还挂着两颗委屈的泪珠。色子的后背用被子盖严了，只有两瓣屁股对比鲜明地暴露在外面，右边的那瓣是他熟悉的，左边则鼓起老高，像刚出屉的发面馒头，不过颜色则是隐隐的青紫。三饼的心里"咯噔"疼了一下，就像那半段失踪的针头突然钻进了他的心脏里。

　　三饼弯下腰，把脸向色子贴得更近了些。"色子——色子……"三饼的声音带着明显的焦虑和不安。但色子并没有吱声。

　　"我儿子，我儿子究竟怎么样了？"三饼把脸转向万苍医生。

　　万苍医生没有再理会三饼，而是默默地从铝合金盒子里拿起刀子和一大团滴着酒精的药棉，掀开被子的一角，熟练地在色子的屁股上动作起来。三饼接着看见色子的青紫屁股上被万苍医生划开了第一道刀口，一股鲜红的液体随着刀刃欢快地跑了出来。万苍医生迅速用止血药棉在刀口上擦了擦，眼睛凑近了找了约有十几秒钟，他的脸上露出了掩饰不住的失望。万苍医生又皱了皱眉头，马上又交叉着划出了第二刀，但他的脸上流露的依然是掩饰不住的失望。划第三刀之前万苍医生似乎偷偷瞅了一眼自己。三饼恍惚觉得万苍医生的两条胳膊已经脱离了他瘦弱的身体，僵僵地不再听从他的使唤。三饼突然想说什么。但他张了张嘴，还没有等他说出来，万苍医生已经硬心划出了第三刀，结果仍然令他失望。

　　万苍医生的脸上像有许多条叫汗水和泪水的蚯蚓在爬，他绝望地望着色子的屁股，不住地摇头。色子屁股上被他用了三刀的划出来的鲜红的"米"字越来越像一朵光彩夺目的硕大花朵。万苍医生犹豫地放下刀子，再拿起针去缝合的时候，听见了三饼的说话。

"万苍！你狗日的扯淡吧，你究竟使奸心把那半段针头弄到哪X国里去了，我不就是昨天赢你二十块钱吗？"三饼朝地上吐一口唾沫，"有种你打死我，至于祸害色子，祸害我儿子吗？"

"色子！色子——色子？色子……"凤仙也从远一点的地方扑过来，一边喊着色子，一边摇色子的脑袋。

凤仙的声音全变了，歇斯底里的，就像被谁掐住了喉结。但三饼和凤仙一直没有听到色子应声。三饼赶紧住了口，不再理会对着色子的屁股上鲜红的"米"字发愣的万苍医生，伸出手和凤仙一齐用力摇晃色子的脑袋。三饼慌乱地把一根手指伸到色子的鼻孔下。三饼发现已经找不见色子的呼吸。三饼的心像一下子掉进了深不见底的冰窟窿里。"你——你——"三饼和凤仙怒视着万苍，几乎同时放声大哭起来。

色子就这样招呼也不打，就匆匆作别了人世，这一切不但让三饼和老婆凤仙措手不及，也让万苍医生措手不及。那个下午，三饼和凤仙的哭声像老虎钳子一样夹紧了人们的心。我们村子的牌场第一次变得死一般寂静。

三饼和万苍医生的一个过节

你是知道万苍医生这个人的，虽然赤脚医生出身的他医术仅限于治疗诸如感冒伤风一类的病症，但只要你求助于他，他总会一丝不苟地要你伸出舌头反复看一看，要你把冰凉的体温表夹在腋下量一量，把听诊器使劲按在你胸口上听一听，这才告诉你，是感冒，不碍事的。接着他打开抽屉拿出几包事先包好的药，嘱咐你回去后一次一包，每天三次，饭后服用，要用温开水送下。只有你反复提出要打一针，他才会磨磨叽叽半天后，很不情愿地满足你的要求。而且万苍医生在我们村子里一向医风很好，不管白天黑夜，下雨刮风，看病接生，几乎每请必到。说他使奸心弄死了三饼家色子，打死也没人信！

万苍医生和三饼夫妇并无什么大的过节。人们回忆起来，两个人似乎只在事故发生的那天上午因为牌场上的悔牌争执过几句，但也仅仅限于争执几句，万苍医生很快就服了软。

在场的人说，那局牌其实是万苍医生忙中出乱，不留神把自己的一将拆散打了出去，再想伸手去拿回来时，那只手早被三饼死死按在了牌桌上——原来那张牌正是那三饼张着嘴等了很久的。两个人争执起来，都红了脸，瞪着眼珠子喘粗气。旁边看热闹的也咋咋呼呼地跟着起哄，说，这就没规矩了，拉出来的屎哪还有坐回去的道理？僵持了一会儿，万苍自知理亏，沮丧地先推倒了牌，并当场把四张五元的票子点给了三饼。以至于牌场散后三饼还不好意思地又找到万苍医生的小诊所谦让了一番，并向万苍医生道了歉，说自己不该当着那么多人办他的难堪。万苍医生说，"开弓没有回头箭，自古牌场上父子算明账，是我一时没转过弯，应该我向你道歉。"

天刚擦黑，从梨花镇方向来的警车就张牙舞爪地径直开到了万苍医生家门前。不待警车停稳，几位荷枪实弹的警察就拉开车门跳下来，向万苍医生的小诊所扑去。不一会儿人们看见首先出来的两个警察抬着万苍家的软床上了车。不用说，那床上准是三饼家色子的尸体。又过了片刻，万苍医生也由两个警察押着上了车。人们看见万苍医生手上戴着锃亮的铐子，失神的眼睛又红又肿，脚步踉踉跄跄，有几次差一点没有被脚下的小砖头绊倒在路上。万苍医生像一团堆积的树叶，全身不住地哆嗦着，连头发也一下子白了许多。跟着警察最后走出来的是三饼和他的老婆凤仙，他们也互相搀扶着一起上了警车。

警车扬起的尘烟消失了很久，我们村子里的人还站在村口议论纷纷。

凤仙的证言材料

下面是三饼老婆凤仙的证言（根据记录整理）：

我们家早上吃的和每天几乎没有什么不同。馒头、稀饭、白菜炒豆腐。豆腐是三饼昨天上午买来的，我们昨天上午和晚上，已经吃过两顿，这是最后剩下的一点儿；白菜是三饼秋上窖起来的，我每次扒出一两棵，吃完了就再去扒。今天早上，三饼还端着饭碗，七万就找到了我们家里，说他们家牌场现在三缺一，让三饼快点吃。我说还要咋快？总不能割掉脑袋往肚子里灌吧。七万说嫂子你咋说话不图驴叫唤。三饼则说我是屁股痒痒想挨整了。三饼骂我的时候，乜斜着眼，脸上满是坏笑，喝稀饭的声音就像拉风箱。我说你去吧，你有种就死到牌场上别再进这个家。我们来一句往一句地叮咣，色子一直一个人趴在小饭桌上闷头吃饭。三饼把饭吃完了，扔下饭碗也不往厨房里端，就和七万一起说笑着走了。

我记得这顿饭色子总共吃了半个馒头、一碗稀饭、两块豆腐、几片白菜，完了又吃了一块烤红薯。色子最喜欢吃烤红薯，我每天早饭都要给他埋在锅灶里烤一块的。吃完饭我让色子到院子里玩，自己去灶下刷锅、喂猪。一切都收拾停当后，我才把给色子织了半拉荏子的毛衣拿出来，想抽空织一些。

　　我拉了一把藤椅，坐在院子里，那天上午的天气很好，风不大，一会儿，阳光就照得我浑身暖洋洋的，非常舒服。掏心窝子说，三饼这些年对我真是太好了，他是家里地里一把手，别看在外场上正颜厉色的，回到家里总恨不能把我们娘俩捧在掌上含在嘴里。三饼最大的毛病就是爱偎个牌场，挎个酒场的。开始我挺烦的，反正天下男人也难找十全十美的，就懒得去管他，你知道女人家唠叨得太多反而惹男人厌烦。你总不能天天把他拴在裤腰带上。

　　我织毛衣的时候，色子一直在离我不远的旁边玩堆沙子。沙堆前边是我家的鸡窝和猪圈，再向前就是三饼去年冬天趁农闲时用玉米秸扎起来的篱笆墙。风吹着干爽的玉米叶沙沙地响，就像村里许多年轻女人在向我招手，聚在一起说话，一声高一声低的。听见色子的哭声我不再胡思乱想。我放下毛活儿跑过去，看见色子正坐在沙堆上搂着肚子嘤嘤地哭，我赶忙抱他起来，一边问，色子怎么了？告诉妈妈哪儿不舒服？色子含糊地说，妈妈我肚肚好疼。起初我还以为色子趁我不注意偷喝水了。色子不再说话，而是使劲地摇头，他的鼻子和眼睛已经快拧作了一团。我赶紧把色子放到屋子里的软床上，又跑到厨屋里，拿来红糖放进杯子里，倒上开水，用勺子搅化了，扶起色子让他喝下去。然后又让他躺好，伸出手在他的肚子上轻轻按摩。但色子并没有安静下来，而是更大声地呻吟起来。色子说："妈妈我肚肚里晕乎乎的，就好像有许多小虫子在抓挠，有许多星星在跑，我受不了。妈妈救救我……"色子脸色苍白，许多虚汗道子像蚯蚓一样顺着脸爬下来。我知道再耽搁下去三饼知道了肯定会骂死我的，就抱起色子去找万苍医生。

路上我遇到许多人，但这会儿我实在想不起他们都是谁了。他们都用询问的目光望着我，大张着嘴巴和我说话。但我一点听不见他们在说什么，我的心里只有我们家的色子，我已经管不了那么多了。

我腾云驾雾一般跑到万苍医生家门口，万苍医生背着他那只枣红色药箱正要出门。看见我和色子又住了脚，问："色子怎么了？"我摇摇头："我也不知道，三饼去七万家打牌去了，万苍医生你看看他怎么了，你快救救我们家色子吧。"万苍医生转回身，从裤兜里掏出钥匙，重新开了门，放下药箱，转到柜台后，拉开布幔，从我手上把色子接过去，小心地放到软床上。万苍医生问色子哪儿疼，色子摸摸自己的肚子。万苍医生又问是左边还是右边，色子茫然地摇摇头没有说话。万苍医生让色子张开嘴把舌头伸出来。万苍医生从药箱里拿出一根温度表使劲甩了甩，解开色子的上衣插在他腋下。万苍医生又从药箱里拿出听诊器放到色子的胸前听了听。万苍医生抽出一支纸烟叼在嘴上，紧皱着眉头。过一会儿，万苍医生才从裤袋里摸出火柴，把嘴上的纸烟扔了，又抽出一支叼上，点着了，使劲抽了一口，慢慢吐出一口气。万苍说："三饼家的你别着急，色子可能是肠痉挛，也可能是胆道蛔虫，你看先吃点药，打一针，观察观察行不行？"我说："你是医生，不管什么方法，只要能救孩子，有啥不行的。您就别问我了。"

万苍医生转到柜台里边，从货架子上的木格格里找出几个瓶子，拧开瓶盖，各倒出几片不同颜色的小药片，集中到一张纸上，又亲自倒了一杯水递给我，让我帮着色子把药服下。等我把水杯放回到柜台上，万苍医生已经吸了满满一针管尿黄色的药液。

万苍医生说："三饼家的，你把色子翻过来，屁股朝上，要小心扶好色子，别让他乱动，要不再来第二回就更难扎了。"

万苍医生左手拿起一个白色的棉球儿一个紫色的棉球，先用紫色的在色子屁股的右半边擦了擦，又用白棉球擦了擦，举着针管的右手在空中使劲推出一些药水，晃了晃，使劲扎了下去。我不敢继续往下看，赶紧闭上了眼睛。接着我听到了色子的哭声。

如果我没有记错，这是我和色子见到万苍医生后色子的第一声啼哭。万苍医生说："色子不疼，好孩子不哭，马上就完。"我只听见"咔"的一声，睁开眼睛看见万苍医生拔下的针管上就只剩下了半段针头。我说："万苍医生，另外半段呢？"

万苍医生没有接我的话茬。可是另外半段不是留在我们家色子的肉里，又能去哪里呢？

万苍医生弯下腰，很仔细地在刚才扎针的部位找了好一会儿，才点点头自言自语地念道："是呀。"万苍医生的脸色比纸还白。我们家色子的哭声越来越含混不清："妈妈——肚肚疼——屁股疼——妈妈……"

万苍医生说："三饼家的你快去七万家喊三饼，我先给色子喝点安眠片，让他安静一会儿。等三饼来了，咱们再在色子屁股上划个口子把针头拿出来就没事了。"

我领着三饼回到万苍医生家诊所后，我们家色子已经沉沉入睡。万苍医生在我们家色子的屁股上留下了一个大而鲜红的"米"字，也没有找到那半段针头，我想问问色子那会儿哪个地方疼。我摇摇色子的脑袋却没有反应，三饼和我一起摇色子的脑袋还是没有反应，三饼把一根手指伸到色子的鼻孔下试了试，发现已经找不到了我们家色子的呼吸。

我去七万家喊三饼去万苍家的时候，我们家色子还活不拉拉的。

我们家色子肯定是给万苍医生害死的。

对万苍医生的问询笔录（片段）

时间：× 年 × 月 × 日
地点：梨花镇派出所问讯室
问讯人：李爱国（派出所侦查员）
被问询人：万苍

问：姓名？
答：万苍。

问：性别？

答：男。

问：年龄？

答：45。

问：职业？

答：医生。

问：家庭及从业地址？

答：梨花镇小尾行政村小尾村西头。

问：……

答：……

问：刚才三饼老婆凤仙讲的都是事实吗？

答：是。不……不是。我可以对天发誓，让老天爷看着我，我没有害死三饼家色子。我只是看他痛得厉害，才给服下几粒安眠药，当时我想着反正一会儿三饼夫妇来后我们还要割开色子的屁股找针头。而我手上又没有现成的麻药，再去梨花镇上买也来不及，就索性多让他服了几片，这样等一会儿动刀他还能少一点疼痛。谁知道后来色子的呼吸就找不着影子了呢？

问：那你为什么不和三饼夫妇一起把色子送梨花镇医院呢？

答：我就说实话吧。您也知道我万苍并不是个通门的医生，我只念过小学，"文革"那阵子靠着我任公社革委会副主任的表叔的面子进了大队卫生室，帮着大队赤脚步医生跑腿抓药。大队赤脚医生是省城的下放知青，后来就和大伙一起回了城。大队卫生室只剩下了我一个抓药的。社员大病小恙都要走二十几里去梨花镇上。劳心费力不说，还耽误农活。大队支书找到我家，说万苍，咱村飞鸽牌的医生走了你这永久牌的就接着干好不？我说支书你还是让我去下田干活，另找有本事的人吧，我实在不行的。支书嫌我不识好歹，板起脸孔，说这可是党交给你的任务。

我没敢再推托。

我就这样阴差阳错地干上了大队赤脚医生。大队改叫村后又干上了村医生。后来也去县里卫校培训过几次。那儿的老师才真叫有水平，人身上的每个地方都能说得头头是道。但每一堂课我都听得云里雾里的，回来后还得凭老经验抓药，反正大伙也不外乎个头痛脑热的，没什么大妨碍，吃几包药，很快就会好的。另外我还暗地里偷偷学着给妇女接生。这可是人命关天的事情，来不得半点马虎，所以我也学得特别用心。我是跟我们村刘翠花老太太学的这门手艺，刘老太太没儿没女，我就亲生儿子一样天天去嘘寒问暖。帮她做饭，洗衣服，倒洗脚水。这样一年多后她才手把手教会了我。

刘老太太后来是我披麻戴孝送进老坟的。没有病人的时候我常想，将来我死了，谁给我披麻戴孝送终呢？

注意，我问什么你就答什么，不要八竿子打不着的事情都往里扯。（李提醒）

是。是。那天如果不是针头折断留在色子的肉里，我怎么也不会强留三饼夫妇给色子做手术的。我寻思着无论咋说也是我把针头留在了色子的肉里，属于我的责任我总要负责到底。再说如果人们因此埋汰我连个针也不会扎，我这个医生脸往哪儿搁？我这个诊所怎么继续开下去呢？但我真后悔啊，我在色子的屁股上划了三刀，竟然没有找到留在色子肉里的针头。难道它自己长腿了不成？如果划开第一刀时我还成竹在胸，那么划开第二刀我已经暗暗犯起了嘀咕，划第三刀前我几乎感到有些虚脱了。我的手硬僵僵地怎也不听使唤，我下意识地偷偷瞅瞅三饼。我还是咬咬牙划了下去。还是没有！汗水顺着我的脸淋淋漓漓落下来。我到现在也闹不明白那半段留在色子肉里的针头究竟去了哪里。唉！这都是老天爷安排的，都是命。过去我不信，这回我服了。

接下去的事情刚才凤仙讲得都已清清楚楚，我就不再重复了吧。

问：你凭什么断定色子患的是肠梗阻或胆道蛔虫呢？

答：我只是瞎猜。你知道我只会治个感冒伤风和给妇女接生。我看看温度表，色子的体温很正常，色子又一直脸色煞白地搂着自己的肚子。我想色子得的很可能就是卫校的老师讲的那病吧，缓口气就会好起来的。我对三饼家的说可能是肠梗阻或胆道蛔虫。

问：你行了这么多年医，难道忘了什么叫人命关天吗？

答：那天我想本来是要去九筒家出诊的，九筒的老娘一见冷天就咳嗽不止，必须经常打针吃药。要不是三饼家的可怜兮兮地求我，要不是怕色子有个三长两短对不起三饼，要不是三饼仅仅赢我了20块钱见我就那么过意不去，我才懒得去管。您知道我是个一人吃饱全家不饿的主儿，我不缺钱花，我干吗要管这闲事呢？现在看来我真是吃饱了撑的。这两天我也想透亮了，人该三枪死，逃不过一马叉。这次我算死定了，我死不暝目的是最后竟然欠下三饼家一条命。

我罪该万死。

问：你还有什么要说的吗？

答：没——没有——没有了——

被问询人：万苍（签字）

×年×月×日

法医鉴定结果和案子的结局

警车驶离我们村的第五天下午，又一次开了回来。从车上走下来的三饼夫妇似乎比五天前矮了一截，这说明他们暂时还没有从丧子的悲痛里挣脱出来。三饼的胸前紧紧地抱着一个小巧的木头盒子，不用说那里面盛的就是色子了。现在的色子正蜷缩在盒子里睡得很熟，他的身体已经变得很轻，轻得几乎没有了重量。他睡在三饼怀抱的木盒里，就等于睡在了三饼的怀抱里，没有了疼痛，也不再哭泣，他睡得很沉，比深冬的暮气还沉，如果你靠近些，还能感觉到他花瓣般芬芳的呼吸，但你再也听不见他喊疼了。三饼夫妇在村路上慢慢地走着，他们不和任何人说话，他们的脸上没有笑容，没有泪水和悲伤，甚至没有任何表情，他们渐渐融化在了落日的霞光里。

太阳落下去之后，万苍医生也一个人悄悄进了村子。径直走进他的小诊所。你当然不可能看见万苍医生的脸，因为他巨大的脑袋一直低垂着，摇摇晃晃的仿佛一个充足了气体的猪尿泡。万苍医生走进院子，打开房门，呆呆地望着柜台后面货架上的瓶瓶罐罐，禁不住低低地啜泣起来。屋子里没有开灯，他伛偻的身影和冰凉的哭泣无声地浸没进越来越黏稠的夜色里。

法医的鉴定结果很快出来了，死者患有先天性心脏病，死前有明显的胆道蛔虫症状，主要死因源于心脏异物引起的并发性心力衰竭。属于重大医疗事故。在火葬场，当值班工作人员把密封的骨灰盒交到三饼夫妇手上时，万苍医生大张着嘴巴望过去，努力了半天，终于说："我想问问，骨灰里有没有那半段针头。"

可能由于声音太低，万苍医生的请求没有得到回应，万苍医生用尽浑身的力气又把刚才的请求重复了一遍。值班的工作人员奇怪地打量了半天，最终还是使劲摇摇头。万苍医生十分失望，悄悄向后退了几步，嘴里嘟嘟囔囔道："奇怪，那针头去了哪里呢？"

走出火葬场的大门，三饼最后望了一眼万苍医生说："万苍，你狗日的记住，你可是欠了我们家一条人命的。"

万苍医生接受了公安机关的调解，答应一次性赔付三饼夫妇各项费用共计 5643.88 元。公安机关还向当地卫生主管部门建议吊销了万苍医生的行医许可证。

和色子有关的后续

色子的死亡风波很快就在我们村子悄然平息了，因为开春以后，人们有了更重要的事情去做。要把闲置半年的农具收拾收拾，生出的锈迹磨光了，要去田野里翻耕土地，要给返青的麦苗子灌水施肥，除草喷药，要把烟叶和红薯苗育上。

我们的村子重新忙碌起来。牌场上暂时没了热闹，傍晚的屋顶上到处都弥漫着炊烟，巷子里此起彼伏的不是唤鸡上架的声音，就是狗们汪汪的吠叫。

万苍医生的小诊所关门大吉后，我们村里的人们即使偶感风寒，也要跑到二十多里以外的梨花镇医院去看医生，都感到十分不便。有许多人几次三番地怂恿万苍医生再次出山。却都被万苍医生婉言拒绝。"天作孽，尤可活；自作孽，不可活呀。"万苍医生说完，仰天一声长叹，不再理会众人，闷闷地抽起烟来。

时间真是一张最好的膏药，再深的伤口也会被它慢慢抚平。进入盛夏以后，人们发现三饼老婆凤仙的肚子又渐渐大起来，三饼夫妇的脸上重又生出红润的笑靥，三饼去牌场的机会也多起来。

初冬的一个深夜，万苍医生躺在床上睡得正酣，忽然听到了急促的拍门声。万苍医生迷迷糊糊地披衣下床，拉亮灯，打开大门，看见了站在门外黑暗里的三饼神色慌张的脸。

"万苍你快出来看看，凤仙怕是要生了。我们算着还要等几天的，没想到半夜里凤仙肚子就痛起来，等我找来七万和九筒的老婆，小孩的屁股已经顶出来了半截。七万的老婆当时就吓尿了裤子。我想今黑里只有你能救凤仙了。"三饼说着闪开身子，万苍医生又看见了正在架子车上蛇一样抽搐作一团的凤仙。万苍医生不由倒抽了一口冷气。万苍医生摇摇头，说："三饼，我已经欠了你们家一条人命，我绝不能再欠你们第二条、第三条人命了。再说我如今行医可是犯法的呀。你还是赶紧去镇上医院吧。"万苍医生说完，"咣当"关上大门，扭头折回了自己屋里。

大门外响起了更猛烈的拍门声，还夹杂着三饼的哭泣和叫骂。万苍医生在黑暗里一口接一口地抽烟。过了很久，终于把抽了一半的纸烟扔到地上，踩灭了，自语一声"也罢"，再一次披衣下床，打开了大门。

三饼眼珠子血红地瞪着万苍医生说:"你狗日的真见死不救吗?老天爷有眼不会放过你的,让你遭天打雷劈!"

万苍医生说:"背进来吧。"

黎明时分,万苍医生的小诊所里传出了婴儿露珠一样鲜嫩的第一声啼哭。

万苍医生精疲力竭地瘫坐地上。三饼嘴里一个劲地嘟囔道:"好好!我和凤仙一定好好谢——谢你。"万苍医生终于缓过劲来,说:"别——三饼,你要拨我个脸面,就答应我一个小小的要求好了。"

"中。"

"那你们俩就还给孩子取名叫色子吧。"

"中。中。"三饼连声答应。

"我欠你们家一条人命这就算还给你们,咱们两清了。"万苍医生又说。

万苍医生脸色煞白。

万苍医生汗水淋漓。

万苍医生泪如雨下。

后续的补白

这里我还要告诉你,我就是十八年前出生在万苍医生家的那个叫色子的男孩。我的父亲三饼说,我是万苍医生硬生生从我母亲凤仙肚子里拽出来的,我落草人间很长时间后才发出第一声嘹亮的啼哭。万苍医生把我放在床上,不停地扬起手掌使劲拍打我的脚心,我的脸憋得乌紫烂青，万苍医生又把我抱起来，嘴对嘴用尽全身的力气吸，终于吸出了卡在我喉咙里的黏痰。

我落草人间的第二年冬天，万苍医生睡下后再没有醒来。安葬万苍医生的仪式十分隆重，我的父亲三饼和母亲凤仙轮流抱着披麻戴孝的我走在送葬队伍的最前面。我好奇地打量着那些花花绿绿的人们，傻呵呵地笑出声来。

让我百思不得其解的是，每年总有那么几个晚上，我的身体都会变成一间空旷无比的房子。过一会儿，一枚不知从哪里来的白亮亮的闪着银光的针头开始了自己一个人的独舞。它踉踉跄跄，它铮铮有声。它的节奏时而如月光流淌时而如黑云压城，时而如轻舟飞渡时而又如疾风暴雨。它的舞蹈带来了更多针头的到来，它们一起舞蹈起来，渐渐舞成了一团旋转的白光。我想让它们停下来，我伸出手，却抓不住它们。我从睡梦中转醒过来，发现自己汗水淋漓，身上到处都布满了针扎般的疼。而且随着年龄的增长，这样的夜晚也与日俱增。我终于不堪忍受，把梦中的经历讲给了我父亲三饼和母亲凤仙。

"你这孩子，净胡编瞎说，你这条小命可是万苍医生给的，咱要承人家的情哩。"我母亲凤仙说。

"承个鸟！我以为这狗日的早改邪归正了，没想到他原来还是算计着把那个针头又埋进了咱们儿子的肉里。这狗日的！"我父亲三饼愤愤地说。

我父亲三饼把我的名字改了，又背着我把色子的骨灰盒也埋掉了。但是没用，这样的夜晚如今仍然与日俱增，它正一点一点把我变成那个我从没谋面的色子。

挂在墙上的小鱼

小鱼的手

　　小鱼的手修长、白皙，时尚的说法叫很有骨感。如果伸展到阳光下透视，就能非常清晰地看到薄薄的皮肤下蠕动的血管，它们像春天的垂柳枝条一样从小鱼的胳膊上生长出来，蜿蜒游向阳光深处，但当它游进另一双手，就会变得酥软缠绵，柔弱无骨，仿佛它突然脱离了小鱼的身体。这样的一双手当然会让男人生出许多想法来，所以正常情况下，小鱼的工作总是从它们被另一双手摩挲、揉捏开始的。男人们的手有的滑腻肥厚，有的瘦削生硬，但都无一例外地不容拒绝。包间里的灯光变暗以后，那些手也躁动和嚣张起来。

　　有一次那位姓刘的先生一边反复地抚摸着小鱼的手，一边赞叹，说小姐的手才真正是天才钢琴家的手，郎朗的手，肖邦的手啊。小鱼说，肖邦是谁？我可不会弹什么钢琴，连木壳风琴也不会，我上学时最怵的就是音乐，不光看五线谱仿佛池塘里的蝌蚪，就是简谱唱名也总习惯念成数学上的"1—2—3—"。刘先生笑起来，他的长头发拂在小鱼的脸上，痒痒地像毛虫蠕动。那真是可惜——可惜呀，另一个和刘先生一起来人的矮胖男人赶紧满脸堆笑着附和，说那叫刘先生教你呀，刘先生可是有名的钢琴家，不但琴弹得好，弹起女人的身体来更是出神入化呢，保证爽死你。小鱼说，好啊，好啊。不过爽死谁还不一定呢！又转过脸说，刘先生教我啦。小鱼的声音有些发嗲，身子也像洗衣桶里的衣服一样不停地在刘先生怀里扭动着，并且骚情地嗫着嘴唇在刘先生左腮上吻了一下。好！矮胖男人鼓起掌来，说，我操，那边再来一下。

　　包间里的气氛渐渐热烈起来。那是一个有些狭小的包间，她和一大群姐妹被领班带进去。领班说，瞧我这些妹子靓不靓，两位大哥可别挑花了眼。坐在沙发上抽烟的只有两个客人，矮胖男人的目光在他们身上淋了一遍，犹豫了一下，指着站在队尾的另一位女孩和小鱼说，就她们吧。没被挑中的其他的女孩显然很失望，磨蹭了好一会儿才怏怏离去，小鱼和另一位女孩熟练而放浪地坐到了两个男人的大腿上。那天晚上小鱼喝了很多酒，啤的、白的，还有红的，她甚至记不得自己是什么时候离开歌厅的，只知道睁开眼睛已经是第二天，阳光从没有拉紧的窗帘缝里挤进来，照到小鱼的脸上，不但隐隐刺痛，而且透着一股灼热。小鱼的心里"咯噔"一下，拧身坐了起来。我靠，小鱼使劲儿敲了敲脑袋，那儿木木的，仿佛灌了铅。她低下头，把自己散乱的衣裳扯了扯，又叉开手指把头发拢在一起，才从床上跳下来。刘先生还睡得正香，他的衣服和提包一起胡乱堆放在椅子上。小鱼四下里打量，房间里并没有什么异常。小鱼就去到卫生间里，草草洗把脸，对着镜子补了个妆，赶紧回到了房间。

刘先生还没有醒，小鱼也不喊他，轻手轻脚带上门，下楼来到马路边，招过来一辆出租，说，长椿街。

长椿街是小鱼最新的住处，和她同住的是一个叫孙玉香的湖北女孩，不过在歌厅里大家都习惯地喊她小凤。这一段时间小凤更多是去邻近郊区的另一家歌厅坐台，所以两个人真正耳鬓厮磨的时间并不多。只有下午赶去歌厅出台前吃饭的时候，才有机会不痛不痒地交流几句。来这个城市两年，小鱼从东搬到西，从南挪到北的，几乎把城市住了个遍，合住的女孩也换了好几个。大家虽然保持着联系，却心照不宣，极少去打听对方的生活。她和小凤合住才不到半年，但在这方面一样保持着默契。就像现在，即使小凤明明知道她一夜没有回来，也不会问她这一夜到哪儿去了的。小鱼打开门，屋子里竟然是空的。兴许小凤也不小心喝大去哪儿了吧。小鱼想着，关上门，一屁股仰躺在自己床上，四脚朝天舒展开来。待了一会儿，小鱼又伸手去包里，抽支烟点着了，使劲猛抽起来。浓浓的热雾里，小鱼的手竟然是蓝色的，手心手面都印满了密密的指纹。小鱼突然想吐，便不敢再怠慢，赶忙爬起来，迎头冲进了卫生间。

小鱼的眼睛

小鱼的眼睛什么时候已经泛起了细微的波纹，这是小鱼对镜化妆时不经意发现的。小鱼用睫毛刷小心地把刚买的棕色睫毛膏刷上去，一瞥之际，忽然就发现了眼角的波纹，小鱼的手禁不住抖了一下，捏在拇指和中指间的睫毛刷也掉落到了地板上，小鱼的心里一阵伤感，再仔细看，那皱纹似乎深了许多，也密了许多。小鱼的眼泪湿漉漉地流下来，对着镜子发了一会儿呆，我这是怎么了？小鱼想。小鱼记得读书那阵子，周末回到家里，做老师留下的作业，母亲在一旁陪着她，手里忙活着似乎老也做不完的针线，灯光很温馨地罩着她和母亲，抬头的瞬间，她细细打量起母亲来。母亲也发现了小鱼的举动，微笑着问她看什么。小鱼说，看你眼角里有了波纹呢。是吗？娘老了。母亲长叹了一声，声音里似乎含着无限的悲凉。难道小鱼也老了吗？后来有一次，小凤对她说，姐你昨天喝高了吧，一遍又一遍地说"我老了我老了"，还一边说一边哭。姐，再怎么着给老板挣，也不能把一条命……你胡扯什么，姐是那样人吗？不等小凤再往下说，小鱼就打断了她。姐是在做梦呢！做梦！小鱼说。

小鱼说她最大的喜好是睡觉。骑马坐轿，不如睁眼睡觉，你们想想，吃咱们这碗饭的姐妹，还有比舒舒服服睡一觉更美的享受吗？小鱼说。客人还不多，老板把小鱼和其他的女孩子集中到一间比较大的包房，正颜厉色地告诉她们，说这一段时间风声比较紧，为客人服务要格外小心，谁出了乱子，谁吃不了兜着走，到时候可别怪我姓白的无情无义。老板离开后好一会儿。小鱼她们的精神才放松下来，一边换衣服，一边嘻嘻哈哈说些笑话，一个女孩说，她从不拒绝客人侵犯，但最讨厌一上来就恨不能把她全身摸遍的色鬼男人。我靠，你没搞错啊，男人不色会到这儿来。另一个正往身上拉吊带的女孩反驳。但也不能一口把我们吞下去吧。不知谁接了一句，女孩子们都忍不住笑起来，小鱼的眼泪都笑出来了。

凌晨两点，最后一批客人四散而去，小鱼也拖着疲惫的身子回到了家，小鱼的家在顶层的六楼，一套两居室，她和小凤各占了一室。小鱼是通过《手递手》的免费信息租到的这套房子，每月一千二的租费，虽然有些贵，但毕竟住在小区内，省却了常常被查"三证"的麻烦和惊悚，小鱼只是稍微犹豫了一下，就答应下来。一个月后，她在一家歌厅认识了小凤，交往一段时间后，感到小凤人挺可靠，就问她愿不愿和自己合租，不料小凤也正为房子的事情闹心，两个人算一拍即合，商定租金各付一半。第二天，小凤喜笑颜开地搬了进来，嘴巴像抹了蜜，"姐、姐"地喊个不停，还帮小鱼洗衣服。把小鱼感动得够呛，一段时间后，那股亲热劲儿渐渐淡下来，彼此客气了许多，其实也没有发生什么争执，不知怎么就突然生分了，两个人各自相安无事地忙着自己的生计。这样也好，小鱼想。楼道里的灯已经关了，小鱼深一脚浅一脚地摸索着爬上六楼，打开门，拉亮灯。小凤的房间门大敞着，人还没有回来，屋子里很安静，小鱼听着自己心脏怦怦跳动的声音，突然有些紧张，就到自己房间里，倒了杯水，喝下一口，定定神，走到窗户前，踮起脚跟往楼下看了看。楼下是一片狭长的草坪，草坪向外是固定的停车位，但每天傍晚她去上班时那里总挤挤挨挨放满了新旧不一的自行车。住到这里半年多，小鱼极少见有几辆汽车停放这里的，这座城市的人们并不富裕啊，可为什么歌厅里每天总泡着那么多客人呢，小鱼一直弄不明白。小鱼把喝完水的杯子顺手扔到窗外，重新闭了窗，也不卸妆，脱了外衣，就拉开被子躺下了。

　　小鱼的右邻是个单身男人，四十多岁的样子，高高大大的，最明显的特征是颧骨上的两道刀疤，似乎透着一股煞气。每次上班小鱼差不多总能碰见他。她下楼的时候，那个男人正好从楼下拎着个包往楼上爬，小鱼就不由自主地靠墙边躲，那男人却并不借势逞强，而是很有礼貌地停下来，让开一个身位，让她先过。时间一长，两个人仿佛认识了，再碰面的时候，就互相笑笑，点点头，算是打招呼。之所以说男人是个单身，是因为小鱼从没见过有熟悉的女人在他的门里门外出入，也极少听到隔壁传来女人的笑闹，有几次小鱼甚至想敲开他的门，和他聊聊，临到最后却总是突然丧失了勇气。只有一次，因为来例假，小鱼一连两天没有去歌厅上班（小鱼和她的姐妹们总习惯地把出台叫上班），从集贸市场买了鸡、鱼和很多新鲜菜回来，在楼下又碰到了那男人，那男人看见她，极少见地先笑起来，然后突然问她需不需要自己帮忙。谢谢大哥了！小鱼说，不用了。那男人愣怔了一下，不由分说夺过小鱼拎着的几个大食品袋，先行上了楼。等小鱼气喘吁吁爬上来，她的东西已经放在门前，而人已经进了自己的门。可能听到了小鱼的脚步声，他又从屋子里走出来，说，东西放那儿了。又说，你们也真挺难的，别太累着，看你眼睛都熬红肿了。完了，长叹一声，进屋关了门。仿佛他对小鱼她们的一切都非常了解似的。那一瞬间，小鱼突然生出一种从没有过的感动，她真想扑过去，扑到那个男人的怀里痛痛快快哭一场，尽管过后小鱼曾暗暗埋怨自己没有出息，尽管小鱼至今也不知道那男人姓什么或叫什么。

　　住在小鱼左邻隔壁的那家人，男的叫王家平，女的叫杜梅，他们有一个八岁的儿子，叫王北北。这一家子人似乎都生就的大嗓门，说话就像吵架，呜呜喳喳的，隔着墙壁也听得清清楚楚。他们总是天不亮就起床，锅碗瓢盆捣弄得噼里啪啦响，互相争吵，埋怨，亲昵，爱恋，声嘶力竭地训斥孩子。剁肉馅的声音，煎炒烹炸的声音，冲马桶的声音，男欢女爱的声音．互相交织着，混合着，潮水一样此起彼伏的从厚厚的墙壁渗灌过来，拍打着小鱼的睡眠。

"王家平，你狗日的睡睡睡，这日子还过不过了？""姓杜的，你就不能让老子安生一会儿？你就是欠操！""操你妈。""米该买了，还有面，还有酱油、醋、盐，另外，别忘了给北北订下个月的奶。""嗯——""下班给我捎盒刀片儿。""你是人还是畜生？""你说呢？""我就他妈要干死你！""嘻——嘻——""嘿——嘿——"躺在床上，小鱼仿佛观看这一家正在上演的一幕幕真人活剧。她想，其实城里人的生活状态，也蛮不错的，同一单元、楼层的几户人家一副老死不相往来的架势，虽然少了一分亲情，却也多了几分放松和自由，各自关起门来过自己的日子，挺好。和老家包顿饺子也要送三家的其乐融融相比，她宁愿选择这样的相处方式。

有一段时间，小鱼非常想家，撕心裂肺地想，从梦中醒来，骨头缝里渗出的都是想家的疼。想她的村庄，村庄里的亲人。那是她在医院里打点滴的时候，她不知道自己怎么那么倒霉，懵懵懂懂就染上了人们说的那种下贱病，小鱼从决定下海做这种营生的时候就给自己立了一个规矩：可以调戏，可以摸，但不可以做，给多少钱也不做，搬来座金山也不做。男人们对她动手动脚，和她讨价还价，小鱼收敛了放浪，一本正经地说给他们听。男人们笑她，说，这不是当着婊子抱着牌坊吗？鬼才信呢！直到有一天她认识了阿雷。

阿雷是小鱼去年冬天转到现在这家歌厅接待的第一个客人，那天晚上，她和另外两个被挑中的姐妹留在了包间里。两个年龄大一些的客人拉过就近的，把小鱼留给了阿雷，说，小姑娘就陪我们阿雷兄弟了。阿雷看了一眼，没说话，但往自己身边指了指，示意小鱼坐过去。和别的男人不同，阿雷不但没有一上来就把小鱼搂到怀里逗弄，而且她主动偎上去的时候，他也强硬地推开了。那个晚上阿雷只是唱歌,一支接一支地唱,甚至没有碰她一指头。小鱼很为自己庆幸,可也隐隐有些失落。小鱼俯在阿雷的耳边,说,大哥是不是嫌我丑啊?不,小姐误会了,阿雷说,小姐真挺漂亮的,只是——只是,小姐让我想起了我的姐姐,你和我姐姐长得太像了。临走的时候,阿雷给了小鱼一张名片,名片上写着阿雷的工作单位,传呼和手机号,小鱼才知道这个始终不肯碰她一下的男孩叫阿雷,小鱼也把自己的手机号打进了阿雷的手机里。后来他们就鬼使神差地联系了起来,阿雷去歌厅找过她几次,她就从歌厅里跑出来,陪着他在街上瞎逛,回来后还挨了老板的骂。后来她也去阿雷的单位找过阿雷,那是一个很大的建筑工地,机器轰轰隆隆响,说话要很大的声音才能听清楚。阿雷不让她去自己的住处,说乱得像猪窝一样。他们就一起离开工地,去了小鱼那儿。在自己的房间里,小鱼第一次和男人上了床,之后,他们又第二次第……次重复了第一次的过程。他们从床上滚到地上,从卧室滚到客厅,又从客厅滚回卧室,呻吟,尖叫,一直折腾到天色放亮,才住了手脚。小鱼甚至没有觉察小凤是什么时候回来的。阿雷离开的时候,天色已近中午,他把阿雷送到楼下。阿雷说,小鱼你什么都不用说,我相信你,我一定娶你,我发誓。过了几天,小鱼感到自己的下体有些不适,她还以为是月经捣乱呢,就没放在心上,再后来却越加痛起来,而且还流出许多黄色黏液来,湿漉漉地粘得内裤上到处都是。小鱼极不情愿地偷偷去看了医生,医生让小鱼化了验,只瞄了一眼单子,就轻描淡写地吐出了让小鱼五雷轰顶的两个字:淋病!小鱼一下子蒙了,当即就给阿雷打电话,把阿雷骂了个狗血喷头,也不容阿雷分辩,又"啪"地挂断了。小鱼一边趴在治疗的病床上打点滴,一边在心里用最恶毒的语言咬牙切齿诅咒着阿雷，她的眼泪哗哗地喷涌而下，从脸上流到床上，又从床上流到地板上，最后干脆把小鱼自己也给淹没了。但小鱼说，她眼睛里流出来的根本不是泪，而是血，鲜红鲜红的血。拔下针头，回到自己家里，小鱼也不和小凤搭话，就把自己关进房间，再从房间里出来已经是三天后，小鱼少气无力地从床上爬起来，她不敢相信镜子里那个披头散发、面容衰老憔悴的女人就是刚刚度过二十岁生日的自己，她拒绝听阿雷的任何解释和哀求。用她自己的话说："从前的小鱼已经死了，完完全全死了，彻彻底底地死了。连魂儿都化成灰，飘到九霄云外去了。"

小鱼的腿

"小鱼姐，你小腿比我粗实多了啊！"第一次看见小鱼在房间里穿着短裙洗衣服，小凤盯着小鱼的腿，惊讶得仿佛发现了新大陆。小鱼的脸色一下子涨得通红，惊慌失措地扔下衣服回了自己房间，再出来时已经换上了一条新的牛仔裤。

小鱼的腿不但粗实，而且还存在着不小的弧度，当然这需要你仔细观察。村里的姐妹们都去南方打工了，像小鱼这样年龄的女孩留守在村上的已经没有几个。女孩子长到十六岁也该学会挣钱养活自己了，父亲说，就咱们这个种下金砖头也只能长出土坷垃的鸟地方，光指望我养活你们姐妹几个门儿都没有，再说，我浑身是铁又能打几根钉？你娘也没本事给我生个带把把的，你要是我的种，就出去挣钱去。小鱼就和村里的姑娘一起去了南方的大城市。她先后在服装厂、制伞厂、皮革厂、玩具厂拼了两年命，最后却只拿到了可怜的一点点钱。小鱼一天要上十几个小时的班。小鱼的腿，肿了，消下去。消下去，又肿。那时的小鱼比现在更渴望睡觉，有一次她竟然在流水线上都梦见自己睡觉了，她睡得那个香啊，就像她已经一百年没有睡过觉了，结果她真的睡着了，她醒过来的时候发现自己竟然是躺在医院的病房里，她的左腿上还缠着厚厚的纱布，我的腿怎么了我的腿怎么了我的腿怎么了？小鱼歇斯底里地叫起来。医生说，小姑娘，你真是幸运，那机器竟然没要你的命，只撕下来你腿上一张皮，折了你一根骨头，你真幸运。

小鱼住院的花费老板还是给了一部分，余下的是车间的姐妹们给凑出来的，老板说这回是倒了八辈子血霉。从医院里出来，小鱼去找老板。老板说，你已经因违反操作程序造成重大责任事故给除名了，小鱼的脸色煞白，那——我的腿。小鱼哆嗦得像秋风中的树叶，瑟瑟地说不出话来。找个地儿好好养着去吧，不过我这可不是康复中心！老板说完，也不看小鱼，径自走了。姐妹们敢怒不敢言，偷偷给小鱼在厂外租了一间民房，每天给她送些吃的。小鱼说，等我好了，当牛做马也要还姐妹们的钱，报姐妹们的恩。小鱼的泪都哭干了。小鱼把裹在腿上的纱布一层层剥开，终于又看见了现在的腿。小鱼看见自己那条白皙的腿已经变了颜色，粉红的，像刚剖开洗干净的鱼腹，挺直的小腿骨也有些弯曲，上边细密的茸毛不见了踪影。小鱼的心里刀割一样疼，她扳着脚用尽力气往眼前凑，想吻它一下，希望它能神奇地变回原来的颜色，却怎么也够不到它。小鱼感到了从没有过的绝望。小鱼终于扔开拐杖，游回了这座城市滚滚的人潮中，她从大街游到广场，又从广场游进小巷。她像一个历尽沧桑的老人，一边观察，一边想自己的生活，半个月后，小鱼觉得她已经把这座城市的心肝肠胃里里外外看透了，也等于把所有的城市看透了。小鱼不能就这样窝窝囊囊回她的村庄去，也不能这样浑浑噩噩最后被城市嚼得粉碎，小鱼应该有一个全新的开始，全新的生活。小鱼收拾整齐自己的行李，来到了这个对她来说完全陌生的新城市，开始了她的坐台生涯。现在她每天在这家叫"新海岸娱乐城"的歌厅上班。在这里，没有人知道小鱼的来历，也没有人了解小鱼的秘密，小鱼把挣来的钱寄还给在另一座城市挣命的姐妹，她欠她们的太多，她也把挣来的钱寄给乡下的父母，她也欠他们的呢，小鱼把秘密深埋进了自己心里。小鱼的腿就是她的秘密。

小鱼的乳房

开始坐台以后，小鱼养成了每天早晚洗澡的习惯。为了洗澡，她租下这套房子的同时，就购置了一台热水器，是海尔牌的，特好用。每天晚上回来，无论多么疲惫，小鱼都要把自己关到卫生间里，脱光衣服扔到水盆里。自己站到喷头下，把全身洗了再洗。小鱼总是把水调得烫烫的，她喜欢那种全身烫烫的感觉，在那种烫烫的感觉里她才能恍恍惚惚地飞起来。水从她的头顶喷流下来，一小部分从发梢贴着后背直接流到了地砖上，更多的水则沿着前额流下来，小鱼轻轻地闭上了眼睛，她感到烫烫的水在顺着她的脸继续往下流，前边的水还没有过去，后边的又涌了上来，一遍一遍地濯洗着她的皮肤，水流到了小鱼的脖颈上，小鱼的肩上。流到小鱼的乳房上的时候，迟疑一下，才磨磨蹭蹭流向小鱼的小腹，然后继续往下流，流过小鱼的私处，小鱼的大腿，小鱼的膝盖，小鱼的脚跟，最后和直接从头发上流下的水汇合，欢快地向下水槽流去了。小鱼想，那些烫烫的水肯定已经把男人们留在她皮肤上的指纹和气息冲刷得一干二净了，她先洗了头发，就开始用舒肤佳杀菌香皂从头到脚涂，冲洗干净后，又倒出沐浴露在掌心里，从前到后地抹，再冲洗干净后，仍然不罢休，继续里里外外地揉搓，她揉搓得那样仔细，绝不放过任何一寸皮肤，最后小鱼又一次站到喷头下，任由烫烫的水把全身浇淋了一遍，小鱼对自己说，这才是属于自己的真正的小鱼。小鱼站在镜子前，望着镜子的另一个女孩。小鱼知道她也叫小鱼，但她却是那么熟悉而陌生，那是一具多么精美绝伦的散发着青春芬芳的躯体啊，生动的脸庞刚刚被热水濯洗过，散发着无尽的柔光，白皙的皮肤细腻而温馨，仿佛是用花瓣织成的，指尖轻轻一弹，就会自动流出婉转的乐音来，而优美的曲线则恰是家乡山水的复制。小鱼想把自己的腿忽略了，她往镜子前移近了一些，现在镜子里只剩下了她的上半身，很自然的，小鱼的目光最后定格在了镜子中的乳房上。小鱼的乳房就是两只散发着釉光的瓷碗倒扣在小鱼胸前，健壮而硕实，粉红的乳头微微上翘着，仿佛只要不小心碰一下，它们就会一齐张开翅膀扑棱棱飞走一样，但城市这么大，夜又这么寂静，那些淫亵的手指正像树枝一样张开着，等着它落下去，它们能飞到哪里去？

小鱼慢慢抬起两只手到胸前，轻轻地把她的两只乳房捧了起来。女人真是一个奇怪的精灵，小鱼想，才几年，几乎就还没有来得及眨眼，原本扁平的胸前，怎么忽然就开出了这样一对美轮美奂的花朵呢？

下午去歌厅上班之前，小鱼又一次把自己关进卫生间，认认真真地冲洗了一遍，才化了艳妆，带上门，下了楼。

一个人走在大街上，小鱼恍惚中觉得离开住处去歌厅坐台的小鱼或许真的不是自己，而是同名的另一个陌生的女孩。自己只是不幸被选中代替她去坐台谋生。真正的小鱼根本就好好地留在房间里睡觉呢。

那么自己又是谁呢，小鱼不知道，也懒得去知道。

小鱼的身体

小鱼的身体是世界上最脏的身体。小鱼说。

小鱼的身体是世界上最干净的身体。小鱼又说。

小鱼的"说"只有自己能够听到。小鱼陷在这种自我的矛盾中不能自拔，小鱼难过得含着泪笑了。

小鱼笑着笑着，就把自己迷失了歌厅中。

小鱼把自己的身体贴在男人的身体上，陷在男人身体的漩涡里。那些形形色色的男人把小鱼玩在掌上，含在嘴里，摁在水下。他们用饵诱她，用水吐她，用火烧她，用袅袅的烟雾缠她，小鱼的身体在众目睽睽之下幻化成了一条真正的鱼——在污浊的空气中跳舞的鱼，在微醉的啤酒沫中吐泡泡的鱼，在迪斯科的旋律里癫狂的鱼。小鱼一根接一根抽烟，一杯接一杯喝酒，一声接一声浪笑。男人说，小鱼小姐喜欢大哥吗？小鱼说，大哥给我小费，我就喜欢大哥。男人说，小鱼小姐爱大哥吗？小鱼说，爱……爱……

小鱼的身体是世上最干净的身体。小鱼说。

小鱼的身体是世上最脏的身体。小鱼又说。

小鱼的声音

你听到小鱼的声音了吗？现在是你一个人坐在屋子里，停电了，桌子上的蜡烛也已熄灭，四周是寂静的黑暗，你侧起耳朵，随便就能听见小鱼的声音。或者在说，或者在唱，或者根本不说不唱，只用失神的目光默默注视着你，但那目光里分明也有声音在喧响。那声音时而悠扬婉转，仿佛流水行云；时而高亢嘹亮，恰如帛裂玉碎；时而阴沉嘶哑，又像黄沙漫过天空，那声音里有雪在飘，雨在下，有鞭子在抽，刀在割，还有垃圾在倾倒。那是一种什么样的声音啊——

家哪儿的？猜猜看。不对不对，不对——脑子？告你吧，我北京的，嗯，就来慰问大哥你来了。背诗？张口就来，床前明月光，地上鞋两双。一对狗男女，其中就有你。还有吗？多着呢！春眠不觉晓，处处性骚扰。夜来叫床声，少女变大嫂。副处？你才副处呢，我早副处他妈了。小鱼的眼睛迷离，惺忪。我不行了——真不行了，我要上卫生间……小鱼说。

回去？不，打死我也不回去。天塌下来有个子高的撑着呢，我不信砸不死人家还能砸死我。喝酒，喝完了睡觉。吃我们这碗饭的姐妹，还有比舒舒服服睡一觉更美的享受吗？一觉睡死过去多好。我就是要拼命挣钱，挣一辈子花不尽的钱。挣那么多钱弄啥？我也不知道。——等钱挣够了我就找一个真心疼我的男人，去一个谁也不知道的地方，给他生好多孩子，孩子们围着他叫爸爸，围着我叫妈妈……

"从前的小鱼已经死了，完完全全死了，彻彻底底地死了。连魂儿都化成灰，飘到九霄云外去了。"娘，我挺好的——真的挺好，上次寄回去的钱收到了，嗯——小鱼的泪水顺着脸颊流下来。小鱼尝到了它的味道，咸的，还带着铁和血的甜腥。

走失的小鱼

我是在一个摄影展览上找到小鱼的。

摄影师告诉我，说，这就是你一直在找的女孩小鱼。你看仔细：小鱼的手。小鱼的身体。小鱼的腿。小鱼的眼睛。小鱼的乳房。你再听，小鱼的声音。

摄影师一边数落着，一边把墙上颠三倒四的照片，按人体固有的顺序拼贴完整了。

我看见女孩小鱼慢慢地从照片上站了起来，我的鼻子已经闻见了肉体的鲜活气息，她回眸一笑，转身走向门外，我追出去看时，却早不见了小鱼的身影。我的耳朵里轰鸣着杂沓的脚步，我知道，那是数不清的小鱼在茫茫人海里浪游的声音。

龙城风月

第一次见到俞白梅时，王一弟还是封城师专中文系的辅导员。那时候，网络刚刚兴起，叫俞白眉的写手还没有横空出世，俞白梅当然也没有引起王一弟更多联想。

因为晚上和朋友玩得尽兴，喝了不少酒，躺到床上以后，王一弟头脑里仍然腾云驾雾的许久没有安静下来。第二天是礼拜六，一直到中午，王一弟还在抱着被子昏天黑地地睡。听到敲门声，以为马波回来了，懵懵懂懂只穿着小裤衩就开了门，等看到站在门外的是一个陌生的女生，再退回去已来不及了。王一弟只好拉下脸，清清嗓子，问女生，找谁？王一弟老师在这儿住吗？女生说。你哪个系的？王一弟问。我叫俞白梅，中文系96（1）班。女生又说。女生脸色平静，没有丝毫尴尬。王一弟的难堪不知不觉中散去了许多。王一弟说，你稍等，我马上就来。

等王一弟再次打开门，已经是辅导员王一弟了。

王一弟已经记不起当时俞白梅找他说什么事儿，但这个相貌和胸脯一样平平的女孩还是在王一弟心里得到了不少印象分。以至于四年后异地重逢，俞白梅说自己就是当年的俞白梅，王一弟马上就记起了那个站在自己宿舍门口的女生。而且她皱巴巴的白裙子也似乎开始随风起舞并历历如在目前了。

王一弟握着俞白梅伸过来的手，说，没想到没想到！不过，你可不是当年那个小女生喽。你也不是我当年的辅导员了呀，俞白梅说。对对，王一弟说。俞白梅没有发现王一弟的脸有些红，自顾自地继续说，王老师，你都认不出我了，我是不是很见老？哪里，王一弟赶忙否认，是比当年更漂亮，也更年轻。我才老呢，胳膊腿都老喽。王一弟的脑袋使劲儿左右扭了扭，仿佛忍受着很大的痛苦。然后才笑着转过脸，对陪俞白梅一起进来的宣传主管说，我在师专教书时的学生，怎么样，没想到吧？

这叫山不转水转。宣传主管把脸转向俞白梅，说，我们公司王总。

是呀，这不，还真转回来了。王一弟说。

久仰王总。俞白梅说。

几个人都笑起来。

宣传主管离开后，王一弟示意俞白梅在沙发上坐下来，自己也转身到饮水机前，拿过一个纸杯，倒出一杯水，端到俞白梅面前，并且在她对面坐下，笑吟吟地说，俞小姐，有什么需要在下帮忙的，请讲！

俞白梅说，谢谢王总！真不好意思，来之前真不知科华公司老总是您。

这重要吗？王一弟说，我还是习惯听你们喊我王老师。

那好啊，俞白梅说，不过，你以后也要喊我白梅。俞白梅对王一弟的称呼不知不觉换成了"你"。

王一弟点点头。

俞白梅觉得王一弟举手颦笑都透着一种爽心的干练和矜持，弥漫全身的男人气在无形地向外扩张，和在学校时完全换了一个人。真是社会造英雄啊。俞白梅在心里感叹。

俞白梅告诉王一弟自己毕业大半年来已经辗转了好几家公司，虽然做得很辛苦，但由于没有贴实的关系和门路，所以一直很狼狈。几次都难为得想去马路上横身了。

是吗？王一弟笑着说，千万别，这么优秀的女孩子要是自杀了，我们人民群众就要考虑给上帝确立任期的问题了。

这不，转到现在这家广告公司，忙活半个月才抓到一个科华，还以为是条大鱼呢，没想到却是老师你。

你怎么知道我就不是条大鱼呢？王一弟说。

这么说老师答应了。俞白梅霍地站了起来。

坐，坐。王一弟伸出手，在俞白梅的肩上轻轻拍了两下，说，广告的事先放下，今天我请客，庆祝你我异乡重逢，也庆祝你的第一笔业务成功，怎么样，赏光吗？

那我遵命不如从命。俞白梅顿了顿说。就是让王老师破费了。

俞白梅答应下来的同时，还挤眉弄眼地向王一弟做了个鬼脸。

王一弟发现挤眉弄眼的俞白梅真的蛮漂亮，有一种说不出的狐媚，他的心突地动了一下。

王一弟坐回办公桌前，抓起电话，给宣传主管安排了几句，把衣帽钩上的西装摘下来穿上了，理理领带，领着俞白梅向楼下走去。

王一弟是封城师专的留校生，比俞白梅早两届。这样的资历不但被那些研究生学历的同事看不起，而且也往往很难被挑剔的学生们接受。王一弟就吃过这方面的苦头。学生认为他讲课东扯葫芦西扯瓢的，气氛看上去蛮活跃，但除了搞笑和虚张声势的噱头，并无什么新鲜的见地，更谈不上有自己的学术体系了。这样的课不是我们所需要的，如果单纯找乐子，学生们说，我们干脆去音像店租几盘周星驰或者憨豆的 VCD 好了。学生们把问题反映到系里，系里还是本着保护年轻老师的想法，想硬撑着坚持下去。不料王一弟再去上课，学生们就把门从里面顶上了。王一弟推不开，就敲。学生们还是不开。王一弟只好涨红着脸回了办公室，把教案和教科书推到系主任面前，发情的公鸡一样，雄赳赳气昂昂地回了自己寝室。系主任找到班主任，班主任批评了学生，又领着班长找王一弟郑重道过歉，王一弟的态度才软下来。又去上课，门不再顶，学生们的恶作剧却更让王一弟狼狈不堪。这回他们把一包垃圾放到门顶部，等王一弟推门进屋，垃圾突然散了包，"呼啦"落下来，王一弟头上和身上全是尘土和碎纸片。如果不知道内情，你会把他当成走错门的清洁工。全班学生都憋不住哈哈大笑起来。但随后，他们的笑声却戛然而止了。操你妈！王一弟恶狠狠骂道，同时把书扔到地上，踩一脚，摔门而去。

学生们总算运用自己的聪明彻底下了王一弟的课，但和中国那些个痞子球星们不同，他们不但被集体记大过，班主任马波也被学校下了课。王一弟被安排去省教育学院进修了大半年。

新学期开学后，王一弟被安排先从辅导员做起。

学校娄副校长说，要想当好老师，一定要先了解学生，知道他们每时每刻都在想什么，干什么，最需要什么，我希望你作为年轻人要向前看，哪儿跌倒，就要从那儿爬起来。这也是陈校长的意思。娄副校长顿了顿，把声音加重了些。

王一弟想了想，答应了。后勤上还把他和马波住到了一起。两个人一见面，先握手，接着各自坏笑着捶起了对方拳头。

马波说，兄弟，你害得我好惨。

王一弟说，彼此彼此。

王一弟和马波很快就成了一对铁哥们儿。

王一弟的这些趣闻逸事都是俞白梅见到王一弟后听高年级同学说的，这和她印象中的那个穿着小裤衩一脸严肃的王一弟根本驴唇不对马嘴。高年级的同学说，那次的玩笑开得太离谱，害得王一弟变了个人。这血的教训一定要时时汲取啊。他们说完，又肆无忌惮地笑起来。安卧在树枝高处的鸟儿还以为下边发生了什么事故，受惊似的飞上天空，盘旋几圈，才落到更远的树上。

……

大家还想往下说，却突然发现王一弟已经从自己的视线里消失了。

饭店的店面不大，但格局和布置却很有匠心，不但周围浅粉色墙壁上悬挂的油画是印象派的《向日葵》《印象·日出》、卢梭如梦如幻的《快乐四重奏》，洁白的桌布几乎不见一点皱褶，而且桌布正中花瓶里的玫瑰花也是新鲜的。服务小姐看上去和王一弟很熟，把他们引到靠窗的位置，随即就和着流水般的萨克斯独奏《回家》，送上来两杯暖暖的杏仁露。

俞白梅一边用勺子搅着杯子里白白嫩嫩的杏仁露，一边不时把眼睛转向窗外。

窗外的光线已经有些转暗。对面的建行大楼也模糊起来。路上的行人仍然稀少。被风卷起的落叶东一头西一头的满地乱撞，让她联想起了自己满城拉广告的狼狈。来吃饭的顾客还不多，音乐低回婉转，桌上的菜只动了很少一部分。从外边看过去，你会误以为他们是一对恋人，不然谁会这么早就到这地方来呢。

俞白梅抬头看王一弟，王一弟也正默默地打量着她。两个人目光相撞，都有些不好意思。

王一弟说，怎么样白梅，一句话不说，这会儿还想你的广告？

没有。俞白梅说。

那肯定是在想当年流传在封城师专的我的那些传说。

没——没有……像是被点到了痛处，俞白梅说话也结巴起来。

王一弟没有再追，而是说，你信吗？

俞白梅摇摇头，又点点头。

王一弟说，很好！看来你是个诚实的女孩。

我离开封城师专后，就来了龙城。王一弟说。主要感到高校不是我这种性格的人待的地方，而且我把马波当朋友，马波却一直对我怀恨，到处造我谣言。我只好选择退出，通过一个远房亲戚的关系来龙城经贸委上班了。我走之后，没人再说我了吧——

俞白梅点点头。

我知道，你没说实话。王一弟笑笑。

我上班后，却真的喜欢上了一个女孩，而且喜欢得特疯狂。天天给她打电话，到他们家窗外守望，还给她写了满满一日记本情诗，再抄到纤尘不染的纸上，每天一封给女孩寄。那个女孩恰恰是我们局长的千金，偏偏我们局长又是个愿拿一切博仕途的主儿。结果你能想象，我伤心至极，无法再面对那个狗屁局长，一咬牙辞了职，办了这家电脑销售公司。

我是赶上了好点儿，这几年公司做得不错。要不，也没钱请你吃饭，更没钱在你们公司投广告呀！

王一弟说着点上一根烟，吐出了一串浑圆的烟圈来。

王一弟说，你不笑我吧，这么多年没见面，见面净就跟你扯这些东西，我是不是很无聊？

俞白梅说，谁说一个女人是一所学校，我看一个男人同样是一所学校。我喜欢在学校里的感觉。

王一弟说，好！咱们继续喝酒。咱们以前是师生，以后就是朋友。王一弟把杯里的酒仰脖干掉了。

俞白梅说，谢谢老师。俞白梅的心里有一种被信任的感动。如果曾经喜欢过王一弟，也就是那一刻吧。俞白梅后来想，如果那天晚上在自己家里，王一弟真的对自己提出什么非分要求，她肯定不会拒绝的。

但一切都没有发生。坦率地说，这让俞白梅的情绪非常低落。

王一弟那天确实喝高了，俞白梅也喝得有些飘。开始的时候，两个人要的是王朝干红，喝得很慢，东一斧子西一榔头地瞎聊着，两瓶酒不知不觉就下去了。天渐渐黑下来，路灯得到了命令似的一起亮起来，饭店里开始显得拥挤，也喧哗了不少。王一弟提出换白酒。俞白梅很为难。王一弟说，不行！你还喝红酒，我换白的，这样更公平些。王一弟喊过来服务小姐，吩咐再拿瓶王朝，外带一瓶泸州老窖来。王一弟把酒满上，自己仰脖干掉了，又嚷着让俞白梅喝。俞白梅说，王老师我真的不行了。那不行！我今天是高兴才请你喝酒，王一弟说，你要不喝，我就把广告给你撤回来，咱们一醉方休。喝！王一弟又仰脖把杯子里的酒干掉了。俞白梅没办法再推，只好跟着喝了下去。

王一弟一边把酒不停地干掉，一边还说着自己这几年的经历。

王一弟说他从经贸委辞职的事情到底还是让家里知道了。母亲号啕大哭，不知道的还以为天要塌了，做老师的父亲没哭，但脸阴得滴水，一句话也不说，没多久就因心脏病突发去世了。母亲说，看见了吧，你爸都是给你气的！王一弟说，我是没有了一点退路，只好就像电视上蒋总统常说的"不成功，便成仁"了。我找朋友借，找我爸在银行的学生贷，找办公地点，找各家电脑公司联系，找真正懂电脑的销售和维修员工。我那时比你现在难多了。王一弟说，女人其实没个好东西。当然不包括你，话已出口王一弟才觉得有些不妥，赶紧向俞白梅解释。俞白梅差点没笑出来。还说那个局长的女儿吧，我为她伤了多少心，流了多少泪，在她们家门窗外的楼下站了多少个夜晚，我都快站成一棵树了，她愣是铁石心肠地没打开窗看我一眼，头也不回就嫁给了市长的瘸腿儿子。他把我伤得心都百孔千疮了。他们一家睡到梦里也不会想到才过了几年，我不但买了楼，开上了车，也成了龙城响当当的有头有脸的人物。后来我也认识了不少女人，她们对我笑，我知道其实她们是对我身上的钱笑呢。这些女人，你有钱，她能喊你爷爷；你没钱，你喊她祖奶奶，她也不会正眼看你一下。王一弟说，小梅今天遇到你我是真高兴，咱们再干了这杯！

　　王一弟还要喝。俞白梅说，王老师您喝多了，咱不喝了行吗？

　　喝！我就是要往多里喝，王一弟说，喝死睡着了才好呢！喝！

　　王一弟的眼睛红得像流泪的蜡烛。

　　服务小姐要去拿酒，俞白梅坚决地制止了她。

　　俞白梅说，王老师，咱们回去吧。

　　王一弟单也没买，就在俞白梅的搀扶下跟跟跄跄出了门。看到王一弟实在醉得不行，俞白梅只好打消了自己走的念头。王一弟打开车门，倒在驾驶座上。俞白梅从另一边坐到了王一弟身边。王一弟并没有马上把车发动起来，他的整个上身都伏在方向盘上。过了很长时间，王一弟才问俞白梅怎样走。王一弟说，我可能真喝高了，不过现在开车还没问题。告诉我你住哪儿，我送你。王一弟的舌头仿佛绑在了一块铁板上，僵硬而生涩。

走过了两条街，俞白梅突然发现了什么，说王老师，咱们走反了。王一弟只好调转方向又往回走。

王一弟把车停到楼下，自己从驾驶座上爬下来，关上车门，转到另一边，拉开门，把俞白梅扶下来。王一弟一松手，俞白梅感到自己的两只脚像踩到了棉絮上，摇摇晃晃地又倒在了王一弟肩膀上。

俞白梅说，不好意思，我也多了。

王一弟说，我送你上楼吧。

俞白梅没有反对，很温顺地让王一弟搂着，一起向楼上走。拖在他们身后的是两条重叠了又分开，分开了又重叠的晦暗的影子。俞白梅感到王一弟把自己搂得更紧了。俞白梅的心里乱乱的，这是她第一次和男人如此亲密地走在通向床榻的楼梯上，所以愈到门前，俞白梅的心愈忐忑起来。

俞白梅摸索着打开门，揿亮灯。小屋子里光线很亮，乍一打开，非常刺眼，两个人几乎同时"啊"地叫了一声，相拥在一起的身体也触电似的分开了。好在有酒盖着脸，坐到沙发上后，俞白梅把倒好的水递给王一弟，两个人默默地喝着。似乎一下子找不到合适的话题了。

王一弟提出要下楼。

俞白梅说，天这么晚了，你又喝这么多酒，要是不嫌弃，你就在沙发上凑合一夜吧。

王一弟放肆地说，你不怕我变成狼把你吃了？

俞白梅说，怎么会呢，你是我老师耶。

是吗？

当然了，俞白梅说，况且我还可以——可以把门从里面插上嘛。俞白梅做了一个插门的动作。

俞白梅把被子放到王一弟怀里，笑着进了自己卧室。

也许是充溢在身体各个角落的酒精的作用，王一弟拉开被子盖上，很快就发出了鼾声。他不知道俞白梅耗了好长时间也没有睡着，更没想到俞白梅卧室的门其实是虚掩着的。

一觉醒来，太阳已经穿过玻璃爬到了沙发上。王一弟喊醒了俞白梅。俞白梅穿着睡衣走出来，说，睡得好吗？

挺好！王一弟说。

那我就不送了。俞白梅说。王老师再见。

再见！王一弟扬扬手，关了门，向楼下走去。

透过窗子向楼下望，俞白梅看到王一弟向汽车走近的身影是那样矮小，小得像一根随风飘零的稻草，像一粒尘埃。俞白梅缩回身子，重新躺到床上，呆望着天花板，泪水蚂蚁一般爬满了脸颊。

一个单身男人和一个单身女人都睡到一个屋子里了，就像烈火遇到干柴。说王一弟没点儿想法，鬼都不信，况且他王一弟又不是柳下惠。但俞白梅毕竟是自己学生，要是应允了自己，脸皮一抹，也就那么回事了。要是拒绝呢？传扬出去还不是天大的笑话，要知道墙糊一百把，没有不透风的，自己岂不成了脸上刺字的配军武二？王一弟想着，眼皮就像坠上了巨大的铅块，迷迷糊糊就睡过去了。

打开车门，王一弟又不由向俞白梅的窗子回头望了一眼。那扇窗子仿佛一只没有瞳仁的眼睛，在近百扇窗子里显得如此突兀。王一弟想，俞白梅现在也许又睡着了吧。王一弟把车发动了，车轮在落叶上滚动，发出了呓语一般的沙沙的响声。

夏天说来就来，仿佛眨眼之间，不但树木全绿了，柔顺的枝条垂下来，弄得人脸上痒痒的，而且街道两旁的玫瑰、月季和串红也都热闹地开了，芬芳的香气在空气里翻滚，让人的内心和身体都禁不住蠢蠢欲动。最明显的表现是，那些刚开春就已经打扮得五颜六色的女孩子们，更加花枝招展。包裹在短裙长裙里的春光也无所顾忌地流泻了出来。男人们则把色眯眯的目光泼过去，直到她们天鹅一样骄傲地混进人群深处。

几天以后，俞白梅又去了王一弟的公司。出门之前，俞白梅心里矛盾了很久。王一弟那天的表现确实有失男人本色，你曾经是我老师又怎样？老师就不是男人吗？你男人天生的攻击性哪里去了？仅仅在一扇木门前就望而却步的男人，我就不信他能在事业上多么出类拔萃。这还是那个几乎赤裸着面对自己仍然能从容面对的王一弟吗？我是一个女孩子，总不能像电视上那些风尘女子，脱光了自己送上去吧。这个王一弟不是生理上有什么毛病吧？俞白梅想着，竟然嘻嘻地笑出声来，这让她自己吓了一大跳。俞白梅急忙四下里看，还好几个同事都走掉了。俞白梅啊俞白梅，你是在做业务，还是寻男人，怎么净想这些乱七八糟的事儿？俞白梅掏出小镜子照了照脸，对着镜子里的自己吐了吐舌头。

俞白梅轻轻敲了敲门。听见王一弟在里面说，是小梅吧，还敲什么，请进。俞白梅推开门，看见王一弟正在房间的中央练哑铃。王一弟的上身只穿了一件背心，随着两只哑铃的起落，手臂上的肌肉也在有规律地上下滚动。俞白梅说，王老师干吗呢？王一弟一边转身把哑铃放到旁边架子上，一边说，锻炼身体，保卫老婆呗！真的？俞白梅说。这可是从网上那个和你同名的写手俞白眉小说里偷来的。王一弟笑笑，不过她小说写得还是蛮不错的。老师不是讽刺我不懂文学吧？俞白梅说。不是，王一弟说，人各有各的道儿，你广告做得不是挺好的嘛。王一弟把衬衫穿上了，重新坐到办公桌前。俞白梅也在对面的椅子上坐下了，拿出自己签过字的合同，递到王一弟面前。王一弟仔细看过了，很麻利地盖了章，签上自己名字，说，这回心装到肚子里了吧。俞白梅说，谢谢王老师。王一弟眼睛盯着俞白梅的脸说，怎么个谢法？俞白梅想了想，说，咱们还去上次的老地方吃饭，然后——然后我请你去蹦迪。王一弟说，逗你玩呢，就按你说的办，但单要由我来买，你要不好意思，明天陪我去龙潭沟玩玩，放松一下心情，怎么样？我都巴不得呢，俞白梅说，整天在钢筋水泥里钻来钻去，我都快憋疯了。

龙潭沟是市旅游局去年刚开发的一个新景点，所以即使旅游旺季，游人也不是很多，况且现在还不到旅游旺季，更给人一种养在深山人未识的荒凉。这样更好，王一弟说，诗人汪国真不是说么，"熟悉的地方没有风景"，告诉你，那里不但生长着世界上最古老的原始次生森林，而且树林里还有很多你想象不到的美丽风景呢？

王一弟和俞白梅一路走着，指点着。他们看到了山泉，黄槲树叶，造型各异的石头，参差交错的青藤，在双龙潭上放了一回木排，还在一棵千年红曲柳下合了影。爬到半山腰的时候，他们遇见了几个卖山货的老人，他们让王一弟看自己面前地摊上摆着的茯苓、野山参、灵芝、天麻，说这东西才是货真价实保健品，不但比城里药店上便宜得多，药效也特别好，吃了以后，想生男孩就生男孩，想生女孩就生女孩。他们在强攻王一弟的同时也没有忘记俞白梅，他们说，先生不为自己也应该为太太想想吧。王一弟也笑着把目光转向俞白梅，俞白梅满脸通红，没有否定，也没有肯定，只低下头，踢着脚下的石头。王一弟挑了一个个头儿较大、颜色也红得比较厚实的灵芝和几支晒干的野山参，付了钱，放进包里。王一弟问老人原始森林还有多远。老人抬手往上指了指，说不远，一会儿就到。王一弟招呼俞白梅又上了路。

爬到王一弟所说的原始次生林，才是中午时分。整个森林不但树身扎着树身，树枝握着树枝，树叶压着树叶，层层叠叠，只给阳光留下极小的缝隙，而且几乎所有的树种也都是城市里出生的俞白梅从没见到过的。兴奋得俞白梅每走几步都要发出一声惊叹。

继续往深处走，不但脚下的落叶愈厚，光线愈暗，而且蝴蝶也越发多起来，赤橙黄绿青蓝紫，在眼前不停地变化闪烁，他们已经分不清遮天蔽日的究竟是蝴蝶，还是树叶。王一弟和俞白梅，时而小心翼翼，静如处子；时而闪展腾挪，动如脱兔。他们刚刚捉到蝶衣艳丽的一只，马上又发现前面树枝上停着的一只不但颜色更亮眼，而且体型也更大。只好惋惜地将手上的放掉，朝向下一个目标扑去。俞白梅说，这儿真是一个蝴蝶天堂。王一弟说，以前只听别人说，我也半信半疑的，这回终于目睹了，好一个天下奇观呀！俞白梅说，我小时候最爱蝴蝶，还因为和小伙伴争夺一只蝴蝶挨过我妈一顿打呢？王一弟说，还说你，我呢！因为追赶一只蝴蝶，脑袋被马蜂蜇了个大包，现在想起来还隐隐作痛呢！俞白梅说，我还在书上看到过，说南美洲有一种巨型蝶还能吃人呢。王一弟说，这我还是第一次听说，不过有毒的蝴蝶我倒是遇见过，如果蝶衣上的花粉扑入眼睛，可以让人瞎掉倒是真的。俞白梅说，要是这儿也有这样的蝴蝶，咱们俩今天就有好看了，王一弟说，不会的！景区开发是经过严密的考察和论证的。据说九龙潭沟原始次生林里生活着的蝴蝶就有二百三十七种，占我们国家已发现蝴蝶种类的百分之七十还多，而且没有一种是能对人构成伤害的。俞白梅说，那敢情好，等我老了，就来这里与蝴蝶为伴儿，安度晚年。王一弟说，这个想法好，很符合回归自然的潮流，到时候别忘了喊上我，咱们一起结草为庐，做个邻居，也好有个照应……

　　王一弟和俞白梅一边不停地追逐捕捉着远近的蝴蝶，一边眉飞色舞地聊着天。他们的谈话已经不知不觉远离了内心的主题，或者说，他们一直借着蝴蝶在主题之外巧妙地打转，但最后他们还是猝不及防地撞在了一起。

　　我说的当然不是他们对晚年的憧憬，而是他们的身体。那是俞白梅在捕捉他们龙潭沟之行所见的最大的一只蝴蝶的时候。蝴蝶匍匐的树枝确实有些高了，俞白梅努力了好几次，也没有成功。但那只蝴蝶的翅膀真的太美了，俞白梅不甘心，她的双脚一起跳起来，脱离了地面。你知道山上多的是石头，只是它们被一年年积下的落叶覆盖后，总会被游人的忘情所忽视。但俞白梅落下来的瞬间，那些石头确实动了一下。俞白梅"啊"的一声尖叫，痛苦地倒在了地上。那只蝴蝶也摇摇摆摆地飞起来，眨眼就不见了踪影。王一弟为了绕开面前的树枝，不得不蹲下身子，几乎是爬着过去，把俞白梅搂在了怀里。没事吧小梅？王一弟说，你把我吓死了。王一弟俯下脸，一只手抚摸着俞白梅散乱的长发，嘴唇也从白梅白皙的额头一路向下吻去。俞白梅只象征性抵抗了一下，就缴了械，而且她的嘴唇也开始像吃草的小鹿一样呼应起来。

接下去的故事有些俗套——王一弟把俞白梅的身体蝴蝶翅膀一样在厚厚的落叶上铺开了，很顺利地完成了几天前在俞白梅家里就应该完成的一切。

从山上下来的路上，王一弟再没有理那些围上来的卖货山民。王一弟说，能走吗，要不我背着你？俞白梅虽然有些一瘸一拐，但还是要强地拒绝了。俞白梅说，没事。两个人看上去都十分疲惫，似乎所有的激情都在山上释放尽了。

下山的路给人感觉总比上山平坦而快捷。王一弟熟练地握着方向盘，俞白梅的形象在他眼前一会儿清晰，一会儿模糊。难道跑这么远的路到这鬼地方就是为了弥补那天夜晚的遗憾吗？其实天底下的女人还不是一个样子！他的眼前又出现了第一次见到俞白梅的情景。那样单纯的男人和女人恐怕早已在这个世界消失殆尽了。王一弟往后视镜里瞅了瞅，他看见俞白梅已经倚着靠背沉沉睡去，一道白亮亮的涎水正顺着她的嘴角欢快地流下来。王一弟腾出手，用力把后视镜向下按了按。

找到一个值得自己去爱的女人真难啊，王一弟想。

礼拜一上午到公司后，王一弟打开包，发现从山上带下来的灵芝已经有了异味儿，颜色也变成了煮熟的猪血色，摸上去热乎乎、粘哑哑的。不过，野山参倒还白净入眼。王一弟拿起电话给俞白梅打过去，说我忘了，本来想下山后送你的野山参还在我包里呢。算了，您自己留着吧，俞白梅说。俞白梅的声音颓废而苍老。

操！放下电话，王一弟的心里涌起一股莫名其妙的沮丧。

乡村案件

刘 桂 梅

　　这个清早，俺是被院子里泡桐树上那窝灰老鸹唧唧呱呱的吵嚷给吵醒的。该死的灰老鸹。俺懵懵懂懂伸出手，去摇睡得死猪一样的王四文。王四文早已经没有了踪影，被窝里的热气也快散尽了。狗日的王四文，俺在心里狠狠地骂了他几千遍。也许这会儿他正在学校的灶膛前弓腰撅腚忙活着呢，他吐一口唾沫在手心里搓一搓，抓起被煤渣子磨得照出人影的铲锨，扒开炉门，用力铲起一铲煤，撒在了撕咬着锅底的火苗上，红彤彤的火苗突然变得泼辣起来，张牙舞爪地把舌头吐到锅灶外边，舔热了王四文的黑脸。王四文擦了一把额头上沁出的汗珠，点燃纸烟，美滋滋地抽了起来，那熊样儿比刚从俺身上下来还入贴。俺过门到王家庄不久，王四文就接他爹的班去镇里中学做饭了，这些年风里雨里，总是天不亮就没了踪影。说起来也怪，不管他头天晚上怎样在俺身上折腾，半夜里睡得如何

126

死相，第二天总能掐着时间赶到学校。俺问，王四文你脑壳里总没有长着钟表吧？王四文一脸坏笑望着俺，说，球女人，算你猜对了。

屋外已经亮了光，桐树的影子也毛茸茸地显现出来。俺从床上爬起来，摸索着趿拉上鞋，拉开门，站到了院子里。节气毕竟已经入冬，天儿也真凉了，风吹到俺身上，骨头缝里都往外冒冷气，俺止不住地一连打了两个喷嚏，树梢上的灰老鸹也受惊似的扑扑棱棱飞去了邻家院子。莫不是狗日的王四文又念俺了？俺差点儿没笑出声来。圈里的猪羊要操持，棚下的牲口要侍候，再说俺家毛头吃过早饭还要去上学呢，再冷俺也不能回屋钻被窝里接着睡吧。有一回王四文从俺身上爬下来，俺就趁热打铁缠他，说干脆你给校长求个情，叫俺也去你们食堂帮忙做饭吧，也省得你再天天屁颠屁颠地摸黑往家跑。王四文一口唾沫就把俺顶了回来。废话！你以为炊事员是谁都可以当的？王四文说，那可是国家办的学校，俺们也是公家人，你还是少指望，给我看好家、照顾好毛头得了，再说我天天往家跑还能锻炼身体，有啥不好的？俺真生气了，说王四文，美得你，别校长两声"王师傅"就叫得你找不着堂屋南山了，学生背地里都喊你"伙夫蛋子"哩，你以为俺稀罕？不是可怜你，俺才懒得提呢，王四文不再说话，耷着的脸子像被抹上了一把黄胶泥，推起自行车，哐当哐当走了，此后一连几天硬着头再没回来。俺偷着乐了，王四文呀王四文，咱看谁求谁，憋死你，急死你。王四文骂俺没心没肺，俺说，放你娘的屁，你才没心没肺呢，俺不就喜欢开个玩笑，没事逗个乐吗？就你，活该找个没心没肺的老婆。啊呸——

天上的星子仿佛入冬后垄沟里的红薯，已经没剩下几个了，满地的落叶湿漉漉地沾满了露水。俺抄起扁担，挑起两只空水桶，出了院门，快步向屋后李肯家走去。

李肯家的院子和俺家的几乎是一个模子刻出来的，就像俺家的院子和全村的几乎是一个模子刻出来的一样，都是朝阳五间大堂屋，两边各带一间耳房。左边的耳房存粮食、养牲口，右边的耳房则做了厨屋和过道，推开过道靠村路一边的铁门走进去，就是宽敞的端院了，所不一样的就是李肯家的院子里比俺家多了一个压水井，用水可以不再去麻烦邻居家。俺也唠叨王四文，让他也请几个打井把式来收拾一个，王四文总说他忙，忙得顾脸不顾腔，今儿推今儿，明儿推明儿，一直推到这会儿，也没有收拾出一个四指深的窟窿来，只苦了俺，每天都要伸头弓腰往左邻右舍家里跑。王四文还打趣俺，说刘桂梅你能耐啊——也找到天天锻炼身体的门路了。

俺敲敲李肯家的大门，没有人应声。不定李肯媳妇雨琴这会子睡得正香甜呐。俺抬手推了一下，门竟然是虚掩着的。俺索性推开了，挑着桶径直到了压水井台跟前。还好，虽然天凉得透骨，压水井并没有给冻住了，但水泥和青砖砌起的井台上并没有放引水，俺抬眼朝四周看看，院子里静悄悄的。俺直起腰，向李肯家的厨屋走去，这井台上不放引水，厨屋水缸里总该不会底朝天吧。

院子里虽说已经透亮，厨屋里光线还非常模糊，俺伸着脖子往里瞅，模模糊糊地却看见两个正啃在一起的脑袋，连俺站在门口老长时间都浑然没有觉察，要是有小偷来了，还不倒霉遭罪？俺知道李肯刚种完麦子就和村里一群年轻人去南边打工去了，但这两年那边的钱也不容易赚了，很多人去不几天又两手空空，苦瓜着脸跑了回来，不但赚不到分毫，还搭上一笔不便宜的路费，只好失望地回来和老婆孩娃厮守到过年，等开春后再去更远的地方碰运气。没想到这回霉运竟然撞到李肯的头上来了，只是这两口子真是的，烧火做饭也不忘卿卿我我的，也不拣个时候，大清早的也不怕串门子的瞧见了传扬出去。俺心说干脆逗他们玩玩儿，就突然提高了嗓门道：嗨，你们两口子弄啥把戏儿的呀？

两个啃在一起的脑袋突然触电似的分开了，接着就响起了雨琴"妈呀"的尖叫。俺看见那个转过脸来的男人竟然不是李肯，而是村子东头老疙瘩家的儿子传奇。怎么是传奇呢？莫不是俺的眼睛看花了？俺使劲挤挤眼睛，再睁开看，站在俺面前的仍然是老疙瘩的儿子传奇。俺进也不是，退也不是，生生傻在了那里。直到两个人商量好了似的一起"扑通"跪下来叫"桂梅嫂子"，俺才突然明白自己闯了祸，捅了不该捅的马蜂窝，俺一边支支吾吾应着，一边扭头快步走回到压水井台边，拎起水桶，夹尾巴狗一样逃出了李肯家门。逃回自家堂屋里，俺才发现自己慌乱中不但忘了带上李肯家的院门，而且还把扁担扔下了。俺拉一个凳子坐下来，心窝子里就像窜进了数不清的猪牛羊，不停地使劲用角抵俺用嘴拱俺用蹄子踩俺，弄得俺比吃了耗子药还难受几分。俺暗暗骂自己，刘桂梅呀刘桂梅，你怎么大清早干这样吃苍蝇的糊涂事儿呐，你该死了不是？

这一整个早晨俺啥都弄不上去，心里乱糟糟的。快吃早饭的时候，俺家毛头揉着眼睛从自己的房间里走出来，问俺做好饭了没。俺没好气地说，去，自己去你奶奶家吃去，妈有事呢。

有什么事？有病！

毛头顶了俺一句，拎起书包，甩头出了门。

雨　琴

"天哪，这回全完了！"

望见刘桂梅站在门口，我的脑子里突然变得一片空白，沸腾的身子也仿佛一下子跌进了冰窟窿。我想，真的全完了。我本能地双膝一软，跪在刘桂梅面前。我从地上爬起来的时候，刘桂梅早已不见了踪影，院子里只剩下了那根斜倚在压水井上的桑木扁担，扁担两端的铁链在越来越大的风中来回摇摆着，似乎正散射出逼人的寒芒来。都怨你都怨你都怨你……我不停地擂打着传奇厚墩墩的脊背，无助地低声哭起来。那一瞬间，我感到自己真的就是一片从树上飘下来的树叶，不知道接下来会遭遇怎样的命运。传奇也像吓傻了一样，木头疙瘩样垂头丧气了半天，才瓮声瓮气地说，雨琴，要不——要不咱俩一起跑吧。跑？我仔细地打量着面前这个二十岁的愣头青，说，跑哪去？传奇并不看我，继续低着头，说，天地下这么大，我就不信没有我俩容身的地方。北京，上海，要不干脆就去新疆，我听说去那儿农场里拾棉花还是挺赚钱的。哼！我说，您想得美，我还有毛头，有男人，有这个家……

算了吧你！不等我继续往下说，传奇就打断了我，等传到李肯耳朵里，以他的脾气还不把你大卸八块，把你骨头拆了……

我们最后商定去求刘桂梅。反正这事儿还只有刘桂梅知道，只要她不说出去，我和传奇从今后一刀两断，不和啥事儿都没有发生一样吗？这样想着，我和传奇一起来到了刘桂梅家。我记得当时我走在前边，传奇紧跟在我身后的，手里拿着刘桂梅扔在我家院子里的扁担，我们一前一后走进刘桂梅家，传奇随手插上了门。

刘桂梅正在堂屋当门坐着，看见我们进来，脸上掠过一阵惊慌，马上又挤出几分笑容，一边客气地让我们板凳上坐下，一边去桌子边拿起茶瓶给我们倒水，茶瓶的水还没有倒半茶杯就变得浑浊不堪了。刘桂梅有些难为情地望着我，说，雨琴你们俩先坐着，我去厨房给你们烧点开水来。

见刘桂梅要走开，我赶忙从凳子上站起来拦着她，说，嫂子您别走。千错万错都是雨琴的错，都怪雨琴没出息，一念之差铸了大错，今天的事儿只有您看见了，只要您不告诉别人，你提什么条件我都答应，就是下辈子给您当牛做马我都答应，您要是走了风，我这一辈子可就完了。我流着泪，哽咽着，又一次跪在了刘桂梅面前。传奇也随着我一起跪下了。刘桂梅见状忙转身来到我面前，连拖带拽地把我扶到了椅子上。由于用力过猛，还把我刚才坐过的凳子也给碰倒了。

刘桂梅说，雨琴你快把嫂子搞迷糊了，俺不知道你说的什么事儿，俺今天可是什么也没看见。真的没看见，谁问俺也没有看见，李肯来问俺也什么都没看见，公安局来问俺也什么都没看见，这还不行吗？你们快起来，要是被人看见了，不定还以为真的发生了塌天的事儿呢？你俩快起来，我保证沤烂在肚子里还不行吗？你们把俺看成什么人了。要是没别的事儿，你们快回去吧，说不定你家毛头这会儿该哭闹了。传奇，你娘也该喊你吃早饭了。你俩都快回吧。刘桂梅的脸上始终带着笑容，也很轻松。我和传奇互相看了一眼，半信半疑地走出了屋子。传奇说，嫂子，挑水的扁担给您放在过道里了。刘桂梅点点头，没再说话。

从刘桂梅家出来，街筒子里已经蹲坐满了吃早饭的妇女和孩子们，传奇背向我拐去了村东的方向。我的脸似乎还在一阵阵发烧。刚回到院子里就听到了毛头的哭声。这哭声又把我拉回到了现实之中。两年前我已经是李肯的老婆，一年前我已经是毛头的母亲，我不知道自己为什么竟然干起了村里人们最不齿的偷人勾当，也许我本性就是一个贱女人吧。我知道我做了对不起李肯的事情，也许他会把我打个稀烂的。我不知道如何补偿他，或者，给他一个怎样的交代。

传　奇

我得说，我是打心眼里喜欢雨琴的，我从第一眼看见雨琴就喜欢上了她。要不然，我也不会百样生法地去接近她，去引她注意，讨她欢喜。虽然她是一个结过婚的女人，一个生了娃的女人，虽然她是村里年轻人的老大李肯的女人，我仍禁不住地想去讨她的欢心。

我娘曾经不止一次警告过我，说雨琴确实长得挑花儿，比村里的所有闺女模样俊，但人家已经是别人媳妇。况且还是惹不起的李肯的媳妇。小心李肯打烂你狗头，你个小祖宗如果不是死命憋的，就听娘的话，不要去招惹雨琴。

我娘这样说，我却还是管束不住自己，有事没事总爱混在人群里往李肯家跑。李肯在的时候，我就帮他们家干一些杂碎活，空闲下来就抱抱他们家毛头，和雨琴挤眉弄眼地说些笑话。李肯似乎发现了什么，对我们说，兄弟们，和嫂子开开玩笑，弟兄之间闹一闹，没什么大不了的，哪个小子要是真生了动雨琴的心思，可别怪我李肯不念兄弟情，我把他鸡巴割下来喂狗。李肯阴冷的目光在我们每个人脸上都停留了片刻，最后仰脖把满满一大杯二锅头灌了下去。

看大哥都说哪去了，谁敢动嫂子一根汗毛，我们先把它蛋子挤出来，大家纷纷说，我也跟着附和。

现在想来，李肯其实也没有做过什么恶事（他说过自己曾经在深圳抢过一个人的包，并残忍地把那个人从天桥上推了下去。我们一致认定那是他喝高了吹牛皮），只是小时候练过一阵拳脚，平时跟邻村年轻人干架时更舍得下手罢了，但他身上确实弥漫着一股气，一股让你总不由得矮下去的气。这就是书上所说的霸气吧。所以李肯在的时候，我从没有碰过雨琴一指头，尽管我很想碰一碰她，碰一碰雨琴粉嫩的脸蛋，翘翘的乳房，圆硕的屁股，我甚至都没有喊过一声"雨琴"。喊"嫂子"的时候我感到我和她之间隔着一堵看不见的厚厚的墙壁，我每一次走近，那墙壁都要把我无情地弹回原来的地方。李肯终于也要出门打工去了，我们设宴为他送行，我掩饰不住内心的狂喜：老天有眼，我的机会终于来了。

从刘桂梅家出来我的心里已经没有半点恐惧，虽然之前有一会儿我也不知道事情怎样才能摆平。后来我想大不了就和雨琴一起远走高飞，只要她愿意，我一大男人怕什么，我有的是力气，我就不信养不活自己的女人。操，去他娘的。

回到家里，我娘已经在收拾碗筷。见我进来，我娘说，我还以为你又晕到谁家过饭时儿去了呢，给你留的饭在锅里。我不饿，我说，你还是舀出来喂猪吧。我径直进自己的房间，蒙头盖上了被子。过了一会儿，我娘也进到我房间来了，尽管她的脚步很轻，我还是听出来了。我娘走到我床跟前，好像了犹豫了一下，才揭开蒙在我身上的被子，说，奇儿，起来，别以为娘睡下了就什么也不知道了。你老老实实告诉娘，这一夜你去哪儿疯了。娘的声音带着一种不容置辩的威严。

我——我——哪儿也没去……我吞吞吐吐地不知道怎样应付娘，却不由低下了头，那时候我的脸一定涨得乌紫。

你知道我是一个从不会说谎的人，而且我根本就没有把雨琴怎么样，我就是喜欢她，爱她。虽然在雨琴家待了一夜，说了许多现在看来根本就不着边际的傻话，雨琴也并没有承诺我什么。我说雨琴嫂子，我就是喜欢你，打心眼里爱你，从你一嫁到王家庄我就喜欢上了你，那时候我还在县城读书，每个月末才能回村里一次，我记得你和李肯哥是前年五一举行的婚礼，碰巧那天我在家，就和村里人们一起去看热闹。我赶到的时候你正从一辆黑色桑塔纳上款款走下来。那天你穿的是一件白色婚纱，粉红色的头饰，一边移动脚步一边向村邻们微笑，脸上被无边的幸福笼上了一层红晕。村里人们一下子被轰动了，纷纷跟着你围上去，我却傻在了那里。我就是在那一瞬间喜欢上你，爱上你的。后来我做过无数的梦，在梦里我娶了你，和你过着幸福的生活，虽然我知道这只能是一个梦，但有这个梦我已经非常满足，因为这一辈子你是属于李肯哥的。但是雨琴，假如人生有来世，来世你愿做我的妻子吗？雨琴说，传奇兄弟你可别犯傻，你有女朋友，嫂子也是有丈夫的女人，世界上比嫂子强百倍的女人多的是，你的情意嫂子领了，但以后再不许这样对嫂子说话，嫂子可是为你好，趁天还没亮，你赶快回吧，你李肯哥又不在家，村里人看见了会嚼舌头的。雨琴说完，就拉开门走出去，去了厨屋里。我也赶紧跟了进去，我说雨琴，那让我抱抱你吧，然后，不等她答应，就紧紧抱着了她，嘴唇急切地不停地在她脸上寻找着，厮磨着。

雨琴先是固执地躲避着，渐渐也开始回应起来，很快，我们的四片嘴唇，两条舌头就绞缠在了一起，手也禁不住在对方身体上摩挲起来，我能感觉到雨琴也是喜欢我的，爱我的，她可以用语言拒绝我，但她的嘴唇、她的舌头、她的手指、她的身体不会欺骗我。我们吻得那样投入，那样忘情。一直到刘桂梅站在门口喊话，才触电似的分开。但一切都晚了。

我没有任何隐瞒。把事情从头到尾说给了娘。轮到娘说话了，娘只轻轻吐出了两个字：畜生！抬手给了我一记响亮的耳光。又说，要想人不知，除非己不为，这样的事情，你瞒得过初一，能瞒得过十五吗？娘说完，就丢下我，一个人出了院子。

刘 桂 梅

俺不知道怎样才能得到雨琴和传奇的信任，俺可以指天指地指着西天佛祖他老人家发誓，俺真的什么也没看见，你打死俺，俺还是什么都没看见。

日头已经接近晌午，圈里的猪崽忍不住饥饿，闹哄哄地叫得人心烦意乱。虽然雨琴和传奇早已离开了俺家的院子，整整一个上午俺仍不知道自己究竟在干些什么。送他们到院门口，雨琴说，嫂子您留步吧。谢您了，传奇也说。说话的时候，雨琴和传奇的目光一直滞留我的脸上，他们的目光十分复杂，里面掺杂着有怀疑、愁闷、害怕，还有着明显的不信任。俺总不能把八辈祖宗也拿出来给他们赌咒吧。俺只好说，那你俩走好了。冥冥之中似乎有一个声音在俺耳边说，等着吧，更大的麻烦还在后边呢！不会吧，俺想，只要不对任何人提起，能有什么麻烦呢？就是王四文，也休想从俺嘴里撬去一个字，俺就不信这世上还有活见鬼的事。

但人算不如天算，第一眼看到传奇娘红着眼睛站在门口，俺就知道麻烦真的大了。您想这事只要有第四个人知道，还愁第五、第六、第一百个人不知道？不闹个鸡飞狗跳墙，日子是决不会安稳下来的。

传奇娘说，她志文嫂子，别看咱们住得远了点，平时又少来往，但往前数不了几辈子，还是一家人呢，你是明白人，我也不再啰唆了，你兄弟的事情已经闹出来了，生死符全在侄媳妇你手心里捏着呢。看着老婶儿的脸皮，也给你兄弟留个活路吧。事情要是传扬开来，李肯回来一定会把传奇扒皮抽筋、大卸八块的，我和你老叔也没有多少好活路了。老婶儿这里求你了！

俺心里知道的吼吼清，传奇娘说的一定是清早传奇和雨琴的那档子事儿，但您知道俺不能说。俺装作迷糊不清的样子，说，老婶儿，你在胡说啥哩，俺不知道你究竟在胡说啥哩，俺只是清早到雨琴家挑了一担水，那时候天还不明哩，黑灯瞎火的连路都摸不着，您想俺能看见些啥呢，俺真的啥也没有看见，如果可以把心掏出来，俺就把心掏出来给你看看。

传奇娘似乎稍稍安了心，摘下头上的毛巾擦擦腮帮子上的泪水，坐在了上午雨琴坐过的凳子上。俺说，老婶看您都急成啥样子了，俺给您倒杯水吧。我不渴。传奇娘顿了顿，继续说，她嫂子，你是这王家庄最好的媳妇，这一点不用别人说，孝顺，立事，脾气又开朗，还从不满嘴里跑火车，张家长李家短说人是非。你兄弟和雨琴俩人幸好是遇到了你，也真是命好啊，她嫂子，俺该咋谢你哩。传奇娘一边说，一边摸索着把手伸向怀里，她的面色渐渐变得潮红，嘴唇也不由自主地哆嗦起来。

传奇娘的手放回到面前的时候，已经多出了一个红纸包。传奇娘把纸包放到俺家桌子上，说，她嫂子，这是一千块钱，我们全家的一点心意，你要是不嫌少就收下了，给毛头买件过冬的衣裳穿吧。

老婶儿您这不是打俺脸吗？俺说，人心都是肉长的，俺要收您的钱，不就是讹您吗？俺的良心叫狗吃了？您还是把钱拿回去留着给传奇娶媳妇用吧。

俺和传奇娘推搡了几十个来回，传奇娘死活还是不肯把钱从桌子上收起来。俺想只有吓吓她了。俺就说，老婶儿，咱丑话说到前边，俺从小到大都有一个总改不掉的毛病，就是睡着的时候总发呓症，白天做下的事儿，梦里头会竹筒倒豆子，全讲出来的，要是收您的钱，不是没事也有事儿了吗？

真的吗？传奇娘说。

俺啥时候跟您说过瞎话？

那——那传奇和雨琴的事你也会说出来吗？

老婶儿你咋这么说呢？俺不是已经告诉你了，俺说，俺根本就没有看见什么事儿，叫俺咋说您才信服呢？传奇娘的脸色由先前的鸡冠红渐渐变得苍白如纸，抖索着手去拿桌子上的钱。院子里下蛋的母鸡"咯哒咯哒"叫起来，正在柴垛下扒拉着觅食的十几只鸡也跟着叫起来，传奇娘就在这满院子母鸡"咯哒，咯哒"叫声里离开我们家。

像是卸下了重大的担子，俺长长地出了口气，谢天谢地，总算完事儿了。要是王四文在家，一定会拍俺马屁，夸俺脑汁多呢！

雨　琴

天擦黑的时候，传奇又敲开了我家的门。

传奇敲门的声音很急、很响。"嘭嘭嘭""嘭嘭嘭"，一声急过一声，仿佛敲在了我的心坎上，震得我全身发麻，耳朵眼里嗡嗡回响。正在我怀里嚼奶头的毛头，也住了嘴，惊疑不定地望着我。重新把乳头塞到毛头嘴里，说，毛头，走咱们一起开门，去看看谁串门来了。

抱着毛头走到院子里的时候，我不由自主地仰脸望了一眼天空。早晨瓦蓝的天空正聚集着越来越多的云彩。太阳虽然已经落下去很久，但余光还没有散尽，反射在天上，头顶的几块云彩就显得分外耀眼。我腾出一只手，拉开门闩，打开门就看见了传奇。

你怎么又来了？我说。

我为什么不能来？

不是说好不来了吗？

那是你说的，我说了吗？传奇朝我挤挤眼，吐了吐舌头，继续说，我有急事找你呢。

传奇回身关严大门，拉着我就往屋子里去。不知道天下男人是不是都长着一身使不完的力气，反正他只轻轻一带，就把我跟跟跄跄拽到了屋子里，正在我怀里吃奶的毛头也哇啦哇啦哭起来，传奇赶紧放开了我，有些愠怒地瞪了毛头一眼。

屋子里已经完全暗了下来，我把毛头放在小床上，摸索着去拉灯绳。我拉了一下，屋子里并没有亮起来。又拉了一下，仍然没有亮起来。传奇说，不会是灯泡烧了吧？不会的，灯泡前天刚换的哩。

是不是停电了？我又问。传奇走到门口，伸头向邻居家瞅了瞅，回头说，别人家都明着呢，莫不是你家电线被老鼠咬断了？

鬼才知道。

我说话的时候，已经摸到火柴和蜡烛。屋子里刚刚亮起来，我就看到了传奇汗津津的脸。这么凉的天，你怎么大头小汗的？我说。

着急呗。传奇的声音有些抖。

该不是急着娶媳妇吧？我想逗逗他，就说。

传奇腮帮子上的肌肉下意识地抖了抖，却不但没有挤出点儿笑意，反而突然板了起来。我哪里还有心思给你开玩笑，传奇说，说正经事，雨琴这回你必须跟我走了。

我说你不是脑子发烧吧，我早上不是给你说了吗？我还有毛头、丈夫，还有这个家呢。再说我和你也根本没做什么见不得人的事儿，刘桂梅也说她根本没看见什么嘛，反正心里没玄事，不怕鬼敲门，我为什么必须跟你走呢？

传奇就把我们离开刘桂梅家后发生的事情仔细地向我叙说了一遍。

雨琴这回你必须跟我走了，我已经把行李准备好，埋在村头的麦秸垛下了，传奇接着说，我觉得我比李肯更喜欢你，更爱你，跟我走吧，我不能眼睁睁地看着李肯打你，骂你，我不能让李肯因为我伤到你一个指头，一根汗毛。跟我走吧雨琴，我会让你过上更好的日子的。传奇的声音仿佛一条流淌在荒野上的河流，越来越低沉，也越来越沙哑了。而且说到最后，这个孩子一样的男人已是泣不成声。他又一次冲动地抱紧了我，而脑袋却深深埋在我的怀里。

他真是一个孩子啊。

那一瞬间，我的心突然软了下来。也许跟着这个男人到一个谁也不知道的地方去，他会好好爱我的。但我真的好怕。直觉告诉我，无论我走哪里，即使我化成一阵风，李肯也会牢牢抓回来的，他把我关进屋子，用最恶毒的话谩骂我，用最残忍的手段折磨、侮辱我，把我一脚踹进暗无天日的十八层地狱，让我从此动弹不得。

所以你必须跟我走。传奇眼睛眨也不眨地盯着我说，雨琴咱们现在就走吧。你没听老辈人说吗，墙糊一百把，没有不透风的，这事儿早晚总会传到李肯的耳朵里，那时你再后悔就来不及了。李肯不会相信你，也不会相信我的辩白的。你纵然长出一百张嘴来又怎么说得清楚呢？雨琴咱们现在快走吧。

好吧。我说，我答应跟你走，但是你必须对天发誓，要一辈子对我好。

我发誓，一辈子爱雨琴，若负了雨琴，天打雷劈。传奇目视屋外，像是对我说，又像在喃喃自语。

尽管后来想起来有些可笑，但那时我真的被感动了，和这样一个痴心爱我的男人厮守一生，我雨琴死了也不后悔了。

一阵冷风突然灌进屋子，桌子上的蜡烛摇晃了几下，终于没有再稳下来，慢慢倒下去，熄灭了。

毛头的哭闹又响起来。我下意识地从传奇的臂弯里挣脱出来，再一次点亮了蜡烛，抱起毛头，刚把乳头塞进嘴里，他就使劲地吮吸起来。

传奇说，时间差不多了，放下毛头，咱们走。

我怀疑自己听错了，说，你什么意思？

没什么意思。传奇说，就是催你走啊。

你让我放下毛头？

噢，这个呀。传奇像是突然明白了我的意思，点点头，不咸不淡地说，你要带上他吗？又不是我和你的毛头。

但他是我身上掉下的肉呀，扔下不管，长大了他还不恨死我？

可他是李肯的种，身上流着李肯的血，你把他养大了，就能保证他不恨你吗？

我——

再说，离开你，毛头还有爷爷奶奶呢！

可——可我是他妈妈，无论如何，也不能丢下他不管——

哎，怎么给你说呢？就先依你，行，咱们走吧。

我们离开村子的时候，第一遍鸡叫已经此起彼伏地响起来。为了不被人们撞见，我们避开大路，选择了种满麦子的田野。顶着满天的破碎的星光，踏着地上潮湿的麦苗，我又兴奋，又恐惧，我是一个为爱私奔的女人吗？天亮之前，我们必须赶到二十公里之外的县城，只有离家越远，才有越多的人认不出我们。我的心在摇摇下坠，怀抱里的毛头也越来越沉。我想，我可能支撑不到天亮。

传奇，咱们找个僻静的地方喘口气吧，我实在一步也走不动了。

听见我这样说，传奇停下来，说，好吧，反正这儿离咱们村子也不近了。

我们拐到路边的壕沟底坐下来。怀抱里的孩子已经睡熟了，我小心地把他放到旁边。传奇埋怨说，不让你带着毛头，你偏不听，看看现在成累赘了吧。

你管不着，我说，又没累赘你，我乐意呢。

话是这样说，我浑身却早已没有了一点力气。我向着传奇移近了些，头刚伏在他胸前，就不知不觉睡着了。

我不知道自己是过了多久以后睡醒的，但睁开眼睛的时候，已经不见了传奇的踪迹，也不见了我的毛头。

毛头——传奇——

传奇——毛头——

我像是被麦苗弹起来似的，声嘶力竭地喊起来，如果你当时能够听到，一定会恐惧这个女人的声音竟然如此失魂落魄、如此绝望。你想，她一定是疯了。我四下里喊，回答我的只有风的尖叫。天哪，我做的这叫什么事情啊——。

喊什么喊？传奇像一个幽灵一样突然回到了我面前。你吓死我了，我长舒了一口气。仿佛失去的魂魄又附到了身体里。毛头呢？发现传奇竟然两手空空，我的声音都变了。

噢——我把他放到一个安全的地方了。那是一个旧砖窑，又靠着公路，天亮后行人很容易发现的。传奇抬手指了指不远处一片黑魆魆的地方，继续说，要不，这样走下去，天亮前我们是无论如何到不了城里的。

不！要是这样我就回村子里去。

谁也不能让我把毛头扔下。在这一点上，我不会给传奇留下任何商量的余地。我扔砖头一样把这句话扔给传奇，头也不回地向旧砖窑走去。

你不能去。传奇紧赶几步拦住我。我已告诉过你，毛头现在好好的呢。

传奇，我真瞎了眼，看错了你，我说，你躲开。

风已经把毛头的哭叫传过来，高一声，低一声。仿佛他在喊：

妈妈——妈妈——，仿佛他的小手在使劲揪我的心。

毛头——我也哭着喊起来，冲开了传奇的阻拦。

雨琴，你必须冷静下来。传奇又一次拦住我，并且拉着我的胳膊向相反的方向去。我挣扎着使劲向后趔着身子。传奇一松手，我一屁股坐在了地上。

冷静你妈 ×。我恶狠狠地骂了他一句。我从地上爬起来时，手中已经多了半截砖头。

滚开。我说。

我不滚。要不你一砖头把我闷死；要不，你就和我走。传奇丝毫没有躲开的意思。传奇说，与其将来死到李肯儿子手上，还不如今天就死到你的砖头下。

我和传奇就是这样推搡撕扯起来的。我不知道怎样就渐渐丧失了理智。我在意乱情迷之中，举起手中的砖头，用尽全身的力气，狠狠地砸在了传奇的后脑勺上。传奇哼也没哼一声，就倒在了地上。

四野寂静。东方地平线上已经泛出了鱼肚白。黑夜却无边无际。

风把毛头的哭叫传过来，高一声，低一声。仿佛他在喊：妈妈——妈妈——仿佛他的小手在使劲揪我的心。

挨到天亮以后，我抱着毛头，搭上了去县城的班车。找到公安局时，那儿的人还没有上班。门卫问我来干什么。

我投案来的，我说，我杀人了。

刘 桂 梅

传奇的尸体被运回村里，草草掩埋了。传奇和雨琴的事儿被人们翻来覆去地谈论着，咀嚼着。村里人争着问俺传奇和雨琴究竟怎么回事。俺不知道，俺说，谁要知道谁就是个鳖孙。

李肯也赶了回来，但也只待了两天，就把他和雨琴的毛头交给爹娘，又上路去了温州。

王四文终于也从镇上回来了。他什么也没说，简单收拾一下东西，去找俺家毛头的爷爷奶奶安排了几句，带着俺和毛头去了镇上中学。

日子过得真快，眨眼工夫就到了腊月二十。腊月二十是小镇沿袭了几十年的古会。执行雨琴死刑恰巧也赶在了那天，十里八村的人们都看到了雨琴被五花大绑在汽车上的样子。

押解雨琴的公安人员荷枪实弹，昂首挺胸。雨琴的脑袋则一直低垂着。王四文说，刘桂梅你去送送雨琴吧，一会儿车就要经过学校门口。从明儿起，你就再也见不到雨琴了。

我们回家吧

　　陈力一脸沮丧地从医院回到家的时候，洋洋正在厨房里忙活着。水流的声音很响，洋洋说了一句什么，陈力没有听清楚，他只看见洋洋转过脸对她笑了笑，又继续弯腰在水池里淘洗起来。接下去的时间里，陈力的视线里只剩下了洋洋晃动的屁股。陈力的心里升腾起一股莫名其妙的厌恶。他干脆把目光收回来，右手伸到裤袋里去摸烟，却又触到了那张该死的化验单。陈力干脆把化验单也一起摸了出来，扫一眼，顺手扔进了纸篓。陈力已经记不清这是第几张化验单了，因为它们的结果都是相同的。陈力把烟点着了，低头默默地抽起来。

　　洋洋从厨房里走过来，她也似乎注意到了陈力有些闷闷不乐。

　　洋洋说：怎么？丢钱了，还是被人欺负了？

　　没有！陈力说。

　　那脸怎么这么难看？因为我？

　　洋洋蹲下来，把陈力手上的烟拧下来扔进纸篓，撒娇地望着陈力。陈力这才叹口气，反过来抓着洋洋的手，幽幽地说，洋洋，你能不能告诉我，以前为别的男人做过几次人流？

洋洋用力把陈力的手甩脱了，霍地站起来，说，毛病啊你？不知道！

陈力说：三次就是三次，五次就是五次，你怎么能说不知道呢？

洋洋说：不知道就是不知道。洋洋突然就有了一种刘胡兰面对铡刀的慷慨大义。洋洋说：我为什么就不能说不知道呢？我就是不知道。怎么着，你还能把我连毛吞下去？

陈力说洋洋。我怎么给你解释呢，我真的没有别的意思，我就是想知道你为别的男人做过多少次人流。

洋洋抬起眼皮，再次打量了一下陈力。

这对你很重要吗？洋洋的声音已经冷若冰霜。

当然。陈力说。陈力望着洋洋，他听见自己的心脏在怦怦跳动，他听见自己的血液在汨汨流淌，他的脸涨得像一只刚刚下窝的母鸡，他鼻头上的汗珠都下来了。

你听清楚了，一百次！洋洋说：一百次你满意了吧！洋洋竖起拇指在陈力眼前示威似的晃了晃，又歇斯底里地重复了一句。然后把陈力熟悉的那个赭红色鳄鱼皮坤包甩到肩上，一阵风冲下了楼梯。

偌大的三居室里只剩下了陈力一个人。陈力的内心感到从来不曾有过的空旷和悲凉，在黑暗中，他的泪水像闪光的河流一样飘向了天外。他看到洋洋一路狂奔着下了楼，一边跑还一边抹泪，刚刚补过的妆重又恢复了凋败的破相。一阵疾风夹着雨星迎面刮过来，把洋洋披散在肩上的长发也吹起了老高，粉红的真丝长裙也吹成了巨大的气球，不但春光乍泄，而且不可遏止地要冉冉升上阴云密布的天空去了。洋洋丢了头发，两只手忙乱地去抓飘飞的裙摆，却怎么也抓不住。

洋洋的举止真是狼狈。她不停地向的士招手，却没有哪怕一辆停下来。

洋洋沮丧地蹲在路边哽咽起来。

陈力这样想着，不知不觉已经走到了靠马路一边的窗前，轻轻推开了窗户。

屋外的天空十分晴朗，正是仲秋时分，满树的梧桐叶子被午后的阳光渲染得一片灿烂，大街上往来的车辆不多，行人更是稀少。陈力努力了很久，直到脖子都有些酸疼了，也没有找见洋洋的影子。

算了，也许她很快就会回来的。陈力又想，女人们总是这样弱智，以为只要耍耍小性子，男人就会屈服了。陈力小心地关了窗户，重新回到客厅沙发上坐定了，点燃了一根烟，有一口没一口地抽起来。

陈力是这座内陆小城唯一一所综合性大学最优秀的毕业生之一。毕业后顺理成章地留了下来。先是在政府机关当了两年公务员，每天看看报纸读读文件喝喝功夫茶，日子过得倒是非常清闲，办公室里连他才四个人，却一正两副三个将军，管着他一个士兵，看来飞黄腾达的梦是不要去做了。陈力高中时的死党叶辉打电话过来说，到我们公司来吧，我们这儿不但待遇高，而且老总特欣赏你这样有学问的人。也许过不了多久，你小子就会发达起来的。

陈力的热情果然又被煽动起来了，星期一上班，陈力就把昨天晚上写好的辞职报告递给了局长。局长迅速看了一遍，又抬头审视了他好一会儿，说年轻人，你可要想好了。

陈力点点头。局长又说，不后悔？陈力说不后悔。局长说那我祝你好运。陈力说谢谢。

陈力就是在去那家公司上班第一天认识洋洋的。

一年后，陈力和洋洋步入了婚姻的殿堂。

又过了半年，陈力跳到了现在的公司，洋洋也跳去了另一家公司。

陈力极力想回忆起他和洋洋初识的具体细节，虽然时间刚刚过了两年多一点，他却着实有些模糊了。他只记得他第一次推门走进办公室，一疙瘩口香糖残渣迎面飞过来，正好结结实实粘在了他新买的T恤前襟上，他愠怒地把目光深入进去，就看见了洋洋涨得通红的美丽而俏皮的脸。

下班的时候，洋洋走到他办公桌前，大方地提出请他吃饭以负荆请罪。

陈力说：算了，你又不是故意的，我已经原谅你了。

洋洋说：不！你不答应就是嘴上说原谅心里根本就不原谅。

陈力说：好吧，那我答应。

洋洋说：谢谢，我叫洋洋。

陈力。陈力也说。

也许是不打不相交的缘故，两个人莫名其妙地就恋上了，而且迅速进入了如漆似胶的状态。

洋洋说：我这人从小特爱嚼口香糖，一天不嚼就感到茶饭无味。

陈力说：我喜欢看你嚼口香糖的样子，我愿意一生买口香糖给你嚼。

洋洋说：骗人？

陈力说：骗人是口香糖渣。

电话铃适时响了起来。对方只吐出"陈力"两个字，陈力就听出是当年的死党叶辉。陈力高兴起来，说你小子什么时候从上海回来的？

叶辉在电话里告诉陈力自己刚下飞机，晚上要和陈力等几个老同学聚聚。

陈力说：好，我马上过去。

陈力在和洋洋步入婚姻殿堂之前，早就把应该在结婚的时候办的事情办过了。陈力说，反正早晚都要办，晚办不如早办。有关权威媒体调查的数据证明，当代中国18—25岁的年轻人中，有过婚前性行为的人数比例已经达到65%。这说明中国人的性观念已经发生了根本性的改变。

洋洋说，准确的数字应该是65.72%。两个人嗤嗤地笑起来。

洋洋说：要是有人赶在你之前把我也办了呢？

开什么国际玩笑？陈力自信地说，绝对不可能！

这么自信？

当然！我有第六感觉。

男人吧，都这熊样儿，说得比唱得都好听，绿帽子戴到自己头上的时候，却比谁都自私狭隘。洋洋换了一种口气，幽幽地说，譬如你陈力吧，你敢对天发誓在我之前没和别的女人办过？

陈力没有接着往下说，只是笑。

洋洋说陈力你先别笑，我可不是跟你闹着玩的，咱话撂到明处，你现在后悔还来得及，以前我有过男朋友的，而且——而且也办过。

陈力的笑容慢慢僵住了。陈力说，让我想想。

两个人沿着马路边慢慢地朝前走，他们的距离已经比刚才拉开了一些，彼此也不再说话。终于到了马路尽头，再往前走就是绿城广场了，过了绿城广场就是洋洋家所在的住宅小区。

洋洋说我回去了。陈力说让我想想。

洋洋回头嘀咕了一声，德行！

第二天是个星期天。陈力醒来后就给洋洋打手机。洋洋的手机一直处于关机状态。但陈力不想给洋洋打座机，陈力觉得这是他和洋洋两个人之间的事儿，哪怕是洋洋的父母也不应该知道一个字，可能是一夜没睡好的缘故，陈力的面色看上去十分疲惫。

天快黑的时候，手机终于打通了。

陈力说，我想好了，我不后悔，我接受现实，因为我爱你。昨天夜里我问了自己至少一千遍，但一千遍的答案都是唯一的——那就是我爱你，你的过去和我没有任何关系。因为你能坦白地告诉我就说明你已经和你的过去一刀两断，不是吗洋洋？而且我——我和过去的女朋友也——也办过。陈力讲完，长长地松了一口气。

电话里传来了洋洋绵绵不绝的笑声。陈力仿佛看到洋洋腰都笑弯了，眼泪都笑出来了。洋洋说，都哪儿跟哪儿呀，上当了吧你，本姑娘逗你玩呢！不过你总算说了实话，本姑娘不在乎，你爱谁谁。

陈力说：你——

陈力感到洋洋就像一条五彩的鱼，在他的眼前游来游去。他伸出手，却永远抓不住她。

陈力和洋洋的第一次是在离他们公司最近的东湖公园的小树林

里完成的。

开始的时候，两个人还只是躺在树下的草地上悄悄地耳语。草地柔软厚实，坐在上边就像坐在宾馆房间里的地毯上一样。等他们停下来，走出树林，走到门口，看见大门已经闭了，看门的人也已经离开。陈力提议还回到树林里去，洋洋只犹豫了片刻就同意了。两个人重新找到刚才坐过的地方紧紧地搂抱着，后来干脆躺了下来，面对面地亲吻，抚摸。很快陈力就像一片沉重的云一样把洋洋完全覆盖了。

洋洋说，你把我弄疼了。

陈力不说话，只是把娇小的洋洋搂得更紧，陈力把整个身体都绷成了一条拉满的弓弦。然后慢慢地松弛了下来。

东方刚刚亮白，马路上公交车的喇叭声就把陈力惊醒了过来。陈力喊醒洋洋，两个人整理好衣服，走出树林，借着星光和远处的灯光，很容易就跳过了低矮的栅栏逃出了东湖公园，他们继续搂抱着走到马路边，叫住了一辆的士，很快消失在愈见明朗的曙色里。

叶辉把聚会的地点放在了已经到城外的一家娱乐城里。叶辉说，这儿有的玩，不像城里，除了吃饭还是吃饭，仿佛人生来就是一个会自己走动的饭桶，你只管不停地装进去，装进去，它自己会把所有的剩余问题都解决掉的，想一想吧，原本绿荫勃勃的地球正在拥挤着越来越数不清的饭桶，这是多么可怕的事情呀。

陈力和叶辉、刘洪波他们边吃边聊，接着又去楼上打了几局保龄球。叶辉提出大家不妨放松一下，去楼下歌厅唱唱歌，等歌厅关门后，哥儿几个就去泡个桑拿，大厅里躺一觉，天亮再回家，开房的钱也省了。

其他几个人都说好。只有陈力没有吱声。

刘洪波说：怎么着哥们儿，这回有人管上了吧，还是没兴趣？

有人开玩笑地说，这儿的小姐可是绿城最靓的，不但条儿有条儿，个儿有个儿，脸盘子好看，嘴甜，而且——说话的人把双手放到胸前，做托起状，继续说，个个都是波霸。

去！叶辉摆摆手，转脸望着陈力，说，是不是家里有什么事？要不你先回吧。

陈力苦笑了一下，说，那我就先走了，咱们过两天再联系，到时候我请大家。

哥儿几个说，就这样定了，今天看在嫂夫人的面上就放了你，不过到时候你可要等着挨宰。

陈力说，行！

陈力回到家里已经是午夜时分。陈力按门铃，没人。

陈力打开了客厅的灯。

没人。

打开卧室的灯。

没人。

他把所有房间甚至卫生间里的灯都打开了，还是没人！

陈力又打洋洋的手机。

关机。

也许回娘家去了吧，陈力想，陈力回到客厅里，拿起听筒，随手拨了过去。过了好一会儿，才听见岳父迷迷糊糊的声音。陈力说爸，是我。岳父问他有什么事。陈力说，没什么事，就问问洋洋回去了没有？岳父又问他是不是两个人拌嘴了。陈力说没有，她今天下班一直没有回家，也没打个电话，可能去哪个朋友家了，您睡吧，我再问问。

放下电话，陈力抬头看了看墙上的挂表，时针和分针正好一齐指向了十二点。陈力想，这么晚了打谁电话问去？娘希匹！陈力脱口骂了一句。

死马当活马医吧，陈力又想，也许出去找找能碰碰运气。

陈力在路边站了足有一刻钟，终于打到了一辆车。

司机问陈力去哪里？陈力说，随便。司机不再说话，踩动离合蹿了出去，但一会儿就靠路边停了下来，说兄弟，到了。陈力心神还没有安定下来，听了司机的话吓了一跳，说到哪里了？司机用手指着旁边的一个彩灯闪烁的地方，看见了吧，晚上出来找乐子的兄弟我都带这儿来，便宜，又安全。陈力知道司机是误会了，以为他说的"随便"就是随便找个消遣的地方，但他还是下了车。陈力决定沿马路边走一走，对找到洋洋他已没有了一丝信心，但他必须找，也整理一下脑子里乱纷纷的思绪。

洋洋此刻也在另一条街上漫无目的地走着呢。这条马路离陈力走着的那条也许相距非常遥远，当然也可能近在咫尺。就像陈力之于她，有时候是那样切近，近得能听到他的呼吸，能看到皮肤上若有若无的金黄色的体毛，近得就像一个心脏的另一室。有的时候又那样遥远，远得只剩下一个抽象名字，只剩下一声镜子里的叹息，远得就像天边那颗永远不挪动丁点儿的星星。

从家里冲出来后，洋洋一扬手就拦住了一辆的士。司机示意洋洋坐到前排来。洋洋仿佛没有看见一样，拉开车门坐到了后边。

司机问：小姐去哪里？

洋洋没好气地说，天上！

司机瞪大了眼睛，狐疑地回头看她。洋洋这才感到自己失言了，急忙改口说，就去人民商场吧。

洋洋从人民商场逛到了商业大厦，又从商业大厦逛到了绿城广场。我们知道过了绿城广场就是洋洋从前的家，洋洋的爸爸妈妈至今还相敬如宾地生活在那里，但她不想回到那里。就像一棵树，你从苗圃里移栽出来以后，再回去还有意思吗？而且，洋洋非常恐怖"相敬如宾"这个词。夫妻本是同林鸟，大难临头还各自飞呢，相敬如宾本身就是彻头彻尾的虚伪，是对真实爱情的亵渎。就像她告诉陈力她和从前的男朋友办过，陈力痛苦，犹疑，但陈力最后还是接纳了她，这说明陈力是真实的。陈力不也和从前的女朋友办过吗？但这和陈力对她的爱情毫无关系，那个时候陈力知道你洋洋是谁？所有男人和女人的生活都应该从他们步入婚姻殿堂的那一天从零开始。但既然陈力愿意接纳她，为什么突然之间又一而再，再而三地追问她和别的男人做过多少次人流干什么呢？这和偶尔问问交过多少男朋友，吃点小醋是有着本质区别的。

这样的男人真是没有意思，太没意思了，简直恶心，根本就不是个男人样子。

洋洋的嘴角露出了一丝不易察觉的冷笑。

这个陈力，竟然越来越像自己的父亲了。洋洋慢慢地回想起来，有几次，陈力竟然莫名其妙地求着要陪自己去医院做身体检查。洋洋说，我好好的，查什么，你咒我有病呀？要去你自己去，我可是从小就闻不得医院里刺鼻的来苏水味儿。洋洋扭头把一块口香糖渣吐进沙发旁边的垃圾筐，又非常麻利地剥开另一片，含在了嘴里。

陈力说，咱们结婚都一年多了，你怎么没一点反应呢？没反应正好，洋洋说，两个人过日子更逍遥自在。陈力说，话不能这么说，孩子嘛，早晚得生，晚生不如早生。

就像晚办不如早办一样，洋洋咯咯地笑起来，说，纯粹农民，要去你自个去，打死我也不去。

广场四周的吊灯已经亮起来，放风筝的孩子和遛弯儿的人群已经渐渐散了，代之而来的是不知道从哪里冒出来的小吃摊，几乎是在眨眼之间，就把位置占好了，支开帐篷，摆开摊子，端上锅，诱人的食品香味马上就弥散在了广场的角角落落，有几缕还见缝插针地钻进了洋洋的鼻孔，洋洋的肚子里也条件反射似的咕咕噜噜叫起来。洋洋想起是每天该吃晚饭的时候了，她拣了一家看上去还比较干净的摊位坐下来，要了两个茶蛋，三个肉串，一碗过桥米线，有滋有味地吃起来。

洋洋边吃饭边想接下来的时间应该怎样打发，既然父母家里不愿回，自己家里又不能回，只好到蒙蒙家去玩完了，反正不能现在就回去，就是要给陈力点颜色看看，让他等，让他找，让他尝一尝热锅上蚂蚁的滋味儿。洋洋仿佛已经看见陈力在屋子里来回走动的狼狈样子。洋洋吃完饭，付了钱，掏出手机去打的时候，发现手机竟然只剩下了一个电，便不敢再打，小心关了，站起身，向蒙蒙家走去。

蒙蒙几乎是洋洋最好的朋友了。

洋洋站在蒙蒙家楼下喊了几嗓子，见没有回音，只好不情愿地往五楼爬。爬到三楼，洋洋已经气喘吁吁，含在舌尖上的口香糖也吐了出来。洋洋开始后悔了，刚才干吗关机呀，真是有病！洋洋索性站住了，重新开了机，拨了过去。

竟然真的没有应答！洋洋不死心，坚持着爬上去，赌气似的按门铃。洋洋的脸上露出了掩饰不住的失望。

洋洋转回身，正要下楼去的时候，蒙蒙家的门竟突然打开了。操，谁呀？一个迷迷糊糊的声音传了过来。

洋洋收回了已经迈出去的右脚，扭回头就看见了跟着声音伸出来的丁海明硕大的脑袋。

死丁海明，搞什么鬼呀你，电话都不接？洋洋重新回到蒙蒙家门口，边骂边抬起拳头捶向丁海明的光头。丁海明是她的朋友蒙蒙的男朋友。

别闹了别闹了，丁海明说，我道歉行了吧，下午跟朋友喝了点酒，一回到家就晕晕乎乎睡着了，这不，刚摸着电话，你就挂了，我还以为是蒙蒙回家来了呢。

蒙蒙不在家？洋洋问。

骗你是乌龟！丁海明打了个哈欠，说，怎么样小姐，不敢进屋了吧你？

你还以为你色狼啊，老姐什么阵势没见过，你还能吃了老姐。洋洋嬉笑着，跟着丁海明一起进了屋。

接下来的故事有些俗套：没有让丁海明费多少力气，洋洋就自己倒在了丁海明的床上。洋洋闭着眼睛，任由丁海明把身上的衣服一件一件除去，把她的身体书本样打开了，翻过去，再合拢了。整个过程有点像无声时代的电影，洋洋不说话，丁海明也不说话，仿佛他们只是两块相互斗狠的石头，仿佛他们生来就不会说话一样。完事之后，两个人很快就分开了。洋洋扭亮灯，窸窸窣窣地去捡落在地上的衣服。丁海明终于先开了口。丁海明说，算了，反正今天蒙蒙也不回来，你就明天再走吧，再说这么晚了你一个人哪去呀？丁海明说着，爬过来去拉洋洋的胳膊。

洋洋使劲地挣脱了，丁海明又去拉的时候，突然看见洋洋已经是满脸泪水。丁海明住了手，愣愣地看着洋洋把刚才甩在地上的衣服捡起来，仔细地一件一件穿上身，头也不回，一直走到门口，拉开门走出去，又砰地关上了。洋洋离去好一会儿，丁海明还赤裸裸地躺在床上发愣。这个怪女人，丁海明想，真是怪了，她竟然会从头到尾不说一个字。

风比傍晚的时候大了许多，把落在地上的树叶都重新吹了起来。洋洋一个人沿着马路边慢慢走着，她的脑子里一片空白，她怀疑刚才自己是做了一个梦，仅仅是一个梦。高处的灯光把洋洋孤单的影子拉长了，又缩短了。拉长了，又缩短了。洋洋真的不知道此刻应该到哪里去。洋洋低着头，她走得很慢，一路都没有抬头去看周围的街道和行人，仿佛身外的那个世界已经不存在一样，她不知道自己在哪里走，也不知道在走向哪里。她只是一个地老天荒的行走者，只能这样不知所终地走下去。

和刘洪波他们不一样，陈力虽然以前也犬马声色过，但那都是遇见洋洋之前的事情了。陈力认为从骨子里说，自己是一个婚姻的保守主义者，是一负责任的男人。刘洪波挖苦他，说他是标准的新好男人，是"社会的好公民，单位的好职工，家里的好成员"。每当说到这里的时候，陈力总是笑一笑，不置任何争辩。陈力想，新好男人就新好男人吧，他有洋洋呢。为了洋洋，他愿意做一个新好男人。

但最近陈力的心态却起了变化，说白了，是失衡。原因是到处撒种的刘洪波眼见着已经开花结果了，而且是龙凤呈祥，刘洪波的原话叫"无心插柳柳成荫"，叫"毛毛雨啦"，叫"种子好，怎么着都好"，哪像自己，专心经营名下的一亩三分地，不辍地耕耘换来的却仍是一片蛮荒。

陈力偷偷去医院做了检查。

医生拿着检查报告单，说小伙子，没问题。

既然种子没问题，看来一定是土地的问题了。他一次次地催促、央求洋洋也去医院检查一下，但每一次都被洋洋拒绝了。他不知道洋洋为什么拒绝他，或者，根本就是在拿不是理由的理由搪塞他。但他完全可以和颜悦色地把自己的怀疑给洋洋说明了，人家已经告诉你，她从没有跟以前的男朋友办过，你为什么竟愚蠢地追问人家做过多少次人流呢？真是荒唐。荒唐透顶了！

陈力边走边反思自己，他的思路渐渐清晰了，他的结论只有一个，那就是自己当时确实急昏了头。

陈力啊陈力，你丫就一混蛋！

陈力骂出这句话后，下意识地抬起头。就在这一瞬间，陈力看见了正在面前咫尺之远扭头看向自己的洋洋，就好像洋洋其实一直在前面等着他的反省呢，只是陈力看不见她罢了。

洋洋！陈力心头热热地喊了一声，扑过去，紧紧把洋洋搂在了怀里，好像他的洋洋已经走失了一个世纪，他千万里的追寻终于感动了上天，把他的洋洋终于又送回来了。

我停下笔，我知道自己在写的是我的朋友陈力的真实故事，而不仅仅是一篇小说，所以我不能让我的朋友陈力就这样和他的洋洋在这个城市不同街道上一直慢慢地走下去，直到地老天荒，一个也没有碰到另一个。

我的意思是说，陈力和他的洋洋最后还是不期而遇了。

陈力说：洋洋，你真把我急死了，你怎么跑这儿来了？

洋洋伏在陈力的怀里，像一只温顺的小猫儿，泪水哽咽地说，这儿是哪儿？

陈力腾出一只手，指着旁边，说，你看！

洋洋转过脸，但她看到的是一幢正在长高的建设中的塔楼，高高的脚手架上没有一个人，一只巨大的灯泡正在把他们面前和身后更远的地方照耀得亮如白昼。

这是哪儿呀？洋洋说。

陈力把手指的方向移动了一下，说，看这儿！

洋洋抹了抹眼睛，终于看见了大门立柱木牌子上写着的"东湖公园"四个大字，但立柱之间的大门焊接的钢管已经换成了全封闭的灰铁皮，阴森森的有些吓人。再往两边看，那些原本很低，轻易就能跨过去的栅栏也换成了十分威武的砖砌围墙。像是想起了什么，洋洋突然竟破涕为笑了，说，你怎么找来这儿了？

陈力没有回答，而是把洋洋往怀里搂紧了一些，说，我们回家吧。

去 黄 山

1

苏欣的房间严格来说很难算得上一间标准的闺房，七个平方米多点儿的空间里除却一张靠墙放置着的锈迹斑斑的单人床，床脚头一个米黄色的摆满了几行大小薄厚不一的书报杂志的小书柜和床旁边那个伸手就能够得着的折叠衣橱，就几乎很难再容下第二个人落落大方地走进来了。

苏欣至今记得黄亮最后一次也是第一次进到房间里的情景。那是一个古色古香的、散发着旧版张爱玲小说迷人气息的黄昏，苏欣和黄亮相拥着从位于市中心的那家麦当劳快餐店里出来，漫无目的沿着马路边的树荫往前走，他们走得很慢，偶尔有几片树叶和胭脂红的光线一起落到苏欣纷纷扬扬的头发上，黄亮赶忙讨好地帮她摘去。当又一片树叶飘飘悠悠晃过眼前的时候，苏欣轻巧地伸出青蛙一样灵巧的舌头，顽皮地含在了薄薄的唇间，并回过头挑衅似的望着黄亮。黄亮也不示弱，坏笑着俯下脸，张开嘴唇，含着露在外边的半片树叶的同时，也脉脉地吮住了苏欣的双唇，并且久久都不松开。苏欣的身体马上触电似的有了感觉，内心的杯盏也窄窄歪歪动荡起来。她抵回黄亮强行的舌头，却又撒娇地把自己的舌头送进了黄亮的口中。他们这样旁若无人地纠缠了好大一会儿，最后还是黄亮首先撤退了下来。黄亮用嘴唇厮磨着苏欣的头发，说，咱们去公园吧。苏欣不点头，只皱了皱眉，说，公园里乱哄哄的，没劲！要不，咱们去我家？黄亮犹豫了一下，说，你爸妈在，说话不大方便，还是去公园好。就去我家嘛！苏欣嗲着声音撒娇，又说，你总不能一辈子不登丈母娘的门槛，该不是有什么见不得人的短处吧？苏欣说完俏皮地吐出一口气在黄亮脸上，自己先"扑哧"笑出声来。笑完了继续歪着脑袋挑衅黄亮。黄亮不再争辩，只点头应了一声"好"，就到路边叫了一辆出租，拉开车门，引苏欣进去。然后自己才跟着坐进去，关了车门，对前边的司机说，师傅，开车。司机回过头来问，二位去哪儿？西会。苏欣说。

尽管由黄亮搀着，苏欣爬上六楼还是气喘吁吁了。苏欣按了门铃，等了一会，也不见有人过来开门，就自己打开手提包，找出钥匙，递给黄亮。黄亮很顺利地打开门，苏欣喊了声"爸、妈"，不见应声，就随手拉开灯，哼着小调儿，脚步轻盈地径直进了自己的小房间。还没有等苏欣站稳，黄亮已经跟脚闪进来，轻掩上门，也不说话，不由分说地把苏欣压在了窄小的钢丝床上，嘴唇在苏欣的脸上摸索着，手却已经伸到苏欣的衣下动作起来。苏欣的大脑有些木木的，她想拒绝，浑身却如水浸一般没有丁点力气，渐渐还跟着主动迎上去，积极配合起来。这回苏欣和黄亮做得非常投入，也非常尽兴，他们从床上滚到地上，又从地上折腾到床上，甚至差一点没把苏欣的折叠衣橱弄翻了。完事后两个人整理衣服，苏欣的目光湿润润地望着黄亮，一边用拳头不停擂黄亮的脊梁，直到门铃响起来，苏欣才把粉嫩的拳头在黄亮眼前示威似的晃了晃，拉着黄亮来到客厅坐下，自己急忙去开门。等到爸妈进来，苏欣向着他们说，爸，妈，这就是我前些天跟你们提起的黄亮。黄亮赶紧从沙发上站起来，伯父伯母地叫着，鼻、眼儿里都漾着笑意解释说，苏欣今天下班有些晚了，我刚刚把她送回来。又转过脸对着苏欣，说，再见苏欣，我走了，就匆匆出了门，仿佛连苏欣妈妈留他吃晚饭的声音也没有听见。第二天打过去电话，苏欣责问黄亮为什么做了亏心事一样逃之夭夭。黄亮在电话那端有些气短，吞吞吐吐地回答说，我——我做了什么亏心事？做了什么，你自己心里最清楚。见黄亮不认账，苏欣的声音哽咽起来。那边黄亮连说对不起逗你玩的，等忙过这会我给你打过去，然后就先挂了电话。苏欣这头想着两个人往日一次次的肉体之欢，咬牙切齿地想恨却又怎么也恨不起来了。但苏欣等到晚上黄亮也没有打过来，后来再打电话过去，黄亮总是推托单位的事忙得他焦头烂额的，真的没有时间和她在一起。苏欣忍不住自己找去了黄亮的单位，单位的同事却大眼瞪小眼地互相看着，支支吾吾谁也说不清黄亮去了哪里。苏欣发疯一样不停打黄亮的手机，却不是"对方用户已关机"就是"现在不在服务区？一次也没有打通。苏欣的心头酸酸的，仿佛压了一块石头，眼瞅着一天天憔悴下来，全不见了先前的笑语欢颜，回到家里也更安静，只闷着头在客厅或躲进自己房间里看自己的张爱玲和三毛，大多数时间却一个字也看不进去，呆呆地对着打开的书发愣，就像今天一样。

今天晚上也是一个无聊的晚上。

吃过晚饭以后，苏欣爸爸一边用牙签剔着牙缝，并随手拿起放在茶几上的遥控器，锁定了央视一套的新闻联播，一边招呼正在厨房里忙活的苏欣妈。这么多年来，收看新闻联播已经成了爸爸每天的功课，至于妈妈是什么时候加入的，苏欣实在记不太清楚了。苏欣知道他们接下去还要继续关心天气预报和焦点访谈，然后是科技博览，黄金时间的电视剧播放以前，爸爸总习惯地要把各省的卫视节目浏览一遍。等到九十个频道轮换过来，黄金时间电视剧的片尾曲也或凄凉幽婉或高亢悲壮地响了起来，爸爸的脸色隐隐有些失望，懊恼地把遥控器丢给妈妈，一言不发从沙发站起来，回了自己的房间。客厅里只剩下了妈妈和苏欣。有时候苏欣也感到纳闷，这么多年爸爸妈妈怎么从没有一个人问问自己喜欢什么节目呢，幸好苏欣不是那种狂热地嗜好肥皂剧的浅薄女孩。苏欣打小学起就喜欢安静，喜欢一个人静静地躺在床上或沙发上看书，有些昏暗的灯光照着苏欣明净的额头和书上的一行行铅字，那些铅字身上似乎正有一种好闻的气息弥漫开来，使她沉醉，也使她很快忘记了身外的世界。又过一会儿，妈妈也连连打起哈欠来，便又把遥控器放回茶几上，走过去关了电视机，回过头来向着苏欣说，欣欣，该睡了吧，明儿还要上班呢。苏欣说，你们先睡吧，我把剩下的这几页看完。说这话的时候，苏欣满脑子还都被张爱玲笔下那些心比天高命比纸薄的女子占据着。刚才爸爸和妈妈入神的机会，苏欣试着打了黄亮已经停机半年多的传呼，奇怪的是传呼台居然答应给留了台。但一直等客厅里只剩下苏欣自己，也不见黄亮回过来，苏欣的眼泪簌簌落了下来，索性扔下书本，抓起爸爸和妈妈扔在沙发上的晚报，头重脚轻地回了自己的小房间。

苏欣烦躁地蜷在床上，却翻来覆去安稳不下来，只好不情愿地翻开了今天的晚报，怏怏地看起来。晚报上并没有多少好读的玩意儿，厚厚的一大沓除去吃喝拉撒睡和苏欣丝毫不感冒的国际报道、明星逸闻、球场花絮，剩下的就是那些花花绿绿的广告，苏欣一版接一版慢慢翻下去，她的目光终于在第二十四版也就是最后一版的右下角停了下来。这以后的时间我们看见苏欣的目光明显来了神采，脸上也仿佛傍晚的天空升起了两朵薄薄的红晕，而且她的呼吸似乎也急促起来。苏欣不由自主地欠起身体，向悬在头顶的灯光凑近了。这样恰好我们也更容易把这个名叫苏欣的女孩看清一些，看清以后我们心里却不能不略感失望了。这是一张过于平常的脸，它的五官搭配还算和谐，但皮肤却白皙娇嫩得有些过度了，因为我们借着灯光非常清楚地就看见了那皮肤下纵横如银杏叶片上叶脉的红紫烂漫的血管和附着在皮肤表层的淡淡的金色的茸毛。当然，我们顺便也看清了报纸版面右下角的那条让苏欣突然激动起来的新闻。

莲花峰上惨剧多

（本报讯）通讯员傅志宏报道　继上星期六两名江西游客在著名旅游胜地黄山的最高峰——莲花峰跳崖自杀后，本周刚刚过去三天，又有六位游客在同一个地点选择同样的方式结束了自己年轻的生命。至此，近两年来，这样的人间惨剧已经累计发生达六十余起，死亡人数接近七十人。负责游客安全工作的黄山旅游管理处工作人员说，他们中有国家公务员、下岗职工、外企白领、私营业主、也有现役军人和学生等。或是因为家庭离散、婚姻受阻、爱情不顺，或是因为考试落榜、仕途坎坷、就业无着，或是因为事业受挫、财产遭损、精神压抑，自杀原因不一而足。这些人来自全国二十多个省市，年龄最大的四十五岁，最小的十七岁。其中昨天中午一对儿手挽手跳崖的少男少女更是不足十五岁，也许此刻他们的父母已经知道了悲剧的发生。据现场目击者说，这两个孩子是和大家一起起早上山的。他们在山上一会欢呼雀跃，一会亲密相偎，没有表现出任何异常，跳下去的一瞬间，脸上还洋溢着幸福的微笑。人们在整理他们留在山下旅馆房间里的遗物时才得知，他们都是H省P市著名的R中学初三年级学生，因为过早相爱受到学校的处分和家长的责打而偷偷来到黄山殉情的。

有关负责人希望通过本报呼吁，请大家一定要珍惜自己的青春和生命，不要再做这种令人痛心疾首的，也是对社会、家庭和亲人不负责任的傻事。

看到这里，苏欣禁不住泪流满面了，她把晚报重新折叠好，小心地放置在枕头靠墙的空隙的地方，拉灭灯，缩进被窝，嘤嘤地低声抽泣起来。在黑暗中，她的抽泣仿佛一条细若游丝的沙漠上的河流，缓缓地流淌着，一直流向沉默的天外。

2

我们再次见到苏欣的时候，苏欣已经坐上了开往黄山的T67次特快旅游列车。

苏欣是在昨天晚上的被窝里做出去黄山的决定的。她自己也不清楚为什么突然产生了这样的冲动，整整一个晚上，仿佛那张报纸里有一只手魔幻的手不断地伸出来，捏拿、揉搓着她的心，反复地叮咛她——你必须坚定自己的选择。苏欣看见那是一只硕实、丰满的手，粉红的指甲在暗夜里闪射着好看的荧光，它的光芒就是她最锋利的语言。整整一个晚上，苏欣被自己的想法激动着，她的辗转反侧连带着生锈的钢丝床也吱吱呀呀不满起来。天快亮的时候，苏欣才迷迷糊糊睡着了一会儿。她做了一个奇怪的梦，在梦中她来到了黄山莲花峰，见到了那一对殉情的中学生，她拉着她们的手，而他们则亲切地喊她"姐姐"。

　　对于苏欣来说，去黄山可能是她二十一年生命旅程里最远也是最重要的一次出行，但登上火车以后，她反而变得心静若水了。她拎着的是一只枣红色的二号注塑旅行箱，找到自己的铺位以后，苏欣习惯性地打开箱子检查了一下随身携带的物品。箱子里除去一个小巧的黑色真皮拎包、几件换洗的衣服、简单的洗漱用具、一包抽取式纸巾、一本封面显然有些破旧的张爱玲小说，再有就是一张返程车票了。不过这会儿车票还和部分现金一起放在那个真皮拎包里。苏欣拿出那本小说，合上箱盖，扣好搭扣，又把密码重新设定了，才高高举过头顶，用力推上空间已经快占满的狭小的行李架。苏欣的铺位在中铺，她坐在靠窗的地方，抬起右手向后梳理了一下快要遮住眼睛的头发，静静地看着车窗外送行的人们，他们的眼睛都烟雨蒙蒙的，仿佛笼着一层迷离的轻纱。列车启动以后，苏欣也把目光收回来，她知道那些烟雨和自己要去的黄山根本没有什么关系。走道里铺的地毯是草绿色的，踩上去十分舒服，给苏欣一种很宁静的感觉。但列车服务员推着的食品车还是很快打破了这份宁静，服务员一边敲击铝制车架，一边叫卖，推到苏欣跟前的时候，苏欣递上十元钱，要了一桶八宝粥、一瓶乐百氏纯净水。服务员把东西给了她，又从下面抽出一元找零递给苏欣。服务员走过去后，苏欣也脱了那双十分抱脚的旅游鞋，抱着刚买的东西，爬到铺位上，拉开八宝粥桶盖，抽出塑料勺，很快吃完了，才收拾好躺下。也许是昨夜失眠的缘故，再加上车身有节奏的颠簸，躺到铺位上不久，苏欣就感到眼皮酸涩，很快她就沉沉睡了过去。

这是无数个平平常常的周末中的一个。这个周末苏欣还是对自己的想法产生了几次动摇，所以整个上班时间她都有些心不在焉，犹豫和徘徊仿佛窗外的梧桐树叶，枝枝桠桠占满了她内心的院落，以至于往日做得滚瓜溜熟的账目竟然出了几处差错，惹得对她一向青睐有加的刘姐也拉下脸来，不咸不淡地数落了她几句，看着她满脸绯红的样子，白玫、林小娇、伍柯几个姐妹连忙在旁边打圆场，说，刘会计师您就饶了欣欣吧，您没瞧见欣欣这些天失魂落魄的样子吗，一个黄亮已经把她磨害得够受了，亏您还是我们的大姐呢！是小余欺负你了吗，欣欣？刘姐回过头来望着苏欣，继续说，哪天把那小子喊过来，大姐替你出气，反了他？苏欣很勉强地向大家挤出一个微笑，算是感谢，然后拿过刘姐退回来的账表，低眉重审。白玫几个人又笑闹了几句，也各人忙起自己案上的工作来。

下班以后，苏欣一直磨蹭到大家陆续走掉，才最后离开会计科，穿过长长的走廊和花草扶疏的院落，一个人出了大门。我们看到在苏欣的身后，偌大的院落突然变得非常荒凉岑寂，黄昏稀薄的光线静静地照着那些凋零的花草和走廊下齐腰的水泥护栏，偶尔的三两声鸟鸣，仿佛素女的纤指抚过空无的蓝天，更使人感受到了季节的凄凉。

或许温暖的南方该要好一些吧。

苏欣拉着箱子来到车站，她决定让售票员最后决定自己的运气。她在售票窗口前徘徊了很久，直到车站广播里请乘坐 T67 次特快列车去黄山的旅客排队上车时，苏欣才走到离自己最近的一个窗口前，问，小姐，还有去黄山的 T67 次卧铺票吗？有的，售票员微笑着向她点点头。那——那我要一张今天和后天晚上的往返票吧。苏欣把钱递过去，售票机器的出口很快吐出两张票。苏欣麻利地接过来，一张装入口袋，另一张放进拎包，侧身转到后面，半蹲着身子把行李箱拉开一条缝，将拎包使劲塞进去，又很快合上，拉起来匆匆向站口走去，她排在了队列的最后边，所以也几乎是最后一个上车的。在车厢门口和列车员换了票，苏欣闪身跳上去，抹一下额头，仿佛完成了一生最大的决定似的长长舒了一口气。

苏欣醒过来时也闹不清是什么时间，只是感到小腹一阵阵胀疼，她下意识地向对面望了望，邻铺的身体和头脸一起严实地包裹在毛毯里，看样子睡得很沉。车厢顶灯早已熄灭，只有走廊的小灯还惺忪地亮着，苏欣摸索着找到自己的旅游鞋，深一脚浅一脚去过洗手间，回来后就老长一段时间再没睡沉。她躺在卧铺上，心里一遍遍问自己，苏欣，你为什么非要在周末自己一个人跑去黄山呢？是和父母、黄亮，或者自己赌气吗？苏欣摇摇头。那就是步那对儿殉情的初中生的后尘去自杀！苏欣又摇摇头。苏欣仿佛看见那个女孩和男孩正偎依着向她缓缓飞来，女孩一袭飘飘的白色长裙拖着身后的丽日蓝天，风儿吹拂着她黑瀑布一样的长发，她娇媚的脸上洋溢着幸福的微笑，苏欣怀疑她就是那个名叫安琪儿的天使；男孩则是非常阳光的另类，拘谨、羞怯，但目光里流露出来的爱却至真至纯。他们离苏欣只有一步之遥了，苏欣甚至已经清楚地听见了他们的呼吸，苏欣亲切地拉着他们的手，他们则甜甜地喊她"姐姐"。苏欣使劲挤了挤眼睛，把他们的幻象驱除出去，再睁开时站在面前的人又变成了黄亮。才多长时间不见，黄亮明显瘦削了下去，疲惫的脸容棱角更加分明。苏欣喊他，黄亮却并不理会，只瞥她一眼，就冷冷走开了。黄亮——苏欣咬牙切齿地喊，嘴里却不发出一点声音，苏欣的嘴唇哆哆嗦嗦颤抖起来。苏欣再一次绝望地望向对面，邻铺依然没有任何动静，窗外也是夜色沉沉，只有疾行的列车撞击时发出的咣当咣当的声音颠覆着苏欣的耳鼓，苏欣很清楚自己是乘着火车疾行，有时又感到分明是在水上颠簸或者在云彩里穿梭，甚至已经脱离现实，进入了长长的梦境。邻铺终于蠕动了一下蜷着的身体，打了个长长的哈欠，掀开毛毯坐了起来，苏欣这才看清对方并不是她想象中的慈祥长者，而是一个很粗糙的中年男人。中年男人也向苏欣这边望过来，发觉苏欣竟然也正睁大眼睛望他，似乎想起了还未走远的那个长长的哈欠，居然腼腆地似笑非笑着抬手抓挠着后脑勺，弄得苏欣也不好意思地笑起来，刚才的失望也烟消了大半。车厢的一头传来"车到合肥站"的广播，中年男人不再迟疑，急忙从铺位上爬下去，摸索着穿上鞋子，又从货架上卸下自己的行李箱，拽拽夹克的下摆，向苏欣点点头，匆匆走去了车厢一头的出口。

列车缓缓停稳了，车窗外面也明亮起来，苏欣伸脸望出去，看见当空正落下细细的雨丝来，站台灯光下的地面，水汪汪地反射着灯光清幽的倒影，上下车的人并不很多，几辆流动售货车也极少有人问津，车主推着车在几节车厢之间吆喝了两个来回，仍不见车上的人影，就很失望地又缩回到顶棚下面。列车振动了一下，继续驶向下一站，不一会儿，这个沿线唯一的省会城市又被抛在了秋雨茫茫的夜色之中。苏欣的内心说不出的伤感，就像自己身体的某一部分被抛在了雨中一样。

又有人被列车员引领着，来到合肥下车的中年男人的铺位前。列车员殷勤地帮那人放好行李箱，才离去了。等到那人爬到铺位上，借着朦胧的廊灯，苏欣才看清这回上来的是一个和自己年龄差不多的女孩，只是头发要短得多，她感到忽而轻松了下来，友好地递过去一个微笑，尽管灯光很暗，女孩还是感觉到了，也有礼貌地还过来一个微笑，但两个人都没有说话。苏欣渐渐安静下来，也不再想黄亮，迷迷糊糊就睡去了。再次睁开眼睛时，天光已经大亮，列车广播里音乐悠扬，阳光被净水洗过一样，照在脸上有些温软湿润，似乎还没有下车，苏欣已经感受到了江南的气息，如果说自己生活的北方省城是粗犷威严的铁汉，这里就是袅袅婷婷的少女，甚至窗外阳光里的树丛也瞬间变得香肩酥背，一副柔若无骨、风情万种的模样了。其他铺位上的旅客大多已经起床，有的占据了窗下的小座，入神地看着窗外的绿水青山，有的拿着毛巾牙具往来穿梭，邻铺也没了人影。苏欣估计女孩可能也去洗漱去了，就赶忙自己下了铺，收拾整齐了，拿起喝得只剩下一点的矿泉水瓶子，塞到靠窗茶几下的垃圾桶里，这时女孩也回来了，果然如苏欣所料地端着牙具拿着毛巾。看见苏欣，女孩说，我正想着喊醒你呢，马上就要到终点了。谢谢——苏欣说着，不敢怠慢，也急忙去行李架上打开箱子，拿出洗漱用具，去了。回来重新把东西放好，还没等把披散的长发拢到脑后束起来，列车已经缓缓停了下来。终点站到了，苏欣只好顺手拿下行李箱，紧跟着女孩身后，被后边的人挤着，拥向车厢出口。

穿过地下通道，才是出站口，等到苏欣挤出来，女孩也不知去了哪里。尽管素不相识，苏欣还是感到有些遗憾。好在出得站来，旁边就是发往山上的班车，苏欣来不及细想，拣了还有空位的一辆依维柯快巴，甚至没有顾得打量这座秀美的小城一眼，就径直驶上了进山的快速路。

3

依维柯快巴在爬山入口处的停车场停稳了，苏欣跟着大家一起下来。

一夜的颠簸和刚才这半个小时的急行，苏欣早已饥肠辘辘，但她还是穿过热闹的人群，先找了一家旅馆，登了记，要了一个单间。虽然价格不薄，苏欣还是觉得一个人更方便，也更清净一些，她收拾好上山需要的东西，把行李放置好，锁上房间，出了旅馆，去就近的一个摊位吃过早点，又到旁边的商店买了几样吃喝，用食品袋提了，才放松地回到入口处，购了票，夹在一群陌生的男女里，上了曲曲折折的山道。苏欣的目光偶尔望向远方，幽深如潭的眼睛里波光粼粼，似乎那灼灼的莲花已经在峰顶之上的云端粲然开放了。

沿着已经磨得光滑的石阶向上攀登，苏欣一路走走停停，渐渐脱离了开始的队伍，她的目光尽情地泼洒出去，投向层层叠叠的远山近树，远山逶迤蜿蜒，和天边银灰色的云层融为一体，近树则一碧万顷，淡淡的墨绿间青雾缭绕，下向看，一条溪流正斗折蛇行游向山入口之处，游人或相扶相携，拾级而上，或你追我赶，扶栏而走，一律只能望见苍苍茫茫的背影，如她这样形单影吊的女孩子实在不多。

不多久，就看见了那棵闻名遐迩的迎客松，张牙舞爪地虬立对面悬崖之上，说是在笑迎四海宾朋，却怎么看都是一副板起面孔要钱的肃然表情。登山的游客纷纷占满了树下的空地，呼朋引伴地争相举起各自的相机，咔嚓咔嚓不停按动快门。苏欣看得无聊，自己悄悄绕开人群，问明了方向，一个人继续向莲花峰顶攀去。

向上的山路是愈来愈需要用力了。这一次苏欣完全没有了初上山的自在悠闲，百余级台阶迈上去，已是热汗淋漓，心口扑通扑通如擂鼓，吐出上气，却不见下气接上来，小腿也如灌铅一般不能抬起了，抬头向上望去，莲花峰顶却仍在雾烟缭绕的白云生处，只能看见一条如丝线般明灭蠕动的人影长龙。苏欣突然萌生出前所未有的绝望来，接着又有万般滋味一起涌向心头，把她打得摇摇晃晃，颓然倒坐在台阶上，心里顿想，如果黄亮一同前来，自己岂能如此狼狈？你一心一意待他，该给的不该给的都一齐给了他，他却如变戏法般东躲西藏地不跟自己见面儿，甚至连个电话也不打来。苏欣正垂头丧气的时候，后面的游客陆续赶了上来，一个大妈模样的外国妇女竟然还关切地蹲下来，用生硬的汉语问她是不是病了。苏欣不再想那些个烦心的事儿，赶忙站起来，说了句"No, thank you"谢过老外，跟着大家一起继续向山上爬去。许是歇了一会儿的缘故，苏欣的速度比刚才快了许多。爬上峰顶，眼见得阳光白花花射下来眩目，苏欣下意识地抬腕看看表，时间也差不多已是下午两点，但毕竟是爬上来了，真不容易啊，苏欣禁不住和大家一起如孩子般欢呼雀跃起来。之后，苏欣又渐渐平静了，苏欣怎么也不能想象会有那么多人在欢呼雀跃之后，义无反顾地从这诗一般美丽的梦幻境地生生跳将下去，断了青春翅膀，折了花样年华。他们在纵身的关头是万念俱灰，还是听到了天堂钟声的召唤。也许真的朝前走，一直走下去，就会融化在蓝天里，如林黛玉那样"质本洁来还洁去"，又有什么不好呢？苏欣就这么云天雾地发呆了很久，眼前恍惚又浮现出了那对少男少女的幻象，醒过来再看时，旁边的几个老外正乐颠颠地，脑袋又摇又晃，两手不停地在胸前比画着，和她同时上来的其他游客，不是忙着拍照，就是已经开始零零散散撤离，刚刚空出的地方马上又被新登顶的游客站满了。

苏欣站的地方离开悬崖的边缘还有一段不近的距离，所以她暂时还没有看见悬崖边竖起的一溜银色镀铬的立柱，更没有看见立柱间牵连着的铁链和锁在铁链上的形状颜色争妍斗艳的锁子。后来还是听团队的导游小姐解释，苏欣才知道，那些锁子都是登山的恋人们发誓海枯石烂，感激终成眷属，祈祷白头偕老的见证。下山的走了，跳崖的死了，却把爱情以锁子的特殊形式永远留在了这里经受大自然的雨打风吹，开成了莲花峰上一道独特的风景。那些锁子有的已经锈迹斑斑，有的还新崭崭的，但无论新旧，每一把锁子都无一例外地锁着一个秘密的故事，它们像花儿盛放，又像果实压枝，苏欣一边听着，心里早已不堪重负。

我们知道，苏欣一向是个与世无争的女孩，所以看看前边的游客实在拥挤，苏欣干脆找了身边一个平整的地方，顺势坐下来，拿出了带上山来的食品，她发现自己的确饿了，喉咙里仿佛有无数只手伸出来，不容她咀嚼，眨眼就风卷残云地把那些食品劫掠而去。

鼓胀的食品袋不一会就瘪了下来，一瓶纯净水也所剩无几了。苏欣不相信地瞧着眼前的一切，自己先脸红了。苏欣再站起来看时，莲花峰上人已少了大半，西望红日滚滚，傍晚的云海虽不及电视上见到的诡谲多变，却更加云蒸霞蔚，气象万千。眼前的银色立柱和密匝匝的锁链、锁子也愈益清晰可见了。苏欣从坐了很长时间的石头上站起来，往人群稠密的地方凑过去，她就是在这时听到导游解说的。导游鲜艳的嘴唇仍在流利地翕动着，但她接下去又说了些什么，苏欣却一个字也没有听进去。苏欣感到自己的心脏在一点一点地，一点一点地下沉，最后软绵绵地落在了悬崖的底部，悬崖的底部是茫茫无际的大海，在她的心脏落水的刹那，那些歌声悠扬的海水突然幻化成了那对儿少男少女无数条轻舒的手臂，轻轻把它捧在了透明的掌心。在全部旅程里，她的心脏始终保持着娴雅、舒展的姿态，优美得仿佛电影慢镜头里从天空飘落的鸽羽，又像宇航员在外太空里作业。苏欣沉浸在幻想的氛围里，她拨开前面游客的肩膀，很容易就挤到了那些铁链和锁子的跟前，她伸出手轻轻抚摩着那些锁子，又不能自已地把脸贴在上面，来回摩挲了几下。锁子凉凉的、湿湿的，苏欣感到那凉凉的、湿湿的感觉里分明有一种今生从未体验过的温暖在召唤她，召唤她像鸟一样张开翅膀飞起来。苏欣抬眼往悬崖下望去，崖下只有不断上升，并迅速弥散开来的腾腾的云雾，苏欣倒抽了一口冷气，跟跄了几步，死死抱住了离她最近的一根立柱。

苏欣是在游客们的一片惊呼和骚动中被山上巡查的安保人员拖离悬崖边缘的，清醒过来以后，苏欣下意识地把手搁在了左胸上，她的心脏什么时候已经飞了回来，此刻它跳得急促而有力。素不相识的游客纷纷围过来劝慰她，有什么事情千万不要想不开，一切都会很快过去的。我们看见苏欣略显苍白的脸上挂满了委屈的泪花，她嗫嚅着嘴唇，一遍又一遍地含混不清地辩白着，不——不是这样的——不是这样的——不是——这样的……苏欣的声音越来越小，终于小得只有自己能够听见了。

　　躺在山下旅馆的房间里，回想自己在山顶的举动，连苏欣自己也感到不可思议了，她甚至感到非常窝囊，她为什么萌生出那样的想法，而最后又突然死死抱住了立柱呢？她想，无论如何，自己应该明天再去山顶一趟，反正是晚上十点多的火车，不会耽误上路的，所以虽然很累，第二天，苏欣还是天刚蒙蒙亮就起了床，夹在大队上山的人群中，两天内第二次上了莲花峰，当然，肯定极少人知道她就是昨天那个要从悬崖上跳下去，或者鬼使神差落下去的女孩。

　　这一天苏欣看到了黄山云海和日出，更为蹊跷的是她竟然分别在上午和下午见到了来时火车上那个从合肥站下车的中年男人以及在黄山站走散的女孩。但苏欣的心里一点也不激动，仿佛昨天的经历使她一下子变得衰老，如张爱玲一般看透了所有红尘世事。她没有招呼他们，虽然他们离她都不远。他们也似乎没有认出苏欣来，目光只在她脸上停留了片刻，不，甚至根本没作停留，就熟视无睹地移向了其他地方。

　　苏欣安静地坐在离悬崖不远的石头上，专注地看着那些旅客呼哧呼哧喘着粗气爬上来，大呼小叫，之后对着镜头拿摆出各种姿势，他们有的听了导游的讲解，也把手伸到铁链和锁子上，拿捏几下，点着头发几声感叹嘘唏，也有的竟然早有准备地从身上拿出一把锁子锁上，双手合十放在胸前肃立了很久。苏欣一直在期盼和等待着什么事情发生，但直到黄昏还是什么事情也没有发生。黄昏的时候，天色暗淡下来，几朵浓云汇集到头顶，空中竟然淅淅沥沥落下许多雨来，苏欣很不情愿地爬起来向山下走去。苏欣最后望了一眼悬崖，悬崖上只剩下那些镀铬的立柱在雨水中闪着孤独的寒光，连接立柱的铁链上的那些锁子则像极了一只只被雨水淋湿羽毛的鸟儿，正在互相偎依着汲取温暖。

4

礼拜一的上午，苏欣按时返回了工作岗位。除了自己，没有人知道她的这次梦幻般的旅行。她的生活也并没有因为这次旅行而发生任何改变。

会计科的姐妹们看见苏欣又把周末拖来的行李箱拖了回来，就问苏欣这两天是不是哪里旅游去了。苏欣只说去乡下看了一个多年不见的同学。白玫说，怎么样，乡下的空气比城里空气新鲜吧？是呀。苏欣认真地回答。哎，对了苏欣——伍柯像是突然想起了什么，说，昨天下午我看见黄亮了，在百花广场的草坪上，我从市百货大楼闲逛路过那里，见他在跟一个女孩子一起放风筝。我还以为那个女孩子是你呢，我喊了你们的名字，黄亮赶紧跑了过来，并且伸出两个指头放在嘴唇上，示意我噤声。你要小心点儿啊。现在的男人花心得很哪，白玫摇着头，像是在自言自语。哼，没一个好东西！林小娇说完，几个人一齐笑出声来。刘姐说，欣欣，骗你呢，别听她们几个瞎编排。又说，姐儿几个怎么就没一点正经时候，到门外站站，呼吸一下新鲜空气去。

苏欣和她的几个同事像遇到了大赦一样，拉拉扯扯出了门口。

我们知道，离门口只有两米远的距离，就是齐腰深的水泥护栏，从水泥护栏外向下望是一片宽阔的草坪，再向外就到了院子中央衰败的花园。

苏欣依在护栏相接的廊柱上，低头往护栏外的草坪上呆呆地望了许久，她感到这些天来吃进肚子的东西正从身体各个明暗不一的角落不可遏止地聚拢过来，滚成一个巨大的怪兽，堵得她心头慌乱，喉咙一阵阵发紧，最后突然"哇"地喷薄而出。苏欣慢慢回过头，望着白玫、林小娇和伍柯，说，你们敢不敢从这护栏上跳下去？

我们看见白玫、林小娇、伍柯几乎同时愣在了那里，她们面面相觑地互相对视了一眼，又齐刷刷地把目光对准了苏欣的脸和她面前水泥地上那片横流的绿色呕吐物，似乎眼前的苏欣一下子变得让她们不敢相认起来。

你们哪个先来？只要一个人跳下去我就请客。苏欣敏捷地从身上扯出几张面额不等的人民币，对着她们使劲地摇晃着。

害怕了吧，谅你们也没这个胆量。苏欣的声音带着不屑的轻蔑和冷笑，泪水也顺着她的脸庞欢快地流淌了下来。院子里突然变得死一般的寂静，只有苏欣的冷笑在僵硬的空气中撞来撞去。

事情的发展显然出乎白玫、林小娇和伍柯的意料，她们似乎被眼前的一幕惊呆了，不知所措地傻在了那里。

我们看见苏欣很优雅地转过身体，跳上身边的水泥护栏，先把手里的人民币撒了，然后张开双臂，像这个秋天的最后一只鸟儿，"倏"地飞了出去。

结　局

1

　　差十分下午四点整，我从紧挨着编辑部库房的洗手间里一身轻松地走出来，我的顶头上司男李主编和女李副主编已经肩并肩地踏上通向一楼的楼梯。男李主编的右手非常亲昵地揽在女李副主编右肩的枣红色蜡染印花丝巾上，女李副主编的左手则像娇羞的小蛇一样怯怯地从男李主编的花格尼夹克后背游移过去，若即若离地搭在他皮带左腰的手机外套上。女李副主编白皙而柔若无骨的小手在楼道昏暗的光线里看上去有些暧昧、慵懒，仿佛刚刚睡醒。我不得不止住步，一脚门里一脚门外地在洗手间门口站住了，屏紧呼吸，忍受着不断涌来的愈益浓烈的尿臊味，静听着他们嚓嚓的皮鞋声愈远愈弱，直到整个楼道里重新变得阒寂无人。男李主编和女李副主编边走边交头接耳，女李副主编的声音像一片弯曲的羽毛跌落在冰面上，但在我却如天外坠落的陨石砸在脑袋上，"轰"的一声，血光飞溅，腾腾烈焰噼噼啪啪燃烧起来映红了漆黑的夜空。我下意识地把摇摇欲坠的身体和脑袋靠在油漆剥落的门框上，闭上眼睛定了定神，坚持着不让自己弄出声响。女李副主编缥缈的声音隐隐约约地传过来：嗳——你——认识那个——钱萍嘛。男李主编嘴里咕噜了一句什么我真的没有听清楚，接着空荡的楼道里突然飞起了他们玻璃开花一般无所顾忌的明晃晃的笑声。

　　时间似乎停滞了。不知道过了多久，我才清醒过来，我有些怀疑他们踏上楼梯的那一刻已经看见了我，并且窥伺到了我内心的秘密，在下楼的过程中心领神会地故意恶作剧地说给我听的，我的脸一下涨成了一盏摇曳的灯笼，恍惚间几乎把整个四楼走道都给燃得通明。在这个有点怪异的白天，我又一次被神秘的钱萍给撞了一下，那么在即将来临的接下去的夜晚，还会有第三第四甚至第五次吗？也许钱萍已经神不知鬼不觉闯进了我胆小如鼠的内心。

　　我呼吸着越来越难闻的尿臊味，狠狠地捶了捶脑袋。对面门顶玻璃上倒映出落日的最后一缕反光，它的红色像一把巨大的钳子，神不知鬼不觉地攫紧了我——

　　从我租住的市郊公寓来编辑部上班大约有一个半小时路程，遇上堵车，还会拖延到两个小时或更长时间。所以冬天我必须天不亮就从床上爬起来，步行四百多米去342路汽车总站坐车，再在印染厂门口换乘111路电车。111路电车仿佛睡过了头，全不理会人们火烧火燎地等待，就是迟迟不开过来。站牌下等车的人们已经聚集了黑压压一大片，几乎所有的人都穿着羽绒服或皮衣，两只手不停地来回揉搓着，嘴里呵出一股股白气，男人们大多戴着各式的帽子，女人则丝巾罩脸，只露出两只焦急的眼睛四下里张望；没戴帽子没围丝巾的也尽量把衣领竖得高一些，好遮挡住四面的来风。没有雪的冬天格外干冷，风像剔骨的刀子一样在人们脸上刮过来刮过去，透骨地疼。天气阴沉沉的，似乎伸出指头，稍微搅一下，就会有雨水哗啦落下来。马路两旁的草坪早已枯干，冬青的叶片也灰不拉叽地沾满了尘土，没有丝毫早晨的生气。高大的梧桐落尽了叶子，只剩下横竖的枝干在寒风里不停地抽搐、摇晃。人们的身体一律前倾着，脚跟稍稍抬起，伸长脖子，下巴微微上翘，专注地望着111路电车开来的方向，一副望眼欲望穿的表情。我操！也许是等得太久了，几个中学生模样的孩子嘴里不干不净地带上了小卷儿。他们就挤在我的左边，我下意识地扭头看看他们，摇摇头，也不说话。他们也一脸无所谓地白了我一眼，似乎在怪我少见多怪。我的右边挤靠着的是一位老者，高高大大的比我敬重的前辈诗人牛汉先生还要威猛些。

我来北京以前在家乡那座巴掌大的小县城里做了整整十年放射科医生，也坐井观天地热爱了十年狗屁诗歌，至今在世的前辈诗人里，我最敬重的就是蔡其矫、郑敏和牛汉三位先生了，我给他们写信，打电话，寄贺卡，去年冬天我还和一个叫白连春的家伙一起去拜望了退休后住在十里堡《农民日报》附近的牛汉先生。所以想到牛汉先生，我不能自己的多打量老者几眼也就不足为奇了。

老者穿了一件楝花灰色的羽绒服，没戴帽子，潦草的白发在寒风中零乱地舞动着，大号的黑框眼镜几乎遮住了半张脸，脸上的表情和高处的浮云一样漠然，无动于衷望着马路上的汽车呼啸而来，呼啸而去。一边还力拒着前后左右的挤压，护卫着揽在右臂弯里的老妻。人越聚越多，最前面的突然骚动起来，越过他们的头顶，我看见111路电车越开越近了，两位老人还在有一句没一句地低声交谈着。女人说你还在想钱萍吧？女人的声音很轻。老人没有说话，只是神情更加凄怆。他使劲地向女人点了点头，松开抓紧女人的手，把女人往怀里揽了揽，拍拍她的肩膀。我看见两行沧桑的老泪顺着女人深陷的眼窝簌簌涌流出来。就像被埋伏在鞋窝里的钉子刺进了肉里，我突然感到一股钻心的疼痛。我一愣神的工夫，111路电车"嘎"地停了下来，人们潮水一样一拥而上，等我醒过神挤到车门口向里面看时，车厢里差不多塞进一粒灰尘的空隙也没有了，要是硬挤进我这个一米七八的大男人，不立马爆炸才怪呢。开车的女司机似乎也意识到了危险，神情木然地高声喊喝：下去，下去，门口的下去等下一班。我悻悻地跳下来扭回头再找时，那对老夫妻早不见了影子，刚才他们的位置上换成了一对红头发年轻恋人，亲密地依偎着。

下一班车相隔不到两分钟就开了过来，我不敢再想那对萍水相逢的老夫妻以及让他们神色凝重潸然泪下的什么钱萍，而是拉开架势，不等车门打开，也忘了售票员先下后上的指令，第一个冲了上去。谢天谢地谢谢刚才那位不动恻隐之心的女司机，车上还有空位，我两步跨过去，当仁不让地坐了下来。我抬起左臂，用右手扯了扯肩上的挎包带子，黑色的挎包恰好遮盖住我冻得麻木酸凉的右膝。我当然不是害怕小偷作祟，因为我的挎包里除去工作证和暂住证，就只有一支笔了，还有就是一本皱啦吧唧快要翻烂的云南人民出版社94年版的《巴比伦彩票》。

把这篇小说读到这里，也许你会大吃一惊，因为不论过去在家乡那座巴掌大的县城还是现在，如果我不说出来，还会有谁知道我除了偶尔神经兮兮地写几句你看得云里雾里的所谓诗，还是遥远的美洲大陆最南端的双目失明的阿根廷智者的门下走狗呢？我迷恋博尔赫斯几乎所有的作品。无论是他的作品集，还是相关的访谈、评论、传记。不断出现的新译本，只要碰到，我都会毫不犹豫地从书架上抽出来，付了钱，小心地装进挎包里。我乐此不疲地崇拜着属于我自己的博尔赫斯，以至于这位生性孤僻的智者占据了我深紫色书柜的几乎两格。就是这样，今年春天玛丽·儿玉来北京三联书店签名售书时，我还是花去了不菲的一百五十元钱买了一套浙江文艺出版社最新版的《博尔赫斯全集》，恭恭敬敬地请满头白发的博尔赫斯夫人签上大名才一路旁若无人地哼着家乡小调回到编辑部去。我以为所有的译本里，最为出色的还是王央乐先生的译本。为了觅得王央乐先生的译本，我跑遍了所去过城市的大小书店，还傻傻地给上海译文出版社连续写了几年信，遗憾的是至今夙愿未遂。优秀的译本无不是翻译家杰出的二度创作，像李文俊译福克纳、王道乾译杜拉斯、王央乐译博尔赫斯等，和原著相比，译本饱含着更多人的智慧和心血，有时候我甚至怀疑译本是不是比原著精彩深刻。如果你也是博尔赫斯的知音，并且拥有王央乐先生的译本，恰巧又读到的我这篇小说（你知道这在博尔赫斯小说里是完全可能的），你愿不愿意了我夙愿呢，只要能拥有一个月，哪怕让我格巴就死，我也会含笑九泉的。不过你舍不得割爱也没关系，我还有王永年先生的译本，就是现在挎包里装的这本快要翻烂的《巴比伦彩票》和春天买的那套签名文集。在老家那座巴掌大的小县城里，所谓的街道撑破天只能算作掌心里的纹路，我在纹路夹缝里的医院放射科工作间里脱去外衣，沐浴着午后慵懒的阳光，在博尔赫斯的迷宫里一次次快乐地逃亡和出走，纵横驰骋在时间的每一个角落。有什么办法，那仿佛是另一个我在向我讲述着我的前生后世，诸如《巴比伦彩票》《小径分叉的花园》《南方》《剑疤》《埃玛·宗兹》《沙之书》《天禀》《老虎的金黄》等篇章我都能背得烂熟，更不用说圣经一样的《结局》了。我不知道失明的老博尔赫斯是不是也像死诸葛算计活司马一样早已算计好了我，他用奇妙的文字布下的阅读迷宫让我兴奋、战栗。欲罢不能地将我一次次带进梦里。当然吃喝拉撒或行做肉体之爱的时间是不能算数的，如果我迷狂到这等走火入魔的地步，譬如一边在三陪小姐身上哼哼唧唧，脑子里还想象着穆恩脸上那道神秘剑疤的色泽和深浅，那小姐只要不是傻子，一定会愤怒地一脚踹我到长安街上执勤交警脚下的。

好了，时间到了，我得打住了，这么冷的天，傻瓜才愿意坐过了站，再一溜小跑地赶过去。我捏了捏挎包，博尔赫斯还在，于是眯了眼，满脑子空白地等着售票员报出我要下车的站名。

我谋生的《大潮》文学月刊已经历了二十余年的光辉发展历程，可以毫不夸张地说，《大潮》文学月刊的兴衰历史也是一部抽样的新时期文学发展史，尽管世纪之交的商品大潮愈益汹涌，但《大潮》依然悲壮地坚守着纯文学办刊方向，付出的代价就是期发行量从八十年代初的一百万余册降到了新世纪的不足两万册，而且这还是对外的数字，只有我们自己知道这区区两万册还含有差不多百分之四十的水分。我们也想过走时尚、消费和休闲的赚钱路子，《国际歌》唱得多好，"从来就没有什么救世主也不靠神仙皇帝"，我们只有丢掉幻想起来自己拯救自己，我们向新闻出版署递交了转刊申请。李主编为此还破例请首先提出此创意的女李副主编和编辑部全体工作人员打车去望海楼越秀餐厅撮了一顿。大约两个多月后，我们的转刊申请被退了回来，据说李主编受到了有关领导的严厉批评，还写了书面检查。挺住吧，挺住就意味着一切。李主编严肃地说笑什么笑，这可是诗歌大师里尔克的名言，不管国际大气候和社内小气候如何风云变幻，《大潮》的旗帜不能倒，更不能改变颜色。改刊的事此后谁也没有再提。

　　洗手间隔壁的库房里堆放着这几年积压的过期杂志，靠近洗手间墙壁的那些还沾上了斑斑碱迹，捡起来凑近闻闻也带着刺鼻的尿臊味。每年金秋的报刊征订宣传周，我们就租车拉到中山公园现场热卖，一元一本或干脆白送，其实说白送有点冤枉我们了，因为白送本身也是宣传刊物的有效方法，说不定明年又会有几十成百甚至上千新订户上来，白送的效益不就出来了吗？但等到来年报刊征订宣传周，库房又堆得满满的，找不到下脚的空隙。算了算了，挨过一天是一天吧，小车不倒大伙只管推就是了。我们的李主编无奈地摇头望着大家，一脸的难受和哭笑不得。

　　编辑部里早就盛传着男李主编和女李副主编开夫妻店的风言风语。你知道这年头就是有人唯恐天下不乱咸吃萝卜淡操心满嘴里跑舌头破坏安定团结大好局面，似乎这样才好玩才够味。如果不是刚刚亲眼所见，打死我也不会相信的。我就这样一脚门里一脚门外地站在洗手间门口，忍受着越来越浓的尿臊味，既不能逃开也不想退回里面，只好望着对面门头玻璃上夕阳的最后一缕反光渐渐消逝，想象着整座大楼已经浸泡进黑漆漆的夜色之水里。我看见男李主编和女李副主编走出大楼，转到大街上，分别打上了一辆红夏利，男李主编依依挥手说再见，女李副主编也频频点头说走好，两个人多像一对热恋了半生的情侣啊。我从四楼跑向一楼，为了避嫌，又从一楼楼道向西拐过去，选择了另一个出口。

　　雷卡巴伦躺在小床上半睁眼睛，看到倾斜的芦苇编的天花板。另一间屋子里传来吉他的弹拨声，仿佛是拙劣透顶的迷宫，音符无休无止地纠缠在一起后又解开……他点点滴滴地回想起现实，回想起再也是不能改变的日常事物……

如果你也是博尔赫斯的热爱者，一定熟知这是《结局》的著名开篇。尽管杂志货店老板瘫痪在床，连话也不能说了，但命运总是公平的，命运同时给了他造迷宫的本领，就像上帝给了博尔赫斯八十万册书籍又同时给了他漫漫长夜一样。这样也好，雷卡巴伦开始像动物一样只顾眼前，沉浸在自己的幻境中，热爱着步步逼近的杀机。

　　现在他睬着天空，心想月亮的红晕预示着要下雨了。

我不知道自己究竟是怎么了，就这么突然间从活生生的现实一头钻进了玄想的迷宫。不行！我得赶紧出来！我对自己说，博尔赫斯已经误了不止一代中国作家，你可别成为下一个啊。

2

深冬的黄昏不露声色地拉上了它威严的夜幕，只落下稀稀疏疏的几粒星子在城市上空飘浮着晦暗的光芒，像遗落在田垄犁沟里的流泪的麦穗。片刻的岑寂过去，满街的霓虹和水泥高杆上的路灯又争先恐后地亮起来，刚才隐匿了形迹的楼宇立刻又变成了站立的声色海洋，在这样的夜里观察城市，你会发现它更像一座神秘的舞台，精疲力竭的白昼修饰打扮后再次粉墨登场，即使是一个粗心的家伙，你也能感觉到它远比阳光下的出场更性感和放浪。往来的车辆咩咩叫唤着，仿佛村路上匆匆的羊群，拥挤的车厢在夜色里似乎一点点膨胀起来，飘浮起来，你看不清任何一张脸的表情，只能呼吸着别人吐出的气体，孤独地忍受着，身不由己地任由它开向下一站。这就是欲望的城市，我们总是从远方出发，盲目地挤进去，挤进去，只有在奋力跳下后，才能长长地舒一口气。

我横穿天桥来到山顶洞烧烤店门口，下意识地抬起手腕，借着门首招牌上的霓虹灯看了看表。还好，离约定的时间还有十来分钟，我掀开厚厚的塑料门帘，推门走了进去。

烧烤店前厅里空荡荡的，还没有客人到来，音乐舒缓而宁静。几个陌生的女孩抱着臂膀围坐在服务台前，无聊地对望着。为什么没有客人，而且人也这么陌生？这里生意一向挺火的，记得刚开张那阵儿还要提前预约，或者这就是博尔赫斯的迷宫，我已经鬼使神差地撞了进来？

我说过我讨厌医生这个职业，我想象不出在这个花花世界上还有比做放射科医师枯燥乏味的职业。进入漆黑的暗房里看人真是没有什么意思，我要把活生生的肉体肢解开来，分成相互孤立的心、肝、肺、肠、胃、气管、食管、血管、骨，而且还要尽可能揪出最细微的病变，进行科学的冷血宣判。每天上午八点，我准时拧开放射工作室的门锁，穿上白大褂，外罩上防射线的专用皮革外衣，再用口罩遮严口鼻。

开始工作了，来透视的病人消隐了姓名和性别，排成1号、2号、3号，神色凝重或痛苦不堪地以各种不同的方式"走"进来，脱下衣服，任我摆布着吸气，吐气，转身。一个做完了，离开。接着下一个。病人总是喜欢更有人情味的医生，但我不会，我笃信科学的分析和宣判才是对病人负责，是医生的天职，我的冷漠源自内心对生命的挚爱。所以下了班走在大街上，我会不能自已地把迎面的漂亮女性也肢解成独立的头颅、躯干、四肢，各个血淋淋脏兮兮的器官。我甚至恍惚看到了她们黑暗的胃，胃里慢慢蠕动的粮食、水果、蔬菜、肉、禽、蛋、奶，摩擦，翻滚，慢慢地从胃里蠕动到肠里，被一点点消化、吸收、排泄。我感到一阵阵恶心。回到家里，即使面对着摆满餐桌的丰盛佳肴，我也必须先跑进卫生间扯着舌头呕吐一顿，漱洗完毕，才有那么一点食欲。我虽然身高长到了一米七八，但却瘦得像风干的秫秸，似乎一口寒气就能哈倒。尤其来北京后，今年春天的沙尘暴可坑苦了我。传达室的刘大姐曾关切地对我说小周编辑，一个人在外边漂，没有媳妇疼，可得自己疼自己，身体是革命的本钱呐。我感激地望着她笑笑，但心想大姐的担心有些多余了，毕竟我已远离了老家县城的医院，那种肢解一切的恶心会随着时光的流逝很快淡去，我牛高马大的幸福日子还会远吗？

有一天夜里，我和妻子做完一次例行公事的爱后告诉她说，莉青，我已经向医院递交了辞职报告，下个星期办完有关手续我就去北京，那里一个诗友给介绍了一家文学月刊编辑部，他们正缺人手。我的语气平静而坚决，不带丝毫商量余地。我的妻子似乎还沉浸在不能平息的欲望之水里，一句话也没有说。

说不清为什么，那段梦魇一样的日子里，我们的夫妻性事从没有水乳交融过，我总是匆匆行事，草草收场，垂头丧气，像一个丧失职业道德的医生。我摸索在黑暗里点上一支烟，任由它一点一点烧向手指，散发出焦煳味。我用另一只手轻轻摩挲着她赤裸的后背，战栗不已的胸乳，泪水纵横的脸庞，乱蓬蓬的头发，渐渐被她冰冷而深重的抽泣淹没。莉青是个贤妻良母，但她也是有血有肉的女人，肉体也渴望激情，她只是还不善于或不好意思用身体来表达罢了。她在尽量压抑着自己。我真恐惧她会在某个深夜突然一声尖叫，把所有沉睡的人们都从梦中惊醒过来。

我爱我的妻子莉青吗？

我曾在十五岁时偷偷爱上过班上最漂亮的女生马羚。那时我正念高中，是班上的小不点，又黑又矮又瘦，一副未发育的样子，丝毫不引人注意，但却偷偷地爱上了班上最漂亮的女生，爱得发疯。我知道这很荒唐，她根本不会理我，我只能把单相思的痛苦藏在心里，每天上课都绝望地望着她的背影，脑海里迷糊成了一片菜地。后来我终于觅得了一个解脱的机会，我阴差阳错地做了她和班长老岩之间传递情书的信使，夜里约会的跟班。在夜色的隐蔽下，我远远地跟在他们身后，幸福地倾听着他们绵绵的情话，眼睛不眨地望着他们亲昵地拥抱接吻，那一瞬间我感到是老岩在替我说话接吻拥抱，而我是在替老岩跟班。我轻轻闭上了眼睛……后来我读到博尔赫斯的《别离》："三百个长夜犹如三百堵高墙，／把我的情人和我分隔，／我们中间一片梦幻的海洋。／／除了回忆，还能有些什么？／啊，哀愁笼罩的下午，／苦苦思念你的夜晚／我的道路茫茫苍苍，／我见到了却又失去……／你的别离像大理石那般确凿，／将给今后的下午蒙上忧伤"。才知道爱的感觉是如此相同并且相处流传生生不息。博尔赫斯的诗像一道光照亮了我。我把我的初恋悄悄埋葬了。高考结束我送他们回家，我祝福他们一路顺风白头偕老，我的眼睛红红的。汽车越开越远，我突然冲出人群，撕心裂肺地哭喊着，狂奔着追上去。

没有人知道我是为自己哭泣。

啊！我的悄悄埋葬的初恋……你看我又抒情了，我总是管不住自己，尽管你一再警告我这样写小说很危险……

我就是那时迷上博尔赫斯的，而且从此百读不厌。

前年深冬的一个周末，天气和现在大概差不多吧。要下中班了，我换过衣服准备出门，当班的马大夫却说要去赶个饭局，请我顶半天班。我应了下来，重新拿起刚脱下的衣服穿上身，把办公桌向门口移动了一些，静静地坐在藤椅里看书。下午的阳光透过擦得纤尘不染的落地玻璃斜射进来，照得我身上暖洋洋的，似乎有一种舒枝展叶的感觉。我不由抬眼向窗外看去，近窗的雪松枝叶如墨，更远些干枯的泡桐树枝上，几只灰雀来回蹦跳着，风摇着树枝，东倒西歪的，像喝醉了酒。我想树枝不会是错把冬风当酒独自饮下了吧。天蓝得有些刺眼，几片薄云眨眼就迷失了踪影，楼道里很安静，也许短时间不会有新病友来了，我低下头继续看书。

　　……一个带印第安人特征的小孩（也许是他的种）半推开门。

　　雷卡巴伦的眼神问他有没有主顾，小孩心领神会，打手势告诉他没有：那个黑人不算数。躺在床上的人独自待着；他用左手抚弄铃铛，仿佛在施什么法力。

在有和无之间，奇境立刻出现了：

　　夕阳下的平原有点虚幻，像梦中所见。地平线上有个黑点起伏波动，越来越大，原来是个骑手，朝杂货铺，或者像朝杂货铺跑来。雷卡巴伦看到帽子、深色的长斗篷、白色花马，但是看不清骑手的脸。他终于减慢速度，让马小跑着来近。在一百六七十英尺远的地方拐了弯。雷卡巴伦看不见他了，只听到他说话的声音，他下了马，把马拴在柱子上稳步走近杂货铺。

"大夫……"

听到有人喊，我定了定神，从博尔赫斯的迷宫里挣脱出来抬头望过去，一个女人正由一个高大男人搀扶着站在门口。因为背光，我暂时没有看清他们的脸。我说进来吧，随手把办公桌往里挪了一些，指指旁边的椅子，示意病人坐下。

怎么了？我职业地望着他们问，一边上下打量着他们似曾相识的面容，想从记忆的瀚海里把他们打捞出来。我突然变得激动起来，我想定是他们无疑了。对，你猜得不错，就是老岩和我曾深深爱过的漂亮女生马羚。真是岁月催人老啊，才十来年过去，他们都已满脸的疲态和老气横秋，特别是老岩，外套的灰色西服上衣皱巴巴的，里面的毛衣高领簇拥着胡子拉碴的下巴，而漂亮女生马羚则套着一件臃肿的月白羽绒袄，满脸潮红地偎着老岩，就像一只画在布上的苹果被雨水冲去了油彩，一点也找不到了当年漂亮女生的风采。

我们高三时期的同班同学毕业后大都断了音信，只有我们几个考上大学的家伙还偶尔打个电话或传呼什么的问候一下，两三年聚一次，聊的也大都是些饭场官场情场上的趣闻逸事，很少有人再提起当年那些陈芝麻烂谷子。你知道这不能责怪谁，毕竟大家活得都挺累，说那些个劳什子，除了心酸伤神唏嘘叹气，还有什么用呢。况且我们又生活在不同的城市，难得聚一次，聊点轻松的话题不是更有气氛吗？我不知道老岩和马羚这些年是如何过来的，反正看上去他们的确不顺，太苦太累太不容易。他们的实际年龄都还不足三十五岁啊。

老岩和马羚并没有认出我，也可能不愿和我相认。老岩递给我单子，我看了看，干咳了一下，说上衣脱净，面朝着墙壁，站到铁架上去。我指了指墙边的铁架，捋捋衣袖走过去帮马羚摆位置。马羚的皮肤很白，打个庸俗的比喻，白得像雪吧，皮肤下的血管纤细而曲曲折折，隐隐约约地像许多蚯蚓在蠕动。我抓起马羚的手臂让她尽可能高地上扬，胸部向前靠，虽然屋子里开了空调，铁架还是太凉，马羚的胸部刚靠上去，立刻又触电一样缩了回来，两只微垂的乳房也跟着跳了几下。我突然清晰地听到了自己的心跳，不得不静了静，又让马羚靠上去，紧紧地靠上去，钻进暗室里，我就看到了马羚的心、肝、肺、肠、胃、气管、食管、血管。这一次，我终于把我最秘密的初恋也彻底肢解了。这就是我曾经为之忍受煎熬的漂亮女神马羚吗？悲哀和绝望的疾风暴雨一阵阵袭上心头。但我清醒地警告自己，你只是个医生，所面对的只是一个叫马羚的普通病人。这样想着，我的心渐渐恢复了平静，于是我看到了马羚肺叶上的斑斑点点——它真像被害虫蛀空的树叶。我还能说什么呢？

漂亮女生马羚很快就要走到她生命的尽头了。这就是老天对我的初恋的终审判决。我的泪水蚯蚓一样不停地爬出来。

几十分钟后，我把冲洗干净的片子和详细诊断报告小心装进纸袋，转递给了第二次走进放射科的老岩。我没有把我的诊断再跟他念一遍，一切都明明白白地写在纸上。我用力拍了老岩的肩膀，示意他去看医生……

莉青，如果再待在医院里我恐怕真要完蛋了。我把烟头摔到地上，喃喃地说，我会经常回来看你们的。莉青转过赤裸的身体，把头深深地埋进了我胸前。

到下礼拜一我办完手续回到家，莉青已经给我收拾好了远行的行囊。我还是不太放心地拉开包重新检查了一遍。包里有换洗的衣物，洗漱用具，我礼拜天整理出来的几本书，最下面是一盒没有拆封的避孕套，我犹豫了一下，还是拿起来塞到了妻子手里。

呜的一声，我就这样被黑暗的火车咣当咣当带到了北京。

——我使劲挤挤眼睛，睁开看还是刚才样的人影寥落，我不由迟疑了脚步，想退出去。对面服务台前聊天的女孩有一位已经移步走过来，说先生您好欢迎光临山顶洞烧烤店。我知道他们不是欢迎我光临，而是欢迎我口袋里并不丰裕的钞票光临。当然如果我太较真说出来就没有什么意思了，这篇小说又如何继续下去呢？

我向女孩点点头，选了靠西南角的一张桌子坐下。女孩回到服务台。麻利地把菜单和一壶花茶放到我面前。

等等吧，我说约我的朋友可能正在路上。女孩笑笑，飘然离去。

这是一家装修得相当有特色的烧烤店，不但门外围了竹篱笆，而且前厅的饰画也是取材于女娲补天、嫦娥奔月等神话传说的写意，古色古香，清新雅致。靠墙的演唱台上放着两个黑色音箱，大屏幕上周冰倩唱完一曲《真的好想你》满面春风地向台下手举各色气球喝彩的观众鞠躬致谢，下一个镜头又切换成了新近崛起的歌坛才女韩红。引荐我来京的诗友是韩红的歌迷，他告诉我说韩红是才旦卓玛的女儿，真是有其母必有其女啊。我说是吗？你别以讹传讹了，净瞎说！可我也喜欢韩红：苍凉，空阔，忧郁。一下子就把听众带向那片神秘的雪域。蓝天、碧水、白云、苍鹰、牧场、羊群、野马、牦牛……啊那就是青藏高原！这又是谁在唱？

烧烤店里顾客稀少，灯光也无精打采的，已经过去了半个多小时，约的朋友还没有来到。

黑人似乎在吉他上寻找什么，没有抬眼，从容不迫地说：

我早知道你靠得住会来的。

对方却粗声粗气地回答：

我知道你也靠得住，黑家伙。我让你等了几天，可是我现在来了。

静默了片刻。黑人终于说：

我等惯了。我等了七年。

……人不应该互相残杀。

黑人拨弄了一下吉他然后回答：

你做得对。这一来他们不会学我们的样子了。

至少不会学我的样子，外地人回答道，接着他仿佛是自言自语地补充说：我的命运要我杀人，如今再一次把刀

交到我手里。

黑人似乎没有听到，自顾自说：秋天一到，白天越来越短了。

雷卡巴伦看不见他们，但听得清他们的对话，或者说他沉浸在自己的幻境里，早已预见到了这步步逼近的杀机。

那么谁是钱萍呢？这个扰得我一整天惶恐不安的钱萍，她和早晨那对悲凉的老夫妻，和傍晚下楼的男李主编女李副主编和我失约

的朋友有什么联系？尤其对于出走来到北京的我又意味着什么呢？我突然想起钱萍，就像杂货店老板总忘不了七年前那次对歌一样。

服务小姐再一次飘到我面前，递上菜单时，我怀疑的目光咯噔停了一下。真对不起，我说看来我的朋友不会来了，如果你能陪我喝一杯，我将十分荣幸。女孩向服务台招了招手，另一个小姐走过来，接过菜单，莞尔一笑，又离开了。

烧烤店里的客人们稀稀拉拉地陆续又来了几个，都仿佛不愿惊扰别人，选的座位很散。没有人演唱，大屏幕上的画面切成了固定的蓝屏，音乐流淌的旋律却是婉转低回的《梁祝》。服务台边的小姐们也打起了精神，不再无聊地对望，而是分散开来，满目期待地望着门口，注视着塑料门帘的动静。牛奶和烧烤很快端上来，我和女孩碰杯，各自饮了一口，又拿起刀叉递给女孩，她摇摇头，低低的声音说谢谢。女孩化了淡妆，细眉顺眼的，一副乖巧怜人的模样。我拿起一个肉串，用牙齿捋下一块，咂了咂。也望着她，突然问，你认识钱萍吗？我知道我问得很冒昧，甚至有些莫名其妙，所以想尽量显得漫不经心一些。但话说出来却还是有些后悔，我有什么理由要把钱萍加给我的折磨或庸人自扰转嫁给眼前这个陌生而无辜的女孩呢？我的声音很低沉，但一定极有穿透力，女孩像是一下被电击中了，先是一怔，然后重重地点点头，说先生找她有什么事情吗？

随便问问吧，我说。钱姐几天前刚从这儿离开，女孩又说，临行她告诉我们如果有朋友或电话来找就说她跳到双龙超市十里堡店做去了。我这才想起已经很久没有到山顶洞来坐了，别说服务小姐看着眼生，说不定老板也早换了主儿。

是吗？我长出了一口气，像是自言自语，又似乎是问她，能不能简单说说她的经历？女孩又摇摇头。

客人渐渐多起来，我们旁边的桌子已经坐了人，有同伴给女孩使眼色，女孩站起来，抱歉地离开了。我也起身去服务台买单，我决定不再等那位失约的朋友，你能从我的举止里看出我已下定决心去双龙超市找钱萍聊聊，去找这个让我牵肠挂肚，折磨了我一天的神秘女人聊聊，我想这个世界早已经发疯了，就让我也赶在死掉之前疯一次吧。至于那个失约的朋友，也许根本就和我这篇漏洞百出的小说毫无瓜葛，你还是别再打听他是谁算了，尽管我明白你很想知道。

3

难得你是位耐得住性子的朋友，而且有兴趣和我一起将钱萍的故事进行到底。你一段一段硬着头皮读到这里，你已经基本看清了我——这篇小说的叙事人，一个爱情、婚姻、事业和性的失败者。从老家来到北京，仅仅是换了一种出走和逃亡的方式，博尔赫斯不再作为道路，而变成了我的同谋和帮凶，带着我逃离那家医院那个巴掌大的县城，逃离那些被我肢解的破碎人体和被我埋葬的初恋，逃离那一团糟糕的婚姻那例行公事的性。我惶惑不安地混迹在都市熙攘的人群里，不想谁认出我，也不愿认识任何人。如果让我选择，我宁可做瘫痪在床失去语言能力的雷卡巴伦。我不知道这个夜晚我为什么要不辞辛苦去双龙超市寻找神秘的钱萍，现在我只是一个不自觉的追踪者，我不相信我所面临的仍是一场失败。海明威说人是不可以被打败的，那我能被钱萍打败吗？我在冥冥之中幻想着，这个女人也许就是我宿命的影子，在她面前我想我会以一个胜利者的形象最终出现。

莉青是我上班后谈的第一个女朋友，命运注定她成为我的妻子。我医专毕业后分到了一个叫徐坟头的小镇，当时带我的牛大夫邀我去她家玩，牛大夫四十多岁，虽然黑发里过早混入了密密麻麻的白发，待人却少有的热情。她像母亲一样关照着我，使我虽身在异乡却很温暖。我在医院喊她牛大夫，出了院门喊她姨。我跟着牛姨上楼，拎着她顺路买回来的大包小包的青菜和肉、蛋。那是我第一次去年长的同事家做客，很兴奋，也有些忐忑。爬上三楼牛大夫住了脚步，掀开外衣裤腰里解钥匙，忽然想起什么似的停下了，又抽出手去敲门。开门的是一个娇小的女孩，清清秀秀的像刚洗过的白菜，菜叶上还滚动着清澈的露珠，一闪一闪地反射着阳光的健康。

妈——

女孩叫道。

牛大夫慈眉善目地答应着，扭回头对我说，我女儿莉青！又说，在镇完小教书，比你早一年师范毕业。然后转脸向着莉青说这就是我跟你提起过的小周大夫。莉青似乎有些不好意思，向我笑笑进了另一个房间。

现在回忆起来那顿饭吃得很平淡，就像我和莉青平淡的婚姻一样。吃饭的过程中我一直在听牛大夫不停地讲，我和莉青很少插话。牛大夫说这个菜好吃吗？

我点点头。

这个呢？我说好吃。

这个？

好。

牛大夫满脸春风，鼻梁上沁着汗珠。看得出她很兴奋。临走的时候，牛大夫说莉青送送你小周哥吧，妈真有些累了。莉青答应一声站起来。我说不麻烦了牛姨，我自己走吧。我最后看了一眼牛大夫家有些凌乱的房间，房间里的电视，洗衣机，有些脱漆的家具，衣架上五颜六色的衣服，饭桌上剩下大半的饭菜，转身下了楼。

我就这样在牛大夫牛姨也是现在的岳母大人撮合下，和莉青磕磕绊绊地谈了两年恋爱，两年后我们结了婚，又过了一年，我们的女儿来到了世上。

这期间还有一个插曲需要交代一下，如果你实在太忙或不感兴趣，尽可以把这段跳过去，你千万别觉得什么不好意思，现在都信息时代了，据说青春小美文和情感故事才是最时尚的文体，这么啰哩啰嗦的劳什子小说有人耐着性子读下去才叫怪呢。

我和莉青结婚前半年的时候，医院注射室新分来一个叫萌萌的护士。萌萌不但模样比莉青漂亮，也更有气质，总之一下子吸引了我。我这个家伙是崔永元的信徒，喜欢实话实说。因为业务关系，一来二去大家就混熟了。又过一段时间，两个人似乎都找到了那么一点相见恨晚的感觉，在莉青和萌萌之间，我更乐意和萌萌泡在一起，和萌萌聊天我特别开心，也特别出状态，我们只心照不宣地躲着牛大夫。但纸里终究包不住火，事情到底还是被牛大夫觉察了。这次她没有再请我吃饭或绕别的弯子，而是直截了当地对我说她知道现在年轻人的心思——朝三暮四，朝秦暮楚，见一个爱一个，这山望着那山高。但她不怪我，她只是觉得莉青更适合我，性格爱好特别是职业互补。我不强按牛喝水，也不是有女儿没处嫁，只是你自己要三思，这世上可没有卖后悔药的。牛大夫坐在办公桌后面后来我习惯的那个位置上。我则局促地站在她对面，脸儿一会儿赤红一会儿惨白，沮丧得像一个做错事的孩子。

女儿出生恰好赶上十年一遇的大雪天，到现在我也没有再遇到过那么大的一场雪。大雪就那么被打着呼哨的西北风撕扯着，席天幕地一口气下了三天三夜，仿佛非要为我们女儿的落草开出千万树灿烂的礼花来。从我们安家的学校到医院约有两公里路程，本来离预产期还要好几天，所以我们毫无准备。夜半的时候，莉青突然喊肚子痛。我问莉青要不要去医院。莉青说没事的，也许过一会儿就好了。可我心里总不踏实，家里也没有电话，万一有个三长两短怎么办？我急忙穿好衣服爬起来，背着她深一脚浅一脚赶去医院。地上的雪很厚，踩在上面嘎吱嘎吱响。田野道路模糊了边界，风卷着雪团砸得人不敢睁眼。莉青伏在我背上痛苦地呻吟。我两眼一抹黑地赶路，平日二十来分钟的路程我走了一个多小时。

妇产科的几位都是我同事，但谁也不能替莉青痛啊。莉青扑在我怀里，高一声低一声地呻吟，叫喊，哀泣。有时还突然抓住我潦草的头发，玩命地揪，似乎那不是我的头发，而是荒地上一蓬枯干的茅草，写到这里，我隐隐又感到了那种钻心的疼。但那时我已全身麻木，喃喃地安慰她说快了快了快好了。

但一直折腾到第二天深夜，小生命才呱呱落草。

妇产科医生说周医生是个女儿！我说女儿好啊，我睡到梦里都巴望着是个女儿呢。几个医生莫名其妙地一起眨巴着眼睛看我，仿佛我是世界上最后一只大熊猫似的。

我以为精疲力竭的莉青已经睡熟手术台上了，没想到她突然折起头，对我惨然一笑说：对——对不起，给你生了个女儿。那瞬间我真是憔悴难对满面羞，我低下头暗暗告诫自己：狗杂种，从现在起你不仅是个称职的放射科医生，还应该是妻子称职的丈夫，女儿称职的父亲。

我们的女儿出生不久，萌萌就向县卫生局申请调离我们医院。临行我要去送她。不必了，萌萌说我为你感到悲哀。

我说谢谢。

我在心里默默地祈愿萌萌能找到一个真心爱她的男人。

来北京前不久，我和莉青去参加一个朋友的第二次婚礼，回家的时候我们没有坐车，县城大街上冷冷清清的，两旁的门面早收了生意，剩下的饭店也大都虚掩着门，莉青突然对我说她其实知道女儿出生之前我一直爱着萌萌。不管你爱不爱我，那时我都暗暗发誓这一辈子死也跟定你了。

为什么？

因为没有谁比我更爱你！

我愕然。

双龙超市是北京规模和影响都比较大的连锁超市，十里堡店我是去过的，那还是几年前参加鲁迅文学院组织的面授，晚饭后总习惯走几十米过去转一转，挑上一些生活用品或准备回去送给女儿的礼物。我离开山顶洞酒吧不远就打上了一辆的士，也就二十来分钟的路程吧，我付了钱给司机，说声谢谢，下了车。司机"嘭"地一声带紧车门，继续寻找新的顾客。

双龙超市都准备关门了，我不再四下里乱看，我必须抓住最后的机会找到我的钱萍。我快步来到正要拉卷闸门的背影身后，没头没脑地问：先生，请问钱萍是在这儿上班吗？拉卷闸门的背影举着一个铁钩，旁边的保安也要过去帮忙。

你问钱萍啊？背影脸也不转，不咸不淡地说，走了。

是刚下班吗？我又问。

哪儿跟哪儿呀，都走半个月了。

不是前天刚来的吗？

背影把铁钩递给保安，扭回头奇怪地望着我，说你没吃错药吧？

是个女人！

女人显然对我的锲而不舍有些吃惊和迷糊，"嘿"了一声，告诉我说这丫头原是他们超市门口替人看水果摊的四川妹子，人挺勤快的，模样还算齐整，眼皮儿活络，嘴巴又甜。但店老板欺负外乡人，又是个女孩子，就故意刁难和捉弄她，大伙看不下去，一起跟经理请求收留她，没承想经理真同意了。后来却是她自己不争气，下班夹带店里商品被发现，当场宣布开除了。其实也就一块香皂，可能她也不是有意的，但不管咋的，总造成了既成事实，连一个月辛辛苦苦挣的工资也罚没了，后来听说是她私下得罪了人被陷害的，谁知道呢。

我有些泄气，这就是我寻死觅活要找的钱萍吗？我的钱萍也许不是一个月亮女孩，但至少是个坦荡君子吧，也才值得让印染厂门口111路电车站牌下等车的老夫妻流泪，值得我们的男李主编女李副主编放声大笑，值得山顶洞酒吧的姐妹们牵肠挂肚，值得我神经兮兮地彻夜追踪；她的身上一定隐匿着许多迷宫一样的故事。

不！这绝不是我的钱萍。

钱萍，你在哪儿呐——

也许是我心里的疑问喊出了声，也许是我傻呆呆的样子感动了女人。她清了清嗓子又说，你要是她的朋友就沿着这条路找一找吧，多去路旁发廊和洗浴城里打听打听，要是还没有回老家，她也只能去那些地方了。女人的语气里不无同情。这丫头其实真挺不错的。她叹了一口气说。

卷闸门呼地拉了下来，满货架琳琅满目的商品不再嘲讽地望着我，不再用扑鼻的芳香诱惑我，推搡我。一阵冷风吹过来，路边喘息的废纸猛地跳起来，又踉跄着往前跑了几步，惊魂不定地伏在地上。

我也禁不住打了个寒噤。

我已对自己彻底失去信心。也许世界上根本就没有钱萍存在，是我像博尔赫斯一样自己为自己制造了一个叫钱萍的事件迷宫罢了。

……他们并排走着，离开房屋有一段距离了。平原上到处一样，月光皎洁。他们突然站住，对瞅着，外地人解下马刺。两人都把斗篷卷在前臂上，黑人说：

我们交手之前，我有一个要求。希望你在这次格斗中拿出所有的勇气和奸计，正如七年前你杀死我弟弟的那次一样。

在他们的对话中，马丁·菲耶罗也许第一次听到了仇恨的口气。他像挨了鞭子似的，在血液里感到了。两人开始恶斗，锋利的刀刃闪电似的划去，在黑人脸上拉了一个口子。

迷宫里有两个对抗者。黑人一直在等，等那命中注定的死神到来，他用几天弹着无休无止的音符，等了七年。生与死的搏斗开始了。勇猛的黑人遵照对方的要求"拿出所有勇气和奸计"杀死了对方。

而冥冥中的钱萍又等了我多长时间？我甚至不寒而栗地想到，我看到她时，她会不会也像马丁·菲耶罗一样，凭空抽出一把星光闪闪的刀来，出手如电地捅进我的肚子。

4

这个夜晚，我像一个执迷不悟的疯子，一个病入膏肓的梦游症患者，不停地在一街两旁多如雨后的鲜蘑菇般的发廊和洗浴城里进进出出，我向我见到的每一个人询问："你认识钱萍吗？"他们有的向我点头，热情地指我去远远近近的另一些装饰得差不多的门面；有的则摇摇头，摊开双手望着我，一副无可奈何的样子；有的拉下脸来，不耐烦地向我摆摆手，推推搡搡把我赶出门外；有的高高吊起眉毛，怒不可遏地举起拳头，仿佛我是钱萍的同谋或帮凶，刚刚从这儿打家劫舍狼狈逃窜。

夜已经深了，深得像一口看不见底的枯井，井口咕咕地冒出酸腐的寒气。白昼拥挤的大街像田野一样空旷，风不再肆虐地乱刮，那些废弃的纸片和塑料袋也安静下来，等待着黎明的清洁车把它们的好梦运往郊外，树们则把枝枝杈杈藏到高楼低舍的阴影里，只留历经风雨的树干斑斑驳驳地冷眼旁观着夜色里暧昧的灯火。天空蓝得发黑，满天繁星像是利刃戳破的窟窿，百孔千疮地筛下一地星光。

所有的屋子都无限温暖，而世界却冰天雪地。

夜，真静啊。

但静夜里依然有各种声音在响，它们幻化成刀子、绳子、棍子，从不同的方向杀戮我、捆绑我、击打我，让我目眩神迷，摇摇欲坠。这些声音就像我身体里秘密的生理缺陷，我时时听到它，看到它，嗅到它，触摸到它，梦到它，却怎么也摆不脱它。

我打了个寒噤，将两只握成拳头的麻木的手从深深插着的衣袋里掏出来，使劲在空中抡了抡，扭扭僵硬的脖子，我突然产生出一种想和凛冽的空气搏斗的欲望。我挥拳四顾却找不到对手的影子，我的喉咙堵得发慌，我拼命地吐，终于吐出了一口热乎乎的带血的黏痰来。

我知道在这个静夜里灯在孤独地亮着，车在疯狂地飞着，人在孤独地睡着；母亲蜷作一团，婴儿嗷嗷待哺；患者拒绝求生，医生无可奈何；菊花在窗帘后吐着芬芳；暖气片散发着内心的热量；满脸锈迹的自来水闷在结冰的管道里叫苦不迭；小偷已按捺不住地蠢蠢欲动，而执勤的警察睁圆了警惕的眼睛；火车在旷野上奔驰，它大口喘着粗气，到达一个个熟悉而陌生的城市，吐出一些人，再吞进另一些，然后载着他们昏昏欲睡的梦继续前行。

我站在凌晨凛冽的空气里，像一粒撞入雷霆的灰尘，度过了人生最惊恐难熬的一夜。我忘了我仅仅是一粒微不足道的灰尘，我为什么非要比灰尘知道得更多呢？我不可能比一粒灰尘知道得更多，是的！我——不——可——能——比——一粒——灰——尘——知——道——得——更——多……

永远也不可能。

我想起了我不久前写下的一首诗。如果你愿意，我还是在这里
念给你听听：

　　　　　今夜我走遍大街小巷

　　　　　却找不到一扇敞开的门

　　　　　屋子里的人仿佛去了另一个世界

　　　　　我不是个盗马贼，左手提灯

　　　　　右手攥着火种，只想找一个

　　　　　无风的居所，尝一尝幽蓝

　　　　　或鲜红的火苗

　　　　　我蘸着雨雪写下冬天的诗

　　　　　这些都是开给你的花朵

　　　　　但你去了哪里

　　　　　我左眼噙泪右眼溢满欢欣

　　　　　我只想在一座石头房子里坐下来

　　　　　把内心的悲伤念给自己听听

　　　　　然后一口接一口呕吐

　　　　　用自暴自弃反抗你的出走

　　　　　在这个不属于我的寒夜

　　　　　我走遍大街小巷

　　　　　用餐风宿露的哑嗓子

　　　　　把你打动

　　　　　把滚滚红尘镇在舌根下

　　　　　我和你出走的这个城市

　　　　　已无话可说……

这首诗难道是提前写下的我深夜追踪的秘密神示吗？

　　我从老家来到这座陌生的城市，我选择了它最寂静低矮的一间屋子住下来，早晨我转两次车去另一间寂静的屋子上班，阅读一份份从全国各地寄来的诗歌散文小说随笔，在这个物欲横流的年代仍然有这么多的人和我一样挚爱着文学是多么让我感动啊。我不停地给他们书写一封热情洋溢的回信。我一整天都被他们、也被我自己感动着。傍晚我再转两趟车回到自己的屋子，写自己的诗热爱自己的博尔赫斯，一天天地衰老。但在博尔赫斯的时间迷宫里，我感到自己是一个从八十岁向一岁生长的人，我永远精力蓬勃，心中涌动着一往无前的力量。

　　我的邻居也是一个爱诗的女孩，世界真大世界又真小啊，竟然让两个爱诗的生命做了邻居。女孩模样很甜，更性感十足，不像我背负着这么多沉重的枷锁和失败。她比我小八岁，读了我的诗后喊我老师，后来喊大哥，渐渐地就"嗯"或"嗳"了。在这个陌生的城市，我终于学会了无所顾忌，我并不比她衰老，她也不比我年轻，我们成了对方情与欲的另一半。

　　我们搬到了现在的市郊公寓，开始了秘密的合租生活。我们只求一日拥有，不关心过去不顾及将来。我们共用一扇防盗门、一个厨房、一个卫生间，共读一本书，共睡一张床。我们在自己的屋子里使性子闹别扭，在自己床上搂抱抚摸亲吻和解哭泣呻吟窒息癫狂。我们不要背景不要氛围不要时间，我们的屋子是汪洋里的一条船，我们的床是这个城市唯一一朵日夜唱歌的鸢尾花……

　　在结局来临之前的风景深奥无比：

"傍晚有一个时刻，平原仿佛有话要说；它从没有说过，或许地老天荒一直在诉说而我们听不懂，或许我们听懂了，不过像音乐一样无法解释……"

没有任何语言可以解释那种风景，但你一定分明感到了它那强烈的暗示。躺在床上的雷卡巴伦当然听懂了平原的诉说，因为他提前看到了结局。

是钱萍的结局吗？

或者我的结局？

5

城市东边的天空翻出了鱼肚白，高高低低的楼群渐渐从黑夜的深渊里挣脱出来，和风中摇曳的干树枝一起勾勒出一幅写意枯墨画，只是还看不清人的脸。午夜停开的公交车已经恢复运营，车厢几乎是空的，它在站牌下惶恐不安地停下来。没有人下车，也没有人上车。它失望地载着自己开去了下一个站牌。但它总会找到自己的顾客，兴高采烈地到达终点站的，就像一只笼子总会找到自己的鸟儿一样。

我不知道自己走了多少路程，来到了哪里，又在这里木然地站了多久。起早的清洁工已经开始清运攒了一天一夜的垃圾，他们慢腾腾地推着垃圾车，嘴里不停地吐着白气，像一个个模糊的幻影。他们在一个个垃圾堆前停下来，从车斗里拿出铁锨，铲斗和扫帚，三四个人散向两头，另外两个弓着腰，用力往车斗里铲，随着扫帚的挥动，路面变得干净起来。他们橘红色的马甲在黎明的曙色里分外耀眼。我就站在垃圾堆旁边，但就像我根本不存在似的，他们头也不抬一下地往垃圾车里装着。我又向他们靠近一些，咳嗽了一声，说请问两位师傅，您认识钱萍吗？我的声音像打着点滴一样绵软无力。

装垃圾的师傅终于住了手，脸色凝重地打量着我，说看样子你是他的亲戚吧。

我从老家来。我已经找了她一夜。我说。

我决定将错就错地把戏演下去，我可怜兮兮的，差不多要哭了。

老钱是个好人呐，另一个师傅帮腔。说别看平时没大言语，就是勤快，干活舍得卖力气。嘿——可怜呐……

可怜什么？我急急地问。

可怜好人不长寿啊。

我尽量控制着自己，说师傅，您知道我找了她一年多了。我找遍了整个北京，都还没有她的消息，要是再找不到她。我会伤心地离开这里的。

装垃圾的师傅皱着眉头顿了顿，说好吧，好歹我们也是两年的兄弟，不过我还得干活，我只讲五分钟。

兄弟？我的声音抖了起来。

你说什么？

啊——没——没有什么，您请讲。我赶忙说。

他的脸上布满了沧桑的乌云，他的嗓子有点沙哑。这时候东方的鱼肚白变成了纤尘不染的白，我想也许天快大亮了吧。

亲爱的朋友，我再三告诉你的是，您在读的是一篇不无荒诞的小说。或者干脆换句话说，世界和存在本身就是荒诞的，所以您完全没有必要怀疑这个夜晚这篇小说的真实性。我在一首题目《怀疑》

的诗里也写道：

　　　　请原谅我荒诞的想象吧，因为它或许

　　　　就是某一天的命定。就像一个人离家出走

　　　　其实仅仅想表达对家的渴望

　　我所书写的是你内心世界更可怕的真实。它总有一天会和你狭路相逢的。

　　你别告诉我因为你知道这个关于钱萍的故事的结局马上就要水落石出了，您的心情和我一样激动不安。因为我已经知道，就像比尔赫斯也提前知道了雷卡巴伦的结局一样。

　　下面就是装垃圾的师傅讲的钱萍的故事：

　　老钱家是河南的，具体什么地儿我的确想不起来了，反正挺穷的一个地方，他自己叫什么来着？对！鬼不下蛋的地方。他的老婆死得早，女儿出嫁后，就跟着独生儿子讨生活。儿子媳妇都待他不好，嫌老钱年纪大碍手碍脚，生生把老钱赶出了家门，逼老钱外出，又不给盘缠。老钱东求西借了二百多块钱坐火车来北京找他的一个远房亲戚。亲戚也很为他不平，就托一个在街道办工作的相熟的老大姐把老钱安排进了我们环卫队，和我们一起打扫这一带的卫生。那天老大姐把老钱领过来介绍给大家时，我们都差点笑背过气去，你说一个小姑娘家叫什么萍挺顺耳的，一个乡下老头子叫这名字是不是不伦不类？老钱的脸涨得像一块红布。熟悉以后他告诉我们说是小时候上学一个教过私塾的先生给取的，"文革"还因此挨过斗，改了几次也没有改掉。这不！一叫就是五十多年。我们笑得更响了。老钱站在老大姐身旁，汗珠子都噼里啪啦落下来了。老钱不大爱说话，只有别人喊他，不得已才偶尔抬下头，很快又低下去。掏良心说老钱比我们干的活多，拿的报酬却还不及我们一半，除去每月的房租和生活花销，很难剩下，但老钱似乎很满足，蜡黄的脸也渐渐有了颜色。不知咋的，老钱的儿子前些日子突然找上门来，爷儿俩话不投机吵了起来，听老钱房东说老钱边吵边哭，老钱儿子则一副怒不可遏的样子。吵到后来老钱儿子揸起巴掌抡了老钱两个嘴巴，又在他腿上踹一脚，摔门走了。我们只道从不旷工的老钱破例没来是生病了，还商量着第二天去看看他，不料第二天起早来到这里就看到挨着垃圾堆旁边躺着一个人，我起初还以为是捡破烂儿的或哪个乞丐睡着这儿了，我喊了几嗓子，又抬脚踢了踢，还不见动静，心里先害了怕，急忙招呼他们凑过来。我们围在他周围，我大着胆子蹲下来，移开他捂着脸的手，借着路灯光看下去，我们一起惊叫起来。你肯定猜出来了，对！躺着的正是老钱。老钱的鼻孔和嘴角边淌了一地白沫，我用手摸了摸，老钱的身上已经冰凉。我们猜着老钱可能是喝安眠药死的，老钱是一时想不开才喝的药，临了老钱突然想应该再去清扫了两年的这条路上看看。老钱穿了衣服，跟跟跄跄出了门。老钱的脚步很轻，像踩在云彩上或者踩在棉絮上一般。老钱不想惊扰任何人。老钱七拐八拐就来到了这条路上。老钱向所有的树木、房屋、路灯、花草，向所有的垃圾告别。老钱来到这个垃圾堆前。老钱望着垃圾们，垃圾们也望着老钱。老钱看见垃圾们在温暖地向他招手。老钱慢慢躺下去，搂着垃圾们幸福地睡着了。

老钱最后还做了一个梦，他骑着他的梦去了他想去的地方。

老钱的面色安详，像一个睡熟的婴儿，没有丝毫痛苦。

我们打了110，警车开来后就把老钱拉走了，警察说身上没有外伤，排除了车祸和他杀的可能，请大伙走开，以免阻塞交通。那天我们干完活比平日晚了一个多小时，紧张得热汗淋漓，总算没有耽误大伙开门儿。干完活我们一起去了老钱租住的房子，我们请房东打开门。老钱的屋子不大，但收拾得还算干净，被子叠得边是边角是角的，床边的桌子上放着一个灰皮笔记本，本子上是老钱的身份证。考虑到保护现场，我们没有进屋，站门口看了看，听房东讲了老钱儿子吵打的情况，就让房东关了门离开了。

后来呢？我问。

后来警察又和老钱的亲戚来过一次，问了我们一些情况，还让我领着去他租住的房屋里看了看，也没说什么，又走了。老钱自杀的新闻还上了前天的晚报呢，也不知道记者怎么知道那么清楚。

瞎编呗。另一个说。

反正我们大伙都挺难受的，你没看我们平时干活插科打诨的，这两天却都哑巴了一样。

铲垃圾的师傅不再说话，挥动铁锨继续铲起来。我看了看垃圾堆，那里的垃圾在一点点减少，马路重新变得空荡荡的，和我夜里见到的并无什么两样。

我在这个城市已经生活了两年，每个季度我都要回老家一趟，并不仅仅是尽做丈夫和父亲的义务，而是确实整个身体都想回家，到家后却又无聊，虽说只一礼拜，还是巴不得提前启程，把自己淹没在都市的滚滚红尘里。

雷卡巴伦躺在小床上看到了结局，一次冲击，黑人后退几步，没有站稳，佯装朝对方脸上剁去，手腕一转却直刺过去，

210

捅进对方肚子。杂货铺老板没有看清，菲耶罗没有起来。

　　黑人一动不动，似乎守着他痛苦的垂死挣扎。他在草地上擦净那把染血的尖刀，缓缓向房屋走来，没有回头张望。他完成了报仇的任务，现在谁都不是了。说得更确切些，他成了另一个人；他杀了一个人，世界上没有他容身之地。

　　勇敢而忧郁的黑人，雷卡巴伦内心的精灵，又一次战胜了死亡。经历了死亡的人在世俗中便也没有他容身之地了，现在他只能永久漂流，他必须坚强地忍受严峻的孤寂的现实，当然他也会得到瞬间幸福的回报。

　　这篇小说至此应该结束了，或者我根本写的就不是小说，我只是在博尔赫斯的迷宫里一次次快乐地逃亡和出走的另一个我写了出来。

6

　　我精疲力竭地辗转回到租住的郊区公寓，女孩已经做好了早点，静静地偎在餐桌边的椅子上看书，仿佛她早知道我就要回来。

　　看到我走进房间，她放下书，站起身来，接过我肩上的挎包，挂到墙壁上又转过身笑意盈盈地望着我。

　　找到钱萍了吗？她说。

　　我像突然被导弹击中一样，刚刚安定的情绪轰隆一下坍塌开来。我踉踉跄跄朝女孩扑过去，我把女孩紧紧搂在怀里。

　　紧紧地。

紧紧地……

我的身体在筛糠一样地抖，女孩的身子也跟着抖起来。

我看到我的胳膊什么时候已经变成了一对巨大的翅膀，它带着我的身体渐渐悬空飞了起来。

我的喉咙里就在这时发出了那声恐龙一样凄厉而绝望的惨叫……

我想在那个旭日冉冉的时刻，房间里所有物什，远远近近的建筑，这个城市的每一个角落，每一个活着或死去的生命，当然还有你，都听到了那声惨叫以及那声惨叫摔成尘雾和齑粉后的漫漫无边的寂静。

注：小说引文均出自博尔赫斯《结局》（王央乐　译）。

白日子，黑日子

1

冬萍的婚事是在她师范毕业回到家里的第一天被提起的。冬萍至今仍然记得那是一个万里无云的好天气。儿童节一样的好天气。花在笑，鸟在叫，太阳把手招。三年寒窗，终于熬毕业了，熬出头了，解放了，全身心都解放了。冬萍哼着小曲儿进院子，放下行李箱，就去洗脸，水是她自己从深井里现压上来的，清澈，干洌，那个凉，那个爽，她忍不住咕嘟咕嘟喝下一气，她感到从汗毛眼儿透出的都是津津的甜，她禁不住让手在脸上停了足有一分钟，她都有些醉了。

冬萍洗过脸，从院子里回到客厅，扯过毛巾，还没来得及把淋漓的水花擦净，父亲何文全就从屋子里迎了出来。

父亲的脸上荡着笑容。

冬萍回来了？

回来啦。

回来就好。父亲说，又像在自言自语。

父亲转过脸对着外边喊：春萍娘，春萍娘！春萍是冬萍的大姐，冬萍刚记事那会儿，春萍就由父亲做主嫁去了一个偏僻的村子，和老实巴交的姐夫一起在生产队扛大锄，搒大地，挣工分。从那时起春萍就很少回家，逢年过节的一两次，也总是火烧火燎，前脚还没进来，后脚就想着走，仿佛爹不是亲爹，娘也不是亲娘，家里没她这一脉似的。娘答应着，慌里慌张从门外赶了回来，看见冬萍，鼻子眼儿里都是喜欢，顺手从茶几上拿起一个苹果削起来。

晚上弄几个菜，顺便打个电话，把秋萍也喊过来。父亲说。父亲的声音里透着不容分辩的威严。在父亲面前，娘总是诚惶诚恐，似乎从来就没有站直过腰，低声下气，仿佛地主老财家的老妈子，仿佛刚从旧社会过来。父亲当镇长时如此，父亲退休了依然如此。人们常说"虎老雄风在"，可能坐久了老虎的位置，人身上真会生出一股虎气来，让周围的人时时感到一种威压，感到自己的渺小和气短。冬萍把想法告诉二姐秋萍。秋萍点头，说，不过不要告诉任何人，要是咱爸知道你这样看他，看不把你搋零散！

娘望着父亲，说，秋萍就——

叫你咋就咋，哪来那么多废话！父亲不耐烦地打断娘，目光狠狠地在娘脸上剜了一刀，头也不回地进了自己的房间，砰地关了门。

娘仿佛受了惊吓，手上正削着的苹果也骨碌碌滚落在水泥地上，慢慢地蹲下身子，捡起来，愣怔了半天，才突然想起什么，慌忙去里间打电话，然后提起篮子，仄仄歪歪出了门。

客厅里只剩下了冬萍。

冬萍沮丧地陷在沙发里，落叶一样孤单和无助，刚进屋时的快乐和陶醉早已飞到九霄云外，似乎正有无边的黑暗向自己淹没过来，她奋力地挣扎着，却喊不出一点声音，只能慢慢沉下去，沉下去。冬萍的泪水像蚯蚓一样顺着脸颊爬下来。她捂住脸，但泪水并没有停，而是继续顺着指缝顽强地往外爬。

晚饭快好的时候，秋萍先回来了。秋萍和冬萍读的是同一所师范，不过比冬萍早毕业了三年，那时候父亲还在台上，一镇之长，要风得风要雨得雨，拍马屁的成堆，威风着呢。秋萍只在学校里点了个卯，就转行进镇计生站做了会计，又过了一年，成了计生站长周庆生为儿子盖起的两层小楼的主人。站长对镇长，分量自然有些不足，但考虑到自己行将退休，计生站又热得烫手，两家也算扯平了，所以父亲对这桩婚姻基本上还算满意。

现在，秋萍的日子过得一派欣欣向荣。

过了一会儿，秋萍和姐夫领着外甥女婷婷笑眉笑眼地进了门。见到婷婷，冬萍的心情好了不少，吃饭的时候一直把婷婷抱在腿上不放下来。饭桌上的氛围和平日没有什么两样，有父亲在，就永远不会有笑声飞溅，电视里吵吵嚷嚷尽管热闹，饭桌上却绝不受丝毫感染，家长里短也不会有人提起，大家似乎都分外小心，只管闷头看自己的碗，夹自己的菜，吃自己的饭。

送秋萍和姐夫走出大门，婷婷还赖在冬萍身上不下来。秋萍说，算了婷婷，干脆跟你小姨一家吧。冬萍和婷婷都笑了。冬萍说，你和姐夫舍得吗？秋萍说有啥舍不得的，现在就给你？冬萍就问婷婷，跟小姨？

娘打断说，今儿还先跟妈妈回家，爷爷还有事跟小姨说呢！

回到屋子里，看见就只有父亲坐在沙发里，一边抽烟，一边眼珠不转地看电视。父亲示意冬萍坐近一些，并顺手调小了声音。冬萍知道秋萍在躲父亲，哪里是有事儿，这个人精！

父亲干咳了一声，继续说，冬萍，爸给你说个事儿，程书记家的小二子建文和你同过学吧？

冬萍点点头。

好，同过就更知根底，父亲说，我可是看着你们长大的，你去南阳上学走后，他也安排进粮库上班了，前天我去领工资，碰到程书记，他和我提起儿子的婚事，觉得你俩挺合适的，如果你没什么意见，国庆节就把事儿办了吧。

父亲接下去说了些什么，冬萍一个字也没有听进去。也许父亲根本就没有再说什么，在这个家里，他就是皇帝，他的决定就是圣旨，他已经不屑于再说什么。冬萍一向是个有主见的女孩，但在父亲面前，她所有的主见其实分文不值。

沉默了片刻，父亲端起烟灰缸，起身回了自己的房间。

冬萍脑海里一片空白，没有答应，也没有不答应。

第二天依然是一个晴朗日子。冷清明儿，冬萍就爬了起来，和娘打了招呼，说去同学家里一趟，把同学捎带的东西拿回来。

冬萍出门就坐上了去县城的汽车。

按照头天晚上的计划，冬萍下车后给家住县城的同学余小辉借了一辆自行车，就一路打听着摸去了谢旭峰的家。当然这一切都是秘密进行的，甚至余小辉问她要自行车干什么，是不是要去谢旭峰家？她都头摇得像拨浪鼓，说不是，我就是想随便转转，你不知道我闻不惯汽油味吗？

余小辉是冬萍的男朋友谢旭峰的诗友，也是搂脖子抱腰的铁哥们儿。

冬萍原来和汤学礼好。后来听了谢旭峰朗诵的海子的《打钟》，就和谢旭峰好上了。两个人虽然还没好到谈婚论嫁的地步，但也亲过了，搂过了，抱过了，海枯石烂过了。冬萍骑着借来的自行车，独自疾驰在通往谢旭峰家的黄尘滚滚的土坡路上，冬萍想，今天一定要找到谢旭峰。想到谢旭峰的好，心里的天平就倾向了谢旭峰一端，而且越接近谢旭峰的家，这天平倾斜得越加厉害，只要你谢旭峰有种提出来要我嫁给你，只要你发誓永远对我好，我就跟你，我就不回去了，这一辈子吃糠咽菜住寒窑，我认了。冬萍在心里发着哑巴恨。

冬萍躺在床上，她睡不着。整一个晚上，她的脑子里都在翻江倒海，她怎么能睡着呢？程建文和谢旭峰两个男人就像两件瓷器一样在她心里叮叮当当碰撞着、摇晃着。程建文是什么东西，冬萍想，扒了皮我也认得他骨头。这倒不是说程建文多丑，多坏，而是呆，木。十足的呆鹅，木头。冬萍记得，读初三的时候，程建文一直是班主任的宠儿，他的座位被固定在最后排中间，老师总表扬程建文是听课最认真的学生，两只眼睛瞪得贼大，贼圆，但老师不这样说，老师说，那叫全神贯注，那叫聚精会神，那叫……但每一次考试下来，程建文却总是考得一塌糊涂。老师慢慢地开始怀疑自己是不是看走了眼，因为老师看见程建文周围的几个同学在憋不住地坏笑，后来老师终于弄清了真相，原来这程建文有睁眼睡觉的习惯，老师表扬他的时候，他其实睡得正香呢。老师说，程建文你让我怎么说你呢，你真逗。老师被程建文"逗"得笑起来，全班同学都笑起来，程建文也不好意思地笑起来。谢旭峰则不同，虽说有点花，爱讨女同学的好，但对她却是真心，自从与冬萍好上，虽没有完全"改邪"，但已经"归正"了很多。谢旭峰纵有一百个不好，但至少智商比程建文高吧，至少不会睁着眼睛睡觉吧。冬萍这样想着，程建文的身上就有了裂纹，声音也不再悠扬，天平的这一头慢慢翘起来。但是，程建文这一头儿还有个一百克的书记爸爸砝码没有加上呢！谢旭峰的爸爸可只是个十克的地道农民。书记是什么，书记就意味着住有房，行有车，抬头张张笑脸，办事一路绿灯，呼风能来雨，撒豆能成兵，而农民却只能面朝黄土背朝天，汗珠子落地摔八瓣，呼天天不应，喊地地不灵，天天烧高香，晃进眼里的还是老佛爷的屁股。继续想下去，谢旭峰的身上又有了沟壑，声音也低了八度，天平的两头又渐渐平衡起来。冬萍的头都要炸了。冬萍决定亲自去一趟谢旭峰家，她爱他，她的婚事不就是他们两个的婚事吗？他是个男人，他知道该怎么办。

找到谢旭峰的家已经是正午，谢旭峰不在家。谢旭峰的娘说，你是我们家小峰的同学吧，小峰跟他爸爸一起去亳州卖瓜了，已经去了好几天。今年的瓜稀巴烂贱，别说赚了，本儿都不够，看来小峰上学借人家的钱今年又还不上了，嘿，这过的啥熊日子。

谢旭峰的娘一边忙活着做饭，嘴里也没停着向冬萍诉苦，好像冬萍是上边来微服私访的领导，能给她点救济什么的。谢旭峰的娘问冬萍找谢旭峰是不是有什么急事，上学和小峰是不是一个班，又问她家在哪儿，家里都有什么人，冬萍支支吾吾，有一句没一句地应答着，熊熊燃烧的心却渐渐冷了下来，最后彻底结了冰，落进了看不见的万丈深渊。但冬萍还是留下来吃了饭。上桌的菜虽然简单了点，还是能看得出主人已经尽了心，一盘拍黄瓜，一盘炒豆角，还有一盘炒鸡蛋，每一盘都堆得老高，像是在表白一家人的热情，看着谢旭峰的小弟小妹吃得香甜的样子，冬萍的眼泪差点没跌下来。临走的时候，谢旭峰的娘硬塞给了冬萍一兜煮熟的鸡蛋。谢旭峰的娘说，带着路上吃，算我们家小峰的一点心意，你可别嫌弃呀。冬萍推让再三还是收下了。

冬萍就带着一兜熟鸡蛋回到了县城，还自行车的时候，顺手把那兜鸡蛋也一起送了余小辉。

2

九月一日是梨花中学的返校日，冬萍人还没到学校，和程建文处对象的消息就水银泻地般传遍了学校，不但有老师对着冬萍的背影指指点点，连待老师一向刻薄的校长李海强都屁颠颠地说，冬萍，你到咱们学校是程书记对咱学校的信任哩，教啥课，哪个年级的课，你自己挑！冬萍说，李校长您太客气了，我听您的。李海强说那好，我和陈主任商量过了，如果你自己没什么意见，就先教初一的音乐吧，对你们年轻人来说，担子是轻了点，但程书记工作实在太累了，多给你点空闲，你就算替咱们学校照顾一下他老人家吧。冬萍说，那就谢谢李校长了，不过，他是他，我是我，最好别往一搭扯，免得别人说闲话。李海强说那是那是。

冬萍跟随着李海强一起去会议室，和老师们见了面，又去教导处领了教科书和课程表，和每一个班的学生见了面。虽然冬萍打心眼儿里不愿意教书，虽然她在学校读书时也去附近的学校实习过，但毕竟是第一次独立地走上讲台，面对一群纯真的孩子，冬萍的心里还是有些激动，她说话甚至都有些结结巴巴，八个班级走过一遍，也快中午放学了。冬萍把教科书放回办公室，推着自行车出得校门口，程建文已经等在那儿了。看见冬萍出来，程建文急忙迎上去，说，累了吧？冬萍并不承情，拉着脸，说，谁让你来的？爸——爸让我来的，程建文说，爸在家里等你呢，让我来接你去家里吃饭。"

冬萍心里不太情愿，却还是跟着程建文一起去了。

程建文的父亲冬萍早认识，不过那时他还只是乡政府的一般干部，在几十号人的大院子里并不显山露水，但突然之间就被不知哪来那么一股力量推着，几年之间"蹭蹭"地蹿上了梨花镇一把手的高位，让人稀罕的是，程家并没有什么复杂背景，连父亲也常常感叹地说，程四民这个家伙了不得，真了不得。在冬萍的记忆里，父亲似乎很少用过这样的敬佩口气谈论哪个同事。但冬萍一直不知道程建文的父亲究竟了不起在什么地方。

从谢旭峰家里回来后的这两个多月，程建文来找冬萍的次数越来越频繁了，开始几次的不理不睬不但没有让程建文绝望，反而促使他更加锲而不舍，每一次程建文都给她带一点小小的礼物，依着她，顺着她，哄着她，百样生法逗她开心。两个人约会，无论在电影院坐，还是马路上走，冬萍总是有意地与程建文保持一定的距离，连偶尔看程建文的目光都有着居高临下的优越。程建文也很知趣地保持着小学生一样的规矩。

时间真是个了不起的东西，再强大的对手也会在他的太极推手下败得落花流水，它会用持久的耐力和药力把原有的创伤一点点抚平了，在一片废墟之上重建你的信仰和幸福。冬萍心里对程建文的反感在慢慢地消解，谢旭峰的身影也渐渐模糊了。唉，老天爷公平着呢，你别以为他老人家闭着眼睛就是睡着了，其实他醒着呢，他一直在用你看不见的第三只眼睛关注着天下苍生，总要给哪怕最宠爱的孩子也留下些许的遗憾，他给了你财富、爱情、幸福，不一定再给你花容月貌；或许你以为他什么都给你了，但当你一败涂地的时候，却发现他独独没有给你运气。不过你可不要因此就埋怨他老人家，他要是什么都给你了，老天爷还会是他独一份吗？

冬萍跟着程建文走进院子，看见程四民正拎着喷壶给花草浇水，看样子水是有一段时间没浇了，那些浇过的花儿虽然蓬蓬勃勃，没有浇到的则一律耷拉着脑袋，病恹恹的，一副少气无力的样子。冬萍说，程叔好！

好，好，快屋里坐，这些花老长时间没收拾了，我趁空拾掇一下，咱们马上吃饭。程四民答应着，放下喷壶，跟着两个年轻人进了客厅。

婶子呢？冬萍问。

这丫头，你怎么忘了？这么多年，你婶子不是一直在乡下老家吗？再说，她要是来了，咱家承包田撂荒了谁回去种呀？程四民顿了顿，用商量的口气打趣冬萍，要不，你和建文一起回去吧。

冬萍不好意思地笑起来。

虽然只有三个人，但比起自己家里，吃饭的氛围还是轻松得多。程四民说话不板儿，而且很风趣，时不时往冬萍碗里夹菜。吃完饭，又唠了一会儿，程四民对建文说，我烟抽完了，你去街上给爸买一条儿去，彩蝶或喜梅的都可以。

程建文答应着出了门。

屋子里一下空起来，程四民咳嗽了一下，说，冬萍丫头，跟建文处对象委屈你了！看到冬萍狐疑地望着自己，程四民清了清嗓子，继续道，建文才是个初中文化，哪像你，模样出挑，文凭又高。但这孩子虽说读书不行，品行却是我几个孩子中最好的，心里也最有掏弄。你是个好闺女，你们成了家，他要敢委屈你，看我不扒他的皮，抽他的筋。我合计好了，等国庆节，咱在家举行一个简单的仪式，你和建文就出去旅游，到外边长长见识，钱的事儿我给你们办，你看行吗？要是你觉得太委屈，叔也不勉强，结婚成家是人一辈子的大事，我和你爸的意见只能供你们参考，主意还得你们自己拿，你也不要不好意思。

冬萍听着，眼圈竟然红了起来，她掏出手绢擦眼睛，说程叔，您别说了。程四民拉开抽屉，拿出一个算盘，递给冬萍，说，回去抽空练练，我给县里说好了，国庆节后就安排你转去银行上班。我都过五十的人了，要不了几年，也会退下来，到时候再把你们也调进县城，我这后半辈还要指靠你和建文养老呢。

这是一把很精致的算盘，木制的框架虽然简陋了点，算珠却是真正的牛角磨制的，漂了白，不但光泽透亮，拎在手上也沉甸甸的，很有分量。

建文去了很久还没有回来，冬萍接过算盘，点头说，程叔，那我先回了。不对，叫爸。程四民说。爸——冬萍羞赧地叫了一声，赶紧逃也似的离去了。

回去的路上，冬萍的心里一直被未来的公公掏心窝的亲情充盈着，心里的那碗水也摇摇晃晃地漫溢出来，洒遍了身体的角角落落。她的手甚至都有些不听使唤地颤抖起来，努力了几次，才骑顺溜了。冬萍左手扶稳车把，腾出来的右手则不能自已地伸向前边的车篮子，拿起算盘，举到胸前，使劲地摇了几下，几十枚算珠争先恐后地跳起舞来，仿佛它们也像冬萍一样心情激动，互相撞击的舞步分外圆润清脆。冬萍读书的时候见识过珠算比赛，几十张桌子在南阳市广场一字排开，裁判员一声令下，世界霎时沉寂下来，冬萍的视线里就剩下了飞舞的算珠，响彻耳膜的也只剩下了噼里啪啦的喧哗。冬萍想起了白居易的名句"嘈嘈切切错杂弹，大珠小珠落玉盘"，想起了在师范时和谢旭峰一起去看过的舞蹈《四只小天鹅》。但是，远了，过去的都过去了，新的一切已经重新开始，"轻轻的我走了，正如我轻轻的来，我挥一挥手，不带走一片云彩"，志摩的诗句真好，真潇洒，冬萍暗笑自己三个月前竟然神经质跑去了谢旭峰家。她摇了摇头，重新把算盘放进车篮，拐弯进了学校大门。

3

国庆节，冬萍的婚礼如期举行。

就是一个从俗的仪式吧，程四民严肃地望着参加党委会的同志们说，我黑不黑抹这一道儿，算是对亲戚朋友有个交代，同志们的心意我领了，但任何单位和个人不准随礼凑份子，廉政自律一定要从班子成员做起，尤其要从我本人做起。谁分管的口和包的村搞特殊，可别怪我不给面子。

果然，伺机而动的单位和个人，你望我，我瞅你，再没有谁敢出头。婚礼进行得异常简单而顺利，前来迎娶冬萍的也只有程建文带着的一辆桑塔纳和一部中型农用客车，客车里坐的是镇上响器班的几位学徒。来程家参加婚宴的也只有程家的亲朋和建文、冬萍各自要好的几个同学，搁到一块儿也就几十个人。别说风光和排场，连凑来看热闹的街坊们都觉寒酸。好在冬萍一向不爱闹，又有公公"旅游结婚"的许诺激励着，也就没觉得丢份儿，没觉得丝毫不妥。

婚礼结束才下午一点多，照应完客人的大儿子程革命找到程四民，问父亲下边还有什么事儿，程四民说，没什么事儿了。程革命说，没事儿我回了，下午我还要去王花园，把欠他们村烟农的账清理一下。程四民说，去吧，见了王花园的王明远村长给我带个好。

程革命答应着，从裤袋里掏出钥匙，去推自己的摩托车。程四民忽然又叫住了他。

程四民盯着儿子的裤腰带，那些和钥匙连在一起的滴溜瓜达的玩意儿立刻被放大了，其中最扎眼的就是那把镀铬的弹簧刀了。程四民似乎想说什么，但话到嘴边又咽了下去，只是摆摆手说，算了，没事，你去吧。

程革命回到烟站，也没进家和因怀孕而在家里休养生息的老婆刘军军打个招呼，就拉上自己的哥们儿刘华民，说走，和我一起去王花园。

摩托车拐上土坡路，卷起的烟尘弥漫开来，差不多淹没了整条道，也淹没了两个人的背影。

与建文同学三年，又正儿八经地谈了这么长时间恋爱，冬萍却是第一次见到程建文的娘。建文说，冬萍，这是咱娘。冬萍喊过一声"娘"，还没有说上话，就有亲戚来了，只好赶过去招呼。一直到黄昏，客人们才陆续离去。一家人围着桌子吃了晚饭，边看新闻联播和焦点访谈。片尾还没有结束，程四民就说，你们两个都忙活了一天，我和你娘也累了，明天你们还要上路，有话咱改天再唠，今个儿就早点睡吧。

公公和婆婆离去后，建文对冬萍说，你先回房吧，我去把大门锁上，把院里的灯熄了。

新房里只有冬萍一个人。冬萍斜倚在海绵靠垫上，出神地望着周围崭新的家具，家具上的器物、鲜花和墙壁上悬挂着的她和程建文的婚纱照片。她轻轻地伸出手，试着把顶灯熄了，打开壁灯，粉红色的灯光顿时如薄雾般涌满房间，一切都在刹那间变得如梦如幻，照片里的一对新人也摇曳生姿地动起来，女的梨花带雨，男的满面春风，多么幸福的一对舞蝶呀，此刻如果打开窗户，他们一定会轻盈地飞出去，蹁跹蓝天下，弄影白云间的。

只是不知道程建文现在是不是还睁着眼睡觉，冬萍忍不住"扑哧"笑出声来。

新娘子，笑什么呢？不知道什么时候，程建文已经回到房间里，有些奇怪地望着冬萍打趣道。

没——没笑什么——冬萍本想遮掩一下，却不想笑得更厉害了。

不行，必须老实交代！程建文说着也坐过去，轻轻地把冬萍揽在了怀里。冬萍嘴里嘤咛着，身子使劲地往外挣脱。程建文却愈加用力，冬萍渐渐有了来电的感觉，最后就放弃了抵抗。很快，冬萍的满头长发扑散开来，两个人麻花一样拧在了一起。

建文抚摸着冬萍的头发、面颊、脊背，亲吻着她的额头、眼睛、嘴唇。他做这一切的时候，显得粗鲁而又细致，笨拙又执着，急切而又忐忑，热烈而又柔情。从程建文的手指和嘴唇上，冬萍感到程建文似乎正经受着无数剪不断理还乱的矛盾和焦虑的煎熬。她干脆停下了自己，如同一个乖乖的婴儿，闭着眼睛静静地等待着程建文。

我想好好看看你。程建文伏在冬萍的耳边，轻轻说。

冬萍没有说话，她配合着程建文把身上的衣服一件件脱下来，终于，她赤裸的身体像一件完美的艺术品一样呈现在了程建文的面前。

建文后退了一些，一边脱自己的衣服，一边眼睛不眨地注视着冬萍的身体，冬萍摇曳生辉的脸庞。粉红的灯光萦绕着冬萍的每一寸肌肤，仿佛她只是一个遥远的梦，今天，终于穿越千山万水来到了程建文面前。现在程建文也完全赤裸了，两个人面对面地站着，像乐手和绷紧的琴弦一样对峙着。虽然冬萍的目光里没有丝毫的敌意和拒绝，但有一瞬间，程建文确实感到了一种对峙的紧张和压迫，他甚至已经隐隐听到身体的某一部分正在传来坍塌的声音，他摇晃了一下身子，终于站稳了。他额头上已经有细密的汗珠沁出来，他不再犹豫，伸出手，把展开的冬萍放到了床上。

房间里的温度在急剧上升。恍惚之间，冬萍觉得自己已经从云朵上落到了月黑风高的旷野，放眼四望，天地间一片漆黑，没有星月，也没有灯光，一头饿狼突然长嗥一声，蹿出草丛，疯狂地向她扑来。冬萍慌不择路地奔逃起来，而饿狼却盯准了她，毫不放松地紧紧追赶着，饿狼和她之间的距离越来越近了。她听见了饿狼粗重的喘息。饿狼的胡须触到了她的耳垂。饿狼向她张开了血盆大口。在程建文登上顶峰的瞬间，她死死地搂着程建文的脖子，含混不清地叫了一声。

峰，救我！

冬萍眼前的幻象突然消失殆尽。

建文躺在那里大口地喘了几口气，说萍，你刚才喊什么？

没有听见冬萍的回应，程建文坐起来，扳过冬萍的脸。他看见闪烁的泪水正从冬萍紧闭的眼睛里涌出来，瞬间漫过了她的脸颊。

建文靠过去，捧着冬萍的脸，亲吻着她脸上的泪痕，嘴里反复地念叨着，"我一定对你好，我一定对你好，我一定对你好……"

冬萍不明白，那一瞬间她为什么喊出了谢旭峰的名字。这和她与程建文做爱前的想象多么不同啊。她突然感到自己已经被什么撞得支离破碎，碎成了千万片瓦砾，崩散消失在茫茫夜空里，而且再也不可能找回来，拼贴得完美无缺了。

她回头看了看程建文，这个她一生相托的男人此刻已经睡熟，他的嘴角带着满足的微笑，眼睛也微微闭阖着。她长长地舒了一口气，内心又升起了一种隐隐的失落。

她想，天亮以后，她就要和这个男人一起出发了。

睡去之后，冬萍做了一个五彩缤纷的梦。在梦里，她和她的新婚丈夫一起出发了，他们乘坐的火车穿过梨花镇，穿过县城，穿过更多的桥梁、河流、城市和山川，穿过春夏秋冬，呼啸着向着云端之外的美丽天堂飞去，火车上开满了鲜花，车窗外更是鲜花的海洋，她挥一挥手，所有的鲜花都跟着火车一起向天堂飞去。

程建文的喊声把冬萍从梦中拉回了现实。程建文的喊声像被刀砍过一样带着深深的恐惧和失魂落魄。

冬萍，快起来，程建文说，快，家里出事了。

冬萍揉着惺忪的眼睛，不满地嘟囔，干吗呀？

革命死了。革命被王花园的人给杀了。建文咽了一口唾沫，爸和娘已经去了派出所，你在家好好待着，我去了。

没等冬萍搭腔，程建文就慌里慌张奔出了房间。冬萍坐起来，衣服不穿，妆也不梳，冷冷地待在了那儿。事情的变故来得过于突然。她不知道自己能做些什么，也不知道自己该做些什么……

中午的时候，程革命的尸体被运回了梨花镇派出所，陪程革命一起回来的还有灰头土脸的朱所长。朱所长后来说，他办案几十年，像程革命这样全身骨头都被打得粉碎者还是头一回碰到。

案子本身并不复杂，程革命当天晚上和村委会的一帮人都喝了太多的酒，席间程革命和村长王明远发生了口角，接着动起了手，王明远当场毙命。程革命被闻讯赶来的王花园的后生们癞皮狗一样塞进麻袋，扔进一间黑咕隆咚的屋子，乱棒打成了一堆烂泥。王花园的人活儿也干得利索，既没给他们的老镇长留任何脸面，也没留任何挽救机会。朱所长带着派出所的干警赶到事发地点时，所有参与打死程革命的年轻人都已逃得无影无踪。朱所长磨破了嘴皮，拍烂了桌子，硬是没有撬开一个村民的嘴巴。闻讯赶来的程家亲戚和看热闹的人们，满满堂堂挤了一院子，大家以程革命的停尸床为中心，自动围成了一个圈儿，把程家的人围在了中间的一小块空地上。新婚的冬萍也赶来了，尽管没有人要她来。冬萍的心情在不到一天的时间里，从快乐的峰顶突然跌入了沮丧的谷底。她眼巴巴地瞅着哭成一片的家人和亲戚，他们源源的泪水在她的眼前交织着，这一片四起的哭声，把冬萍心底的陌生完全消除了，她的心也像有一把锯子来回锯着，渐渐淋淋漓漓地疼起来。革命的媳妇刘军军泪水哽咽着，不但哭得满脸狼藉，笨重的身体也摇摇欲坠，冬萍惊呼一声，赶紧挪过去，从身后扶稳了她。程四民脸色铁青，坐在朱所长办公室的沙发上，一支接一支地抽烟。朱所长则像一个做错了事情的孩子一样，沮丧地坐在程四民对面的椅子上。

程四民的克制出乎朱所长和所有人意料。程四民对朱所长说，算了，咱的儿子金贵，人家的儿子也是儿子啊。只是看见孩子死得这么惨，我又动摇了。哎，一命抵一命。我也该回去把儿子入土了。

当天下午，程四民亲自去梨花镇南头的棺材铺里，给儿子挑了一副上好的棺材，回来把程革命盛了，就携全家扶柩回程路口发丧去了。临上路的时候，程四民给刘镇长打了电话。刘镇长说记住了，您也要节哀，多保重身体，同志们准备明天早晨集体过去给革命送送行。

不！程四民说，兄弟，你看我人还没丢尽咋的？饶了我吧你。

程革命的死给了程四民太大的打击，他不但头发变得花白，挺直的身躯有了弧度，而且也看破红尘似的万念俱灰了。据说就在见面会后，程四民直接找到新到任的县委林书记，坦陈了自己的情况和想法。林书记当即答应考虑。一个星期后调令正式下达，程四民回到镇上，和同志们简单道了个别，就让程建文夫妇搬去了粮库家属院，交了房子，轻车简从，上任去了新单位。

和程四民的调令同时下达的还有一份由新任县长签发的《关于严禁全县一线教育工作者调转其他行业任职的通知》。《通知》不但规定不允许新人调出，而且要求年内办理过调动手续的同志也要在限定的时间内立即归队。冬萍一下子傻了眼，去找程四民问怎么办？等吧，程四民说，眼下只能等了，赶上这个茬口，我又刚离职，恐怕找谁都不一定好使唤。

冬萍只好悻悻回了梨花镇中学，冬萍在家等啊等啊，等得树叶落了，麦苗青了，雪花也若有若无地飘下来，出门就必须穿上羽绒袄了，终于也没把好消息等回来。冬萍练了一个暑期的算盘算是瞎子点灯了，她懊恼得把算盘狠狠地摔到床上，又无可奈何地拿起了厚厚教科书，五线谱上的音符却一点也不乖，总喜欢幻化成噼里啪啦的算珠在她眼前跳来跳去，和她过不去。

在梨花镇，程家不再是引人注目的程家，冬萍也不再是风光耀眼的冬萍，她不得不从天空落回地面，不得不又和梨花镇的芸芸众生一起站在了生活的同一条起跑线上。冬萍想，就算是生活跟自己开了个玩笑吧。

4

偏僻的梨花镇，秋天总不像课本上描写的那样富有诗情画意，秋收接着秋种，耕锄犁耙，施肥撒种，保墒抗旱，大街上轰轰乱乱比平日还惹人心烦，校园里的孩子们也难静下心来，冬萍有几次甚至和学生发生了口角，一直闹到校长李海强那儿，李海强当面批评了学生，学生离开后又提醒冬萍要多注意方式，注意对待学生的态度，把学生惹火了转去别的学校，老师们的年终奖金就都泡汤。冬萍也火了，说我总不能把他们当亲爹娘侍候吧。李海强也把脸拉长了，这我不管，反正因为谁走了学生，我就让他走人！李海强把书摔在桌子上，气咻咻地甩手出门，把冬萍晾在了办公室。

星期五开例会上，李海强不点名地批评了冬萍。李海强说，有些同志总是不注意管理方法，这怎么行呢？我们的一切工作就是要以学生为中心，留得住学生，才能谈到升学率，才能谈到社会效益和经济效益。李海强的目光在冬萍的脸上停了足有一分钟。又一个星期天远去了，教导主任找到冬萍，说何老师，一（1）、一（2）班的数学刘老师请假了，学校研究决定把刘老师的课转交给你，一会儿你去教导处办理一下交接手续吧。教导主任没有给冬萍留下任何商量的余地。冬萍算是领教了人走茶凉的滋味。

改了新课头，课时数增加了，而且改作业的时间也要挤出来，冬萍在家的时间越来越少。连她是什么时候怀孕的，程建文都没有发现。有一天，冬萍正在给学生推导平方差公式，两个数的平方差为什么等于两个数的和与两个数的差的积，冬萍一边讲，一边往黑板上板书。数学的严密逻辑虽不容易，但两个月下来，冬萍也已经游刃有余了，她就是偏要教出些名堂来，给那些势利小人看看，她冬萍并不是一个靠着关系进到学校里的花瓶，她要比他们更优秀，想等着看笑话吗？瞎了你们的狗眼！冬萍刚把公式的前半部分写出来，等号写了一半，胃里却不合逻辑地翻了上来，她使劲咽了一口唾沫，想弹压下去，但没用，一股恶苦还是像挣脱了缰绳的疯牛，一头撞了上来。冬萍扔下粉笔就往台下跑，还没来得及跑到门口就"哇"地吐了一地。冬萍想，娘啊，这次怕要把胃吐出来了。冬萍下意识地往地上瞅，连后边的学生都站起来，也帮着老师瞅，他们当然没有找到冬萍的胃，他们看到的只有一片绿绿的清水。两个月没来红，莫不是怀孕了吧？冬萍问自己。胃里比刚才好受了些，心里却复杂起来，冬萍蹲在地上，不但讲课的心情完全没了，站起来的力气也提不上来了，只好挥手让学生改上自习。下课后，冬萍骑车去了镇医院，她找到妇产科的值班医生，查了一下尿样。医生告诉她，说她怀孕了，还说一定要注意休息，多吃水果和蔬菜，特别是菠菜和胡萝卜，能增加血液里的铁元素和维生素含量，对胎儿的生长发育大有好处，不爱吃也得吃，咬着牙也要吃。冬萍答应着往外走，经过集贸市场的时候，一股怪味冲进鼻孔，差点又没吐出来，冬萍坚持进去买了菜，却并没有买医生点名的菠菜和胡萝卜，她得回去和建文商量商量，这么快就生孩子，冬萍没有思想准备，也不甘心。

傍晚的阳光透过薄纱的窗帘照进房间，连空气中飘浮的尘埃也隐约可见，冬萍坐在床头，望着镜子里的那个人，那是一张被疲惫和焦虑折磨着的憔悴的脸，眼睛暗淡无光，头发像几天没有梳过，最主要的是没有丝毫生气和活力。这个陌生的女人，就是自己吗？冬萍想。

天黑的时候，程建文终于回来了。也许是连续几天倒库的原因，程建文的衣服脏乎乎的，人也瘦了一圈，站在冬萍的面前，几乎有些弱势。晚饭罢了，程建文说要去库里浴池洗澡，就拿起衣服出了门。冬萍打开电视，不停地用遥控器换频道，换过一遍，又重来一遍，还是没有找到合意的节目，干脆闭了开关，回到卧室，和衣躺下，拿起一本《读者》看起来，却翻来覆去一个字也没有看进去，便烦躁地丢开书，闭了顶灯和壁灯，闷头睡觉。别说，开始没有一点睡意，她就学起《读者》上交代的方法数起羊来，一只羊，两只羊，三只羊……数到五百多只以后，她还真迷迷糊糊睡着了。她是被程建文给抚弄醒的，她醒过来的时候，程建文的双手正从背后环绕过来，轻柔地在她双乳上摩挲着，弄得她乳头都有些痒痒的，她全身的衣服也已经被除去，她想推开程建文的手。程建文见冬萍有了反应，手上反而加重了劲道，口中也不言语，两条腿和整个身子也从背后用起力来。冬萍不再反抗，死鱼样一动不动，任由程建文揉捏动作，直到程建文一阵抽搐后安静下来，才"啪"地揿亮壁灯，转过身，恶狠狠地望着程建文，半天，却又突然伏在程建文的怀里哽咽起来。程建文只愣怔了一下，就把冬萍紧紧搂住了。在这个冷冬的深夜，他们像两片孤单的树叶在对方的身体里寻找着空气里所没有的温暖。冬萍没有向程建文提出不要孩子的想法，她用嘴唇一遍又一遍地吮吸着程建文的泪水，含混不清地念着程建文的名字，主动发起了攻击。

5

革命的百天忌日快到了，革命媳妇临产的日子已屈指可数，程四民暗自祈祷两个吉凶日子千万别赶到一块。程四民给程建文打了电话，嘱咐小儿子抽时间回去看看。一旦有什么事情，要马上告诉自己。程四民说，"尤其是你嫂子，原本完全可以拍屁股走人的，人家凭什么就该给咱家遭罪生娃娃？回去一定别忘了买点补品带上，花多少钱回头我还你。"程建文答应着，还告诉父亲说冬萍也怀孕了。程四民也喜不自胜起来，说好，看来我提前退休也不愁没事情做了。程四民又让建文喊冬萍听电话，嘱咐冬萍要多保重身体，学校里的课要继续上，而且要上出色，其实你干的所有事情都是下一步的积累，把眼下的事做好才是最重要的，其他乱七八糟的不要多想，你想多了又有什么用，自古好事多磨，总会有办法的嘛，要相信车到山前必有路。听得出公公的话语里还是蛮有底气的，冬萍答应着，心里踏实下来，脸上也有了笑色。

家里的消息很快传来了，不过却不是程四民希望听到的。建文在电话中告诉程四民，还没有等到自己回家，家里就报信说革命媳妇昨晚生了。建文笑着说男孩女孩？来人说男孩女孩都有的。程建文说我操，刘军军太牛了，竟然给我哥生了龙凤胎。来人说建文你先别高兴，革命媳妇赶早了。程建文说你这是什么意思，不是出什么事了吧？来人说，我不出事儿我干么天不亮就跑来找你？主要是家里毫无准备，半夜的时候，革命媳妇突然喊肚子疼，而且疼得越来越厉害，两条腿也跟着抽起筋来。你娘慌里慌张去喊金光医生，不巧金光医生出诊不在家，你娘只好喊醒了我，请我帮忙去邻村请万仓医生，我想这可是人命关天的大事，不敢有丝毫怠慢，但等万仓医生赶来，革命媳妇已经痛昏迷过去，我们七手八脚把她弄醒过来，金光医生也赶来了，金光和万仓一起动手，折腾了足有一顿饭工夫，才把先来的男孩接出来。可能憋得时间太长的缘故吧，孩子的小脸乌紫烂青的，万仓医生又是拍打孩子的脚心，又是嘴对嘴地吸痰，忙活得汗水顺着脸不停地往下淌，也终于没有把孩子留住。后来的女孩虽然也费了不少周折，但总算保住了一条小命。革命媳妇儿醒过来，知道儿子没有留住，饭也不吃，一个劲地哭。你娘也没了主意，只好又让我来找你，让把情况告诉你爸。

　　程四民做梦也没想到儿媳妇刘军军竟然生了龙凤胎，更没想到孙子没和自己打个照面，就又突然夭折了，儿子若泉下有知，一定会骂死自己这个做父亲的，程四民想着，禁不住老泪纵横，对着话筒失声痛哭起来。程四民安排建文先请个假，和一起冬萍回去，自己也会尽快赶回去。

　　送走了报信的邻居，建文也简单收拾一下，推着车子出了门，和程建文一起上路的还有已经怀孕在身的冬萍。正是"三九四九冰上走"的时候，尽管穿了厚厚的羽绒服，出了梨花镇，西北风刮在脸上，咔咔几下，不但脸皮生疼，身上也打起寒战来。极目眺望，满眼都是皑皑的白霜，远近的村子像睡着了似的，迟迟没有人走出来。太阳一出，那白霜立刻染上了一层薄薄的晕红，让人联想到刚出生的婴儿吮足奶水后睡熟的微笑。冬萍心里空旷又凄凉。建文说，"天儿太冷，要不你还回去？"冬萍不同意，说那怎么行呢。建文拗不过，只好又让冬萍坐上去，猫下身子，狠命地踩踏板，不一会儿，身上就沁出了津津的热汗来。

终于到了村口，建文让冬萍下车，自己匆匆和相熟的人打招呼。冬萍跟在建文身后，也不说话，只顾低头走路，一直到听见程建文低声说"到家了"才抬起头来。

建文喊过好一会儿，门才开了。看到婆婆，冬萍低低地叫了一声"娘"。婆婆却不买账，寒着脸转身回了屋，冬萍的心里不由一沉。屋子里挤了许多冬萍并不认识的乡邻，冬萍把两只手放在一起来回揉搓着取暖，小心翼翼地向他们打招呼。冬萍向婆婆提出要去看看嫂子和刚出生的宝宝，婆婆却以刘军军和孩子刚刚睡着为理由拒绝了，之后就把脸转过别处，不再看冬萍。冬萍讨了个没趣，正不知如何下台阶，院子外边突然传来了几声汽笛响。屋子里的人意识到是主人回来了，都抬眼往门外看，里边坐着的几位还站起了身子。

程四民走进屋，和在座的乡邻打了招呼，跟他们握手敬烟，最后把目光停在了妻子脸上。从公公进得屋来，冬萍的目光就再没有离开过他，程四民穿了一件半旧的绿色军大衣，脸色凝重，在他的目光和婆婆相遇的刹那间，冬萍发现婆婆刚才看自己时的嚣张和冷漠早已消失殆尽，代之而起的是谦恭和莫名的恐惧，仿佛整个人都突然小了一圈儿，这种作态是那么熟悉，使他突然想起了面对父亲时的娘，冬萍甚至开始可怜婆婆了，她不明白，这么多年，公公完全有条件把婆婆带在身边的，但他为什么把一直婆婆留在老家呢？仅仅因为几亩承包地吗？冬萍正在胡思乱想，突然听到公公说：孩子呢？

睡——睡着了。婆婆的声音极低，而且有些结巴。

我问的是我孙子！

冬萍看见公公的胳膊闪电般伸了出去，冬萍下意识地闭上了眼睛。"啪啪"两声脆响落地，等她睁开眼睛再看时，婆婆的脸上已经应声红起了两片掌印，嘴里血丝也流下来了。旁边的人赶紧拥上去，程四民这才住了手，但嘴里却没有停止痛骂。婆婆一边哭，一边为自己辩解，说，死了儿子又折孙子，难道都是我的罪吗？算卦的都说是建文媳妇进门妨害的，你偏不信，……看妻子还要往下说，程四民眼睛都生烟冒火了，你个 × 女人，再信口胡呲，我把你嘴撕烂！

冬萍站在一旁，面色越来越苍白，原来婆婆早已把家里连遭不幸的罪过安在了自己头上，可怜自己却一直蒙在鼓里，怪不得公公总是推脱自己的承诺，怪不得建文听说自己怀孕竟高兴得失声痛哭，怪不得自己大老远冒着严寒跑回来，热脸撞上的只是婆婆的冷屁股，原来船在这儿弯着呢，冬萍双手捂着脸，不顾一切地冲出了程家院门。程四民指着妻子骂，妈拉个巴子，不把这家弄零散了，你是不甘心的！程四民骂着，竟挣脱了乡邻们的拦阻，冲进了刘军军的房间。程四民对躺在床上默默流泪的刘军军说，起来，跟爸走，跟爸到城里去，这个疯女人毁了革命，毁了这个家，再待下去，她会把我孙女也毁了的。刘军军望着程四民扭曲得走了形的脸，不敢再犟下去，把孩子包好了，程四民夺过来搂在大衣里，又让刘军军抱了被子跟着，头也不回地出门上了车，告诉司机说，走！

汽车颠簸着驶上村路，很快就消失在了人们的目光尽头。建文也骑上自行车追赶冬萍去了。围观的人群到中午也渐渐散去，空旷的院子里只剩下了程四民妻子一个人，形容枯槁地独对着苍凉的夕光和被拉长了的光秃秃的树影。

回到梨花镇，冬萍不吃不喝不说话，关起门闷头睡了三天三夜，任凭建文怎样哄劝，一次次把做好的饭菜端到嘴边，愣是不折头。建文急得都要哭了，给父亲打电话，那边总是没人接。冬萍学校里的课撂了不说，建文也不得不请了假，焦头烂额地守着冬萍，不敢离开半步。第四天早晨，冬萍竟自己起来了，而且比程建文还早。冬萍说，上午你去班儿上吧，我好着呢，我也去学校上课了。建文不知所措地望着冬萍。冬萍洗完脸，正在对着镜子梳妆，镜子里的冬萍脸色有些苍白，眼睛里血丝纵横，红肿还没有退去，但精神头儿却出乎意料地足。过一会儿再看收拾停当的冬萍，程建文甚至都有些怀疑眼前这个女人还是不是和他一张床上睡了几个月的冬萍，他以前可从未发现冬萍竟然如此光彩照人。

冬萍其实并不是睡了三天三夜，而是眼睛不眨地想了三天三夜。冬萍终于想通了，其实从走进这个家庭的第一天起，她就迷失了自己，你冬萍算什么，你以为你是下嫁的公主呀，你只不过一个脸蛋子靓一些的女人罢了，碰巧被程四民挑上，并成功娶来做了儿媳妇，自打被程建文抱上婚床那一刻起，你就从英镑美元贬值成了越南盾、意大利里拉，成了有人要没人疼的狂甩货。竟然做梦还想着给你转行，提携着你发达、富贵，你太不知道自己几斤几两了，你能说程家接连的倒霉事儿冥冥中和你没一点干系？人啊，你得信命，你得信人该三枪死，逃不过一马叉，也许你这辈子还有富贵发达的那一天，但你不能指望着程四民或者别的什么四民把这一天给你奉送上来，还是《国际歌》唱得对，"从来就没什么救世主，也没有神仙皇帝"，如果有，那就是你何冬萍自己！

6

日子并不都像表盘里的分针秒针那样按部就班，有条不紊，它慢的时候如老牛破车，吭吭哧哧，快的时候却又疾如闪电，稍纵即逝。诗人写道，春天像一只从日历出发的鸟／贴着薄薄的水面飞来。诗人继续写道，"一只鸟飞进我的眼睛／又一只鸟……"可惜冬萍不是诗人，尽管冬萍上学那阵子曾经喜欢过诗，喜欢汪国真和席慕蓉，喜欢过泰戈尔的"使生如春花之灿烂，死如落叶之静美"，还在日记本里偷偷写过几句，她把自己写的诗拿给谢旭峰看，谢旭峰却说，这也叫诗？分行的散文都算不上，我来给你背一首真正的诗，"打钟的声音里／皇帝在恋爱／一支火焰里／皇帝在恋爱……"

谢旭峰是学校文学社的社长，在省报的副刊上都发表过诗的，既然他说不是诗，那自己写的肯定不是诗了。从此后冬萍再没有做过诗人梦，但却稀里糊涂地就爱上了当时正沉湎在诗人梦里的谢旭峰，把正在好着的汤学礼也炒了鱿鱼，现在的冬萍早已经和诗彻底绝了缘分。她的脑子里满满当当都是定理、定义，方程、不等式。她把根都一门心思扎到了学生身上，勤勤恳恳教书，呕心沥血育人，直到儿子出生都没离一天岗，产假只休了一半又上了班。冬萍还坚决让程建文断了和家里的联系，冬萍说，"反正我就是你们家的丧门星，要么你把我扫地出门，要么你把你们家一窝扫地出门，就这么着，你看着办吧。"

但程维子出生的时候，程四民还是来了。

程维子是冬萍刚刚出生的儿子。

程四民说，看来老天爷还没睡死，他不灭我程四民这一门啊，我这不是孙女孙子都全了吗？我还有啥求的？

冬萍冷冷地望着程四民，冬萍想，程四民你就把戏演下去吧，你以为我冬萍还是毕业那会儿的冬萍，还信你的鬼吹灯，拉倒吧你。

冬萍一言不发地走开了。

这一个多月里，冬萍算是享尽了清福，衣来伸手，饭来张口，程维子的尿布也不洗半片。不是冬萍不愿洗，而是建文根本不允许冬萍伸手。正是秋冬交尾的季节，夏粮秋粮都入了库，年底倒库的脏累活儿还没有开始，建文没事儿做，一门心思在家伺候起老婆儿子来，一个月下来，冬萍不但身体复了原，也比原来白了，胖了。上粮库的地磅过了过，一百二还挂零儿，唉哟妈呀，比怀孕前整重了二十斤，二十斤是个什么概念，三口之家买过年的肉也就这么多吧，冬萍不敢往下想，大张着嘴巴，活像一条正在被刮去鳞片的草鱼，老半天也没有合上。冬萍不但当即断了鸡鱼肉蛋糖，香蕉苹果也不敢再吃。建文说，你洋活着呀？喝西北风呗。冬萍说。其实胖点比瘦更好，杨贵妃要不胖，能倾国倾城迷死唐明皇吗？我还真就喜欢你胖，胖一点压在身子底下舒服。程建文嬉皮笑脸。冬萍说，放你娘狗屁，你几时也油嘴滑舌起来。

产假休了一半儿，冬萍就要求上了班。上完中午的课从教室里出来，冬萍在走廊里碰见李海强。李海强破天荒地把冬萍从头表扬到了脚后跟儿，还说产假期间上班工资加倍的，等一会儿我去给教导处陈主任说一下，不过你可别为了这点钱再像生产前那样不要命呀。冬萍说，怎么着，校长不欢迎我早来咋的？不！不——李海强急忙摆手道，何老师你误会了，我是开玩笑，意思要你要多保重身体，多保重身体。

有人喊李海强接电话，李海强赶紧借坡下驴，回了办公室。

期终考试成绩很快出来了，冬萍带的两个班，人均分一个站了第六，另一个叨陪第八，全镇四个中学再进行比，名次就更靠后，有点拖学校总成绩的后腿。李海强说，考虑到何老师这个学期休产假，又能提前归队上岗，我们就哪说哪了。下个学期，不论哪位老师，也不管何种原因，凡拖学校总成绩后腿者，一律请另择高就。我们学校就是要庸者下、能者上，要公正、公平、公开。坐在主席台上的李海强语气铿锵。再辅以举拳头捶桌子的手势，格外有煽动性，有感染力。有人在下面鼓掌，许多人都跟着鼓起掌来。冬萍没有鼓。冬萍坐在后排角落里，不看别的人，也没有看前台的李海强。但她能感觉到自己的脸在火辣辣地疼，像被李海强劈脸打了一巴掌。但这一回她没有犟。你有什么道理犟呢？你没有考好，你有短处在人家手里握着呢，人家不让你动弹，你就不能翻身，自古考场如战场，胜者王侯败者寇，有本事你也拿个全学校第一名，全梨花镇第一名来，回头你往李海强嘴里抹屎他都会说是甜的，他吭都不敢吭，还敢对你张牙舞爪，声色俱厉？事后冬萍都惊异自己怎么嘴巴越来越不饶人的同时，竟然还能磨出了一股装"鳖"的耐性。

　　人真是一种不可理喻的动物。冬萍想，人真是一种不可理喻的动物。

7

　　最后一声爆竹像一个完美的句号，把过去的一年永远留在了记忆里；又像一个惊叹号，吹响了新一年的冲锋。在这个美丽的叹号前面，正是东方地平线上冉冉升起的红彤彤的太阳。

　　正月初三，是约定俗成的拜丈母娘的日子。程建文一大早就抱着程维子，和冬萍去了丈人家。

　　没结婚以前，冬萍一直不明白大姐为什么轻易不回家来，自己结过婚，经历过这多风雨，又生下程维子后，才算明白了七八分。这个家只是父亲何文全的家，而她和大姐一样，都只是匆匆的过客，你要是真在外面混出了个人模狗样，倒还可以回来耀武扬威一番，但现在你有什么呢？大姐是个农民，你又是什么人物儿？不过每个月拿那么三百多块大洋还总不能按时发放的穷教书匠，说白了还不是一个席上，一个苇子上？还是秋萍最牛气，嫁给了计划生育，管着不计其数的超生罚款，不但买来皮衣、皮靴、皮裙、钻戒、项链把自己从上到下，从内到外武装到了牙齿，而且还成了梨花镇第一批兜里揣上手机的国家公职人员。连化妆品用的都是美国资生堂的。讲文化，秋萍不也就一师范毕业吗，比长相，秋萍眼是小的，胸是瘪的，上身长下身短，细看甚至都有点比例失调。但秋萍命好，命好就嫁得好，嫁得好就一切都好。哪像自己，嫁过去第二天就克死了婆家哥，接着克得公公万念俱灰改了闲职，克得侄儿落草就一命归阴，热热闹闹一大家子人呼啦啦就散了，和天塌地陷有什么两样？小时候娘总说自己命硬，命硬的人就是这样：靠山，山倒；靠水，水断。你就得打碎牙齿往肚子里咽，你要拼命赢别人，把别人赢得心服口服。教书是这样，在爹娘面前尽孝也是这样。尽管爹娘从没有讲究过哪个女儿拿的东西多或少，金贵或平常。但兄弟姐妹们可是较着劲呢！大家谁也不说破，但各人心里却凉水似的，透亮得很呢！

冬萍先到家，接着是秋萍夫妻，最后进门的是大姐春萍的儿子和女儿。这两年儿子和女儿起来了，春萍干脆来得更稀少了。

饭吃到一半，响起了急促的敲门声，春萍的儿子急忙去开，进来的是两个陌生的穿警服的男人，其中的一个问，请问这是何镇长家吗？何文全把刚端到一半的酒杯又放到了桌子上，说，我就是何文全，你找——

我是县检察院反贪局的，来找梨花镇计生站的会计何秋萍同志。请问哪一位是何秋萍？何秋萍抖抖索索地从椅子上站起来，脸上已经没有一点血色。来人把脸转向何秋萍，说，何秋萍，你因涉嫌梨花镇计生站长周庆生贪污案被依法拘留。请跟我们走吧。

何秋萍很快就被带走了，一阵风一样被带走了，就像事情小得只是这顿饭的一个插曲。全家人都面面相觑愣在那儿。这一顿团圆饭也没有继续团圆下去。

冬萍和建文一起闷着头往家走，她感到心里堵得发慌，一股悲凉升上心头，冬萍突然觉着活着特别没有意思。

汤学礼调任梨花中学校长出乎所有人的意料。凭良心说，李海强主政的这些年学校还有了不小的发展。梨花中学不但坐稳了梨花镇四所中学老大的位置，而且在县里也有了点名气。但李海强的年龄却不合时宜地到线了。对于李海强这样的实力派，最可怕的不是上级的压和下级的拱，而是吃人的年龄，到了五十五岁，一刀切。下！你就得老老实实下去，美国总统那么牛，干满两届还得下去呢，何况你一个镇中校长。李海强悻悻地下了台，这梨花中学的一统江山就落到了从杏花乡一个普通老师平步青云上来的汤学礼手上。十年河东十年河西，这走出校门才六个年头儿，这小子不知抱住了谁的粗腿，眨眼间就爬到校长的位置了。看来，人还是真不能隔着门缝瞧啊。

冬萍这几年在梨花中学也渐渐成了气候，说话也有了斤两。算是给自己挣足了脸面。"朝廷"里没有了程四民的大旗，反而赢得了学生和老师更多的尊重，冬萍知道这都是每次统考和竞赛排在第一的"盛名"给撑住的。这个"第一"不仅是梨花中学的"第一"，而且是梨花镇四所中学的"第一"，有两次还是全县的"第一"，这个"第一"的含金量是很足的，到后来甚至梨花镇都找不到哪位同课头的老师再对她形成威胁了，年年的模范总少不了她。李海强说，我就是钦佩何老师这股不服输的劲儿。谁要是不服，你不妨出来遛遛，看看自己究竟是骡子还是马。今年的晋级指标就是只有一个，也要给何老师。冬萍现在开会不再找后排的角落，她喜欢坐前排，但她还是不看周围人的脸，不看前台李海强的脸，冬萍只在幻想中看自己桃花灿烂的脸。一般情况下，一个人盘口走低时不看别人的脸，是不敢看。盘口走高时不看别人的脸，则是不屑看。冬萍现在就不屑看别人的脸。小的时候她看父亲何文全的脸，谈恋爱的时她看谢旭峰的脸。结婚后看程四民和婆婆的脸。她看别人的脸已经看腻烦了。但要别人看你的脸，如果不仗势依权，背地里就得流汗流泪去挣，这时候你当然很累，但想到别人看自己脸的那一会儿的光荣，你就不再感到累，你累得其所啊。有许多家长带着孩子来到梨花中学，指明非冬萍的班不进，只要安排进何老师的班，借读费没问题。否则，走人。李海强说，何老师求你了，再接一个吧，这个实在推不脱呀。陈主任也说，为了咱们学校的明天，我也代表全校老师求何老师了。冬萍这才松了口。说好！这个学生我接了。冬萍这时的心情只有一个字可以形容：爽！爽死了！

汤学礼上任第一天和全体老师见了面，晚上就去了冬萍家，汤学礼买了许多水果，还给程维子买了一套好看的米老鼠童装，并且在冬萍家里吃了饭。汤学礼非常诚恳地向冬萍征求"进一步强化学校科学管理、全面提高教学质量"的意见和建议。不但没有遭遇尴尬，而且汤学礼还如此不计前嫌，是冬萍没有想到的。冬萍也被感染了，一条一条地提出了自己的设想，汤学礼赶忙掏出笔记本，很认真地记录。汤学礼说，还是老同学给我掏心窝子，汤某初来乍到，还得依靠你这棵大树乘凉呀。汤学礼拉着胡司令的长调，自己先笑了，冬萍也跟着笑起来。冬萍说，我哪里是什么大树，你汤校长才大树呢。那好！就算我们都是大树，彼此乘凉行不行？汤学礼说，冬萍，说实话你考虑一下，明年陈主任就要退下来，你要不嫌弃，就接过教导处这一摊，我们一起干，怎么样？不行！我怎么能行？冬萍赶忙摆手，我一个女人家……汤学礼说，你先别不行，还有一年时间呢，你慢慢考虑去，等好了再给我回话。

汤学礼要回学校，冬萍送到大门外。两个人握手道别的时候，汤学礼顺势在冬萍手背上拧了一下。冬萍心里"咯噔"响一下，愣在了那里，等她回过神来，汤学礼已拐过墙角不见了。

改不了吃屎的狗东西！冬萍刚刚还激动的心被刺了一下，忍不住暗暗骂了一句。

8

秋萍从劳改农场回来了。娘打电话过来，说你爸想你们呐，夜里常常想得哭醒，你们翅膀都硬了，他再怎么着也是你们的爸呀，还有秋萍，也放出来了，你们姐妹几个也三年多没有聚到一块了。你们要再不来，就见不到你爸……娘说着，竟然抽抽搭搭地哽咽起来。冬萍这边听着，鼻子也酸酸的。冬萍不敢怠慢，赶紧去学校找陈主任调了课，叮嘱建文在家带好程维子，一个人风风火火地赶去了娘家。

秋萍早到了。三年的风吹日晒，冬萍几乎都不敢认眼前的秋萍了。不但脸相衰老了足有十多岁，头上还生出了一根根的灰白头发，才三十出头的人，倒像已踩过了四十的门槛，看人的目光也没有了从前的冷傲。冬萍打了个冷战，尽量把声音压平静了，"二姐"一出口，两个人的泪同时流了下来。再看大姐，几乎是活脱脱乡下老大妈模样了。娘说，别哭了，一起去医院看看你爸去吧，他快不行了。

父亲的病来得并不突然，只是平时没往大病上想罢了，最近一段时间，他老吵着吃饭寡味，肚子疙疙叽叽地疼，人也渐渐瘦了下去，正好赶上每年秋天例行的离退人员免费体检，用机子照了一遍下来，几个人一边说话，一边等结果。负责父亲这一组的是个刚毕业的女医生。女医生说，哪位是何文全？何文全说，是我，我就是。女医生说，知道是你！你怎么搞的，肝硬化都腹水了还不住院？何文全说，不——不会吧！什么不会？医生把片子推到父亲面前，自己看看吧！

父亲就这样倒下去了，倒下去再没有起来。只三天工夫，眼睛都塌坑了。母亲这才着了慌，赶紧把四个孩子都通知来了。

人上了年纪，最怕一个"死"字，嘴上说不怕，其实心比黄表纸都虚，许多人根本不是病死的，而是让病给吓死的。人一绝望，支撑生命的那一股精气神就断了，自然也就离死近了。在这一点上，何文全也免不了俗。望望站在床前的女儿和儿子，老大春萍都是奔五十的人了，冬萍最小，可儿子也满地飞跑了。春夏秋冬，周而复始，冬天过去，接茬口还是春天，大自然就是这样一个轮回接着一个轮回地生生不息。但自己是再不会有春天了。父亲说，我知道你们生我这个老头子的气，嫌我没本事，都不愿意到我跟前来，我早就知道，我有对不住你们的地方，但我无愧于自己的良心。人总是要死的，我是彻底的马克思主义者，我很清楚。我不能护你们一辈子，当初我只想着给你们找个踏实的归宿。我是你们的爸爸，怎么会百样生法利用你们，怎么会把自己的亲生女儿和儿子往火坑里推呢？

濒死的父亲眼泪汪汪，那是冬萍第一次看见父亲在人前流泪，就像第一次看见石头流泪，真是不可思议，老头子竟然还会流泪，冬萍心里突然轻松了，她下意识地用眼睛的余光扫了扫周围，她望见了亲人们一张张呆板的、悲凄笼罩的脸，她使劲掐了一下大腿，才忍住了自己。

父亲喘着气闭上了眼睛。转过脸去，不再去看他的儿女，像一盏灯油即将燃尽的火苗，渐渐熄灭了自己。

葬礼隆重而热烈，闻讯赶来的十里八村的百姓，黑压压地拖了足有两公里。远远望去，像遍地的羊群在随风蠕动。程四民等当年老部下、老伙计也从县里和外地赶了来，给父亲送行。何文全活着没有给儿女带来尊荣，死后却给他们挣足了脸面。

程四民此行的另一个重要目的是想借机能够和儿媳妇冬萍达成谅解。他向冬萍表明了自己的心迹，并提出可以考虑出一部分钱为儿子在县城买套房子，把程维子接去城里读幼儿园、小学和中学。程四民相信"精诚所至，金石为开"，这一回冬萍总该被自己的诚心打动了吧，守着孙子不能疼不能抱，程四民总有些不甘心。没想到冬萍不等说完就打断了他。冬萍冷冷地说，爸，我们家维子可没这么好的命，我看在梨花镇上就挺不错。你有闲空还是多心疼心疼嫂子和林子娘儿俩吧！程四民像是被戳到了疼处，脸一下子胀成了猪肝色。几次想发作，最后还是在冬萍的一身重孝面前忍住了。把亲家送到墓地，程四民凉水没打牙，回了县城。

9

程四民这些年过得有些"波澜不惊"。由他和刘军军母女构成的三口之家虽小，却"五脏俱全"，囊括了祖孙三代。这些年，失去爱子的悲痛渐渐被时间抹平了，尤其眼见着孙女程林子活蹦乱跳的一天天长大。爷爷长爷爷短的，像嘴上抹了蜜，程四民更感到了说不出的欣慰。不像刚调进城那两年，总适应不了机关慢半拍的工作节奏，屁股暖不热凳子就想找个地方站一站，又不好意思去打搅别人，只好像圈在笼子里的珍稀动物一样绕着大院里的花园转圈。比他年轻十多岁的蒙局长到底看出了问题，就劝慰程四民，说自己当初调来也是这副熊样儿。程四民不言语。蒙局长说，不过也没事儿，慢慢地老兄就会适应的。蒙局长建议他不妨养养宠物，既可以消磨时间，也可以消磨精力，挺好的。程四民听得上心，就托蒙局长给弄了一只纯种的蓝眼睛波斯猫回来，但养了一段时间，程四民就烦了。原来这玩意儿吃食比人还挑剔，只吃"双汇王中王"火腿肠，而且拉撒也没规矩，客厅、卧室、阳台随处大小便不说，有几次还尿到了程四民被窝里，单位的同事来家走动，门没进就先闻到一股猫尿味。程四民只得把波斯猫送了人，再从街上买回许多花盆，学着在家里阳台上养起花来。但刘军军却抗议说，在室内养花，夜里花会和人争夺去大量氧气，制造更多的二氧化碳。空气中的氧含量降低，要给人造成健康危害的。怕程四民不信，刘军军还找来了相关的资料报刊拿给程四民看。程四民只好又依依不舍地把花送了人。后来程四民先后还拜师学过京戏、太极拳，却都因种种原因没能坚持到底。蒙局长看在眼里，急在心里，蒙局长知道，像程四民这样热心工作的搭档，你就得找个事绊着他，他才不会争夺你手中的权，你也才能高枕无忧。蒙局长说，这样吧老程，你跟办公室的老洪学下棋怎么样？别看老洪不哼不哈的，他可是拿过咱们县职工象棋赛的第三名呢！"程四民从此下上了象棋，而且一发而不可收，从文化局一直下到工会，县里象棋协会成立后，还当选了协会的副主席。和程四民一起当选的还有县人大的两位副主任。程四民心里乐开了花。

但最近一年多，"波澜不惊"下面已经开始暗流涌动了。这股暗流发源于刘军军身上。程四民原本没有想着刘军军会留在这个家里，把刘军军从老家带来城里时，程四民只指望着能想办法让刘军军把孙女带到断奶就够了。为了拴住刘军军的心，程四民一张老脸也豁出去了，从劳动局找到人事局，又从人事局找到组织部，总算把刘军军的工作都搞定下来。刘军军也知恩图报，干脆不走了，一门心思带起程林子来，她雇来一个保姆，帮着看护孩子，照顾一家人的生活起居。程四民挺感动，更珍惜刘军军的这一份情义，发了工资也都交给刘军军，自己做起甩手掌柜来。

　　程四民忘了自己是从哪一天感受到这股暗流的来临，刘军军上了几年班后，也像鱼儿入了大海，身上的乡土气完全褪净了，渐渐地也学着街上的女人们扮靓起来，不但去把眉毛修了，指甲染了，头烫了，而且出门前还要仔细化妆，从睫毛的粗细到唇彩的深浅，再到服装的搭配，绝不放过最小的细节。程四民看在眼里，疙瘩在心里，开始有些后悔。再后来刘军军学会了跳舞，渐渐半夜三更才姗姗回家的时候也多了。一个礼拜天，程四民去工会一个棋友家做客，回来的路上碰上刘军军正和一个高高大大的男人从马路对面走过来，一边走还一边很投入地说笑，直到他走得很近了，刘军军才发现。刘军军嘴上给程四民介绍说是单位的同事，脸却早红了，很尴尬的样子。程四民也不好说什么，怏怏地回了家，晚饭也没有吃。后来又几次在不同场合碰到刘军军和那个男人在一起，程四民意识到了问题已经严重到了不解决不可的地步。他暗暗通过刘军军单位的关系进行了调查，结果发现刘军军单位根本就没有那个男人。程四民不想把事情闹大，以免局面失控，不好收拾。回家后就把问题当面锣对面鼓地摆到了桌面上。程四民对刘军军说，我是把你当自己闺女待的，你如果想再成个家庭我也能理解，但你要给我把话说到明处，事做到明处，什么时候愿意离开这个家，我都能接受。刘军军着了慌，很惭愧地向公公做了检讨，并表示要服侍程四民到老，绝不再跟那个男人来往。程四民本以为事情就这样过去了，但后来才发现自己过于小孩子气了。那天程四民按时上班，开会的时候才发现昨天晚上起草的报告忘家里了，只好又走回去拿。打开门却看见了比他走得还早的刘军军，还有那个已经好久没碰上的男人，刘军军衣衫散乱，神色张皇，那个男人也很不自在。程四民明白了一切，脸都青紫了。刘军军很快就镇静了下来，转而用挑战的目光看程四民，一副"砍头不要紧"的架势。程四民反而先退却了，向两个人挥挥手，说，你们给我滚出去！然后颓唐地倒在了沙发上。

遮羞布撕破了，刘军军更无所顾忌起来，隔三岔五竟然夜不归宿了。程四民决定给刘军军摊牌，提出希望刘军军尽快离开这个家，去找自己的归宿。刘军军却说离开可以，但要求带走程林子，还要求拥有住房一半的所有权。否则，门儿都没有！程四民当然不答应，这不是无理取闹吗？这不是骑在头上拉屎吗？真是虎心隔毛皮，人心隔肚皮呀。公公媳妇两人就僵持着打起冷战来。程四民这才想起冬萍，才想到"死于安乐，生于忧患"的古训，以前的这个家庭是有些太死气了，而死气本身所潜藏的危险才是最可怕的。必须引入新的活水，发挥"鲶鱼效应"，才能在不伤和气的氛围里扭转局面。所以他才在何文全的葬礼上向冬萍提出了要帮冬萍在城里买一套房子，把程维子接来读书的打算，令他想不到的是冬萍竟然不买账，毫不动心地拒绝了。程四民暂时真的想不出别的什么两全其美的办法来了。难道只能这样眼睁睁望着刘军军往自己这张老脸上抹灰涂泥吗？这些个没有良心的东西，你把肉割给他们吃，他们为什么也不说个"香"呢？程四民第一次感到自己老了。

10

又一个学年即将结束了，这一年虽然校长不再是李海强，但何冬萍却还是何冬萍，她干得依然顺水顺风。期末竞赛成绩出来后，冬萍任教的两个班以高出其他班级人均十分的成绩当仁不让地占据了第一的位置。冬萍把自己的《期末工作总结》交给教导处。陈主任告诉他，说今年不同往年，汤校长对所有的总结要亲自收，亲自审，逐人谈，你去交给汤校长吧。冬萍答应着，又拐去了汤学礼的办公室。汤学礼还真的正在办公室看总结，冬萍敲门进屋后，汤学礼笑着接过总结放下了，非常客气地把冬萍让到沙发上坐下，又给冬萍泡上一杯茶，端过去，自己杯子里的水也加满，坐到了沙发另一头。汤学礼问：老同学，咱们去年说的那事儿考虑得怎么样了？冬萍不知道当真忘了，还是故意避开，望着汤学礼说，什么事？就是——就是教导主任的……汤学礼一边说着，一边向冬萍欺过去，顺势把胳膊搭在了冬萍的肩上。冬萍抬起手去推，汤学礼又顺势捉住冬萍的手，并使劲把冬萍往自己怀里拉。大嘴兔子一样灵巧地凑了上去。冬萍拼命地挣脱，把面前茶几上的两杯刚倒的水也都碰翻了，水从桌子上往下流的时候，正好落到了汤学礼的脚背上，汤学礼这才松了手，忙不迭地去摸脚，冬萍终于趁机挣脱了，气呼呼地站起来。汤学礼一边擦脚面，一边咧着嘴说，冬萍，你真不识好歹，还假不知好歹？汤学礼！瞎了你的狗眼，你把姓何的看成什么人了？冬萍说完，阴着脸甩门走了出去。汤学礼一瘸一拐地追出门口，望着冬萍远去的背影，狠狠地吐了一口唾沫，口里骂：臭婊子！

全镇竞赛成绩张榜公布后，冬萍发现自己竟然变成了倒数第一。冬萍气势汹汹地去找汤学礼问罪。汤学礼说是吗？不会吧。你明明是全镇第一名嘛，这肯定是教办室的疏忽，你赶快去查查，我们一起去也成。不必了，还是我自己去吧。冬萍找到教办室，教办室主任告诉冬萍，本来你是第一名，但我们后来接到举报，说你班的学生作弊，好几位同学都在试卷上留了记号。我们就按照举报的名单作了查实，所举报的内容果然与事实相符，所以这几个学生的成绩只能作零分计了。冬萍要查试卷，但遭到了教办室主任的拒绝。教办室主任说，"何老师你放心，我可以以人格担保，教办室绝不会冤枉一个好人，也不会放过任何顶风违纪的人。至于查阅试卷，按规定必须四所中学的校长同时在场，才可以的。冬萍没有再坚持下去，也没有再去找汤学礼。秋天开学时，冬萍被调到了离梨花镇三公里远的胡庙小学。

冬萍硬是顶着这一盆屎尿离开了拼争七年的梨花中学。

11

别以为胡庙小学离梨花镇只有三公里，在梨花镇这儿，差一公里就相当于从美国远到了中国，也就是说，仅仅一暑假，冬萍就从美国落难到了非洲的津巴布韦，学校的房舍破烂、办学硬件差不消说，最要命的个人待遇也一落千丈。不像在梨花中学，奖金抵得上工资，遇到冬萍这样的花魁，还要更高。而这里每月就只有三百多块大洋的干巴巴的工资，过中秋节也只发下光秃秃的两斤散装月饼，冬萍想，这跟打发要饭的有什么两样！狗日的汤学礼，你他妈太歹毒了，早晚遭报应。不过骂归骂，回到家里，面对凉锅冷灶，冬萍还得盘算着把日子接茬过下去，而且不能让邻居们看出颓势来。虽然暂时还没有沦落到一个钢镚掰两半花的地步，但冬萍确实已感受到了比阵阵秋风更彻骨入髓的寒意。还是算了吧，你把脸打肿了，可以权充两天胖子。可能一直充下去吗？如果当时反抗不那么激烈，或者顺着汤学礼会怎么样呢？冬萍继续往深处想，突然对自己吃惊起来。没出息的东西！冬萍在心里狠狠骂了自己一句。你就是穷得去城里卖也不能从了这个畜生，你已经把自己卖过一次，还要再卖第二次？冬萍啊冬萍，你死定了！

冬萍看看床边的闹钟，都快十点半了，程建文还没有回来，这一年多来，冬萍更懒得理他，这家伙是属狗屎的，不光臭，谁要摸一下，准保就沾一手。程建文在自己刚下到胡庙小学不久就下了岗，这才叫屋漏偏逢连阴雨呢。但冬萍没有埋怨他，整个行业都哗地一下垮了，程建文能继续火下去，才是天大的笑话。程建文就先在家带了程维子一段时间，每天接送程维子上学，开始几个月倒还安生，后来却寻死觅活地不干了。程建文说，冬萍我可是堂堂七尺汉，不能挣钱养老婆孩娃，反过来还要靠老婆养着，我还算鸟男人，这不打我脸吗？程建文两只眼睛红得像灯笼，把手上的空酒瓶子狠命摔到地上，吓得正在写作业的程维子也扔了笔，紧紧抓住冬萍的衣角。冬萍犟劲也起来了，推开程维子，去自己包里翻了一会，拿出一张储蓄卡，猛地砸向程建文，说，好，你不是使不完的能耐吗？咱这两万块的家底都交给你，等明年的这个时候你能翻个个儿给我拿回来，再来反我也不迟。这可是我挣的血汗钱，现在还轮不上你作威作福呢。冬萍把这个"我"字吐得特别清晰，响亮。程建文就拿着这两万块本金，和梨花街上一个曾在亳州中药行市上混过几年的同学在街面上开了家中药材收购部，夏秋两季下来，程建文还真是不含糊。不但把本金如数交回，还给了冬萍一万的赚头儿，虽然没有能实现冬萍定下的翻一番的宏伟目标，冬萍还是对程建文刮目相看了，当晚还让久未沾腥的程建文尽兴了一回。收购旺季再来的时候，程建文向冬萍提出自己想搞棉花收购，冬萍说你去年收药材不是挺好的吗？程建文说我也知道挺好的，可今年行情不顺，去年白芍四块收五块卖，今年两块都找不到下家，药农也不傻，你不贱吗？我放到田里不收，等下一年的行情，我就不信你能一辈子贱下去。我到哪山上收去？冬萍没再犹豫，又把去年程建文拿回的钱尽数还给了回去！不久，冬萍从电视上看到了国家棉花收购要实行供销社专营的新闻。提醒程建文是不是就此罢手。程建文笑着说，要是电视报纸说的算数，你还会半年发一回工资。再说我是到乡下收，回头还卖给供销社，签了协议的，怕啥？

　　自从去年收药材赚了钱，程建文说话比过去硬气了不少，经济基础决定上层建筑吗，这也符合马克思主义原理。冬萍觉得程建文讲得在理，便没再究竟下去。没承想怕被偷还就被贼惦记上了，程建文正干得热火朝天，供销社一盆凉水浇了下来。程建文因为交售的棉花里掺杂使假，不但棉花被扣留，协议作了废，还被狠狠罚了一笔。程建文着了慌，连夜去城里找父亲想办法。程四民是"一朝被蛇咬，十年怕井绳，"唯恐闹不好这个儿子也发生什么不测，问明情况，赶紧托了方方面面的关系去疏通，费了老劲才算把事情摆平，罚款不再提，但被扣的棉花却充了公。程建文灰头土脸回到家，暂熄了弄潮商海的念头。几万块钱积蓄没听见个响儿就打了水漂儿，冬萍心痛得几个晚上没有睡着觉，两口子大闹了一场后，晚上再睡觉，索性把被子也给程建文扔到了沙发上。程建文也不敢发作，夹了尾巴，扁一扁，咽了下去。

程建文在沙发上睡了一段时间，不但没有痛定思痛，还恬不知耻地向冬萍要起钱来。冬萍不给，说，钱都被你糟蹋干了，你以为我是开印钞厂的？程建文说是收棉花欠人家的，人家都来要过几次了。冬萍问，要钱的人是哪村的，叫什么名字，程建文支支吾吾说不上来了。冬萍说，没想到你也学不诚实了，我当年怎么瞎了眼？程建文冷冷地说，行了你，还提什么当年，当年如果我爸不是梨花镇的书记，你会嫁给我？冬萍说，是我爸把我嫁给你的。那你找你爸算账去呀！程建文你说这些年谁不拿日子当日子过，老娘死活往家扒，你却拼命往外扔，你还算吃粮食长大的，吃人饭不拉人屎的东西，你良心让狗吃了？程建文说红说白，冬萍就是不给钱，程建文这才吐了实话，说自己最近生了怪病，下边不但又痒又疼，还起了红点斑，都挠破了。冬萍脑子里嗡嗡响起来，你不是外面招惹破女人得了烂头病吧？程建文指天发誓，没有，真的没有就是没有谁要有了天打雷劈。冬萍一不做二不休，拉着程建文去了梨花镇医院，找到泌尿科作了尿样检查，结果还真让冬萍怀疑对了：一期梅毒！原来程建文夏天去亳州卖药材，在旅社住着无聊，灯红酒绿地把持不住，大着胆子嫖了几次，没想到还真嫖出麻烦来了。冬萍这回是人赃俱获，程建文彻底哑了嘴。冬萍当着医生的面扑上去就给了程建文两个结结实实的巴掌，把口袋里钱掏出来，扔到程建文面前，哭着回到家，把衣服收拾一下，带上程维子住进了胡庙学校，从此不再回家，程建文去求告了好多回，还鼻涕一把泪一把地表示要痛改前非，又让父亲打去电话，冬萍还是吃了秤砣般不松口。

　　如果不是谢旭峰的猝然来访，冬萍真就打算不再踏进梨花镇那所让她绝望的房子半步。如果真的能用这种极端的方式与过去十年的生活一刀两断，她绝不会再犹豫片刻。

　　天越来越冷了，傍晚的天空密布着瓦片似的灰云，风卷起学生们扔下的纸片，扬到空中，摔到地上，扬到空中，再摔到地上，像在玩着老鹰捉小鸡的游戏。冬萍上完下午的课回屋，程维子还没回来，不知道这孩子又去村里谁家疯去了，冬萍想，等晚上回来得给他点颜色看看，这样疯下去肯定考试会受影响，别光倚着鞋大不挤脚，老师一夸就以为自己真就是神童了。冬萍坐下来改作业，听到敲门，还以为是程维子回来了，说，敲个鬼呀，你还知道回来？何老师跟谁发这么大脾气，是我呀。冬萍听出是校长的声音，赶紧过去开了门，对着校长不好意思地笑起来。等冬萍笑完了，校长才说，何老师，我找你有急事呢。冬萍说，什么事？你老同学看你来了，正和支书一起在办公室等你，你快去吧。是吗？冬萍说，我哪位老同学？校长说，得，你别给我打马虎眼了，就是咱们镇新调来的谢镇长，你赶紧过去吧。冬萍的心里一下子乱了，不由自主地跟着校长走了几步，突然停下来，说，校长你先过去吧，我马上就来。冬萍回到屋子里，找了一件浅紫色羽绒服，又散开头发重新梳理过了，拿过镜子照照，把遮在眼前的几根头发拂到后面，才重又关上门走出去。

从冬萍的住室到学校办公室也就五十米的路，冬萍什么也来不及想，就到了门口。看到冬萍，村支书先开了口，说，何老师，刚调来的谢镇长听说你在咱们学校，过来看你。谢旭峰赶忙更正，说，应该说老同学，对，老同学。还是老同学亲切。校长附和道。谢旭峰很自然地和冬萍握了手，自然得甚至有些平淡。谢旭峰让冬萍坐下了，亲自倒了一杯水过去。眼前的谢旭峰比十年前有了天翻地覆的变化，不是说人胖了，白净富态了，而是说举手投足变了，有了她曾经所熟悉的父亲和公公身上所萦绕的虎气，让人不知不觉就拉开了距离。

谢旭峰问了冬萍这些年来的工作和生活状况，也给冬萍简单介绍了自己这些年的经历。谢旭峰告诉冬萍，由于家中无关系门路，自己分到一个乡里后就被挂了起来，碰巧乡政府要从教育上找个文笔好的人弄材料，学校刚开学，都不愿放，教办室主任就把谢旭峰推过去应付差事。没想到材料整理完交给书记，书记大为赞赏，把谢旭峰借调了过去做了秘书，两年后把他的关系也转了过去，谢旭峰一步步就走到了今天。谢旭峰说，正好来村里，听支书说你在这工作，就想过来看看，迟迟不见你来，我还以为这十来年没联系，你早就把我忘了呢。谢旭峰说完自己先笑起来。冬萍也附和着笑了两声，心里却酸酸的，眼睛也有些潮湿。

支书提出请谢旭峰晚上留下来吃个饭。今天就免了，谢旭峰说，总不能我刚来梨花，就让你落个拉拢腐蚀的罪名吧！支书说，我还巴不得呢。几个人又都笑起来。谢旭峰要走，几个人都站起来去送。到了校门口，谢旭峰说，冬萍，我前两天可是和汤学礼敲定了，等过几天闲下来，我把梨花的老同学都请到镇里去，我做东，咱们好好唠唠，到时我来接你，你可不能不给我面子哟。冬萍说，看你说的，就怕你到时不通知我。哪能呢！谢旭峰说，我可是把当年我们的合影照片一直都带在身上呢。冬萍站在学校门口，一直目送着谢旭峰的车子消失，才回到自己的屋子。

周末，冬萍带着程维子回了梨花镇，进得门来，也不和程建文说话，就一个人闷着头翻箱倒柜地倒腾。冬萍翻过几个柜子都一无所获，脸色也阴沉下来，她没好气地问程建文，你见到我上学时的那本影集没有？

没有，程建文说，都几百年的东西，我啥时见了？

冬萍继续找，终于找到了一个包得很严实的纸包，她的眼睛突然亮起来，等打开来看，却是当年公公送她的算盘，冬萍气恼地把算盘狠狠砸到了地上。也许是年深日久，木材遭了侵蚀，那算盘当时就哗啦碎了一地，原来围在木框里的算盘珠像是终于逃出了被关押十年的牢笼，争先恐后地四散飞去，刹那间落进房间的角角落落。像夜空中的星星一样眨着惊恐的眼睛，满腹狐疑地望着冬萍。冬萍沮丧地坐在算珠的目光里，望着两腿间的报纸，像一截木桩一样不动了。泛黄的报纸上有一首很短的诗：

> 没有人见证日子的生死，
> 黑的时候它就黑了，
> 白的时候它就白了
> 喧嚣和寂静，不过转瞬之间。
> 转瞬之间我就衰老得你认不出了，
> 所有的美丽和荣耀
> 都不比一句话更持久

更令人心动

活着，让藏在衣服下的针尖刺入皮肉

让我疼，让我为那些

逝去的黑白日子

撕碎了衣服……

报纸是几年前的省报，字迹都有些模糊了，署名竟然是余小辉，冬萍看了一遍，又看了第二遍、第三遍……诗中的针尖一下一下仿佛都扎在了她心上，泪水像断线的珠子一样不停地从她眼里流下来。仿佛这首诗就是写给她的。冬萍想，这个余小辉一定是她的同学余小辉，虽然叫余小辉的人不少，但叫余小辉又写诗的还会有第二个吗？这么多年没音讯，不知道余小辉现在哪里，过得怎么样，今天过不过来，有没有把那兜鸡蛋的事情向谢旭峰说起过。

冬萍又想，真是奇了怪啦，自己以前怎么从未留意这张报纸呢！

父亲，父亲

鸟吱吱叫着飞越漆黑的天空

人们沉默无言，因为等待

我的血都疼了

    ——（土耳其）曼彻夫斯基《暴雨将至》

1

没有人愿意和日子一起老死，但你还是眼睁睁地看着自己老了。你的皮肤一天天粗糙，它越来越像村后起伏的黄荡荡的田野；苍灰的头发枯树叶一样飘落下来，却永远也不能把荒凉覆盖。你的骨头里有噼啪的火焰在奔跑，有汹涌的洪水在肆虐。你的两只深陷的眼睛惊恐地望着深不可测的夜空，你睡不着，你伸出手，摸到的却是一片漆黑的疼。

你眼见着自己就这样老了，你已经没有办法阻止。

村里人都已经离你而去，没有人来帮帮你。但你不怪他们，他们也在另外的地方衰老呢，他们拿自己的衰老还顾及不过来，不帮你是再正常不过的事情了。所幸还有太阳每天准时照临你的头顶。季节越来越深了，你坐在门前的残墙下，把肥厚的棉袄解开，让阳光把身体的角角落落都翻晒一遍，把那些噼啪的火焰暂时泼灭了，把那些汹涌的洪水暂时逼退了。

没有风，没有一丝风。你身后的残墙虽然历经日晒雨淋，已经快要坍塌，但那些张牙舞爪的风却硬是拿它没丁点办法，你只听见"咚"的一声，接着一连串空洞的回声震得你的耳膜轰隆隆响起来，那些风撞得头破血流后，悻悻地绕道村后的田野去折磨那些直僵僵的麦苗去了。你想唤住它们，你张了张嘴，却没有声音跑出来。你真是老了，没用了，连风都不耐烦你了。

这是中午，一天里最安静的时光。太阳暖暖地晒着你，他光滑明亮的手指轻柔地摩挲着你的皮肤和骨头。你仿佛变成了一个婴儿，一个粉红透明的婴儿，在阳光里乜斜着眼睛，呵呵地笑。

你想，那太阳一定是你爹的使者，是你爹从天上派来照顾你的。或者，他其实就是如今生活在天上的老麦根。他不放心你，又不能对你说出来，只能这样不舍昼夜地呵护着你。

被他光滑明亮的手指抚摸着，你真的变成了一个婴儿。一个粉红透明的婴儿。

多年以前就是这样，多年以后依然是这样。

你坐在门前的残墙下，望着天上的老麦根，他的眼睛依然是昏花的，身上浓重的汗味儿也没有丝毫改变。你顺着他的目光望过去，恍惚中又回到了那个混沌而又透明的水世界，你知道那是你娘的子宫——你娘和你爹一起孕育你的地方，也是你出发的地方，现在它像一个巨大的摇篮在天地之间摇晃着。

它一直在那里摇晃着……

2

是初春吧，田野里的黄土还没有解冻，就是你这样的愣小子把吃奶的力气拿出来，也只能用镐头刨出一个白印儿来，赶上傍晚，你还能看见铁镐和冻土茬子撞出的刺眼火花。你没有什么事儿做，无聊得手指头放到哪儿都不是地方，就把浑身的力气发泄到了你老婆小满身上。你从小满身上滚下来，再爬上去。滚下来，再爬上去……你恬不知耻。你不见不散。你没完没了。

直到有一天小满喘着粗气说麦叶我怀了。

你停止了动作，说小满你再说一遍。

小满又说，麦叶我怀你的种了。小满的口气平静得像结冰的河水。

你利索地从小满身上滚下来，就仿佛小满根本不是人，而只是一匹生来就供你骑乘的母马。你说，小满我要当爹了？

你瞪着两只牛眼，你不相信自己的耳朵。你听见小满长长地吐了一口气。

我也长长地吐了一口气。

我操！我真的要当爹了？你兴奋得满脸通红，再一次爬了上去。

狗日的麦叶，你也该让我安生一会儿了。这是我在说话。我的话只有小满听见了。她隔着肚皮轻轻抚摸着我，仿佛在安慰我乖儿子没事儿，一会就没事儿了。小满的脸上漾满了苦菜花一样的笑容。

那笑容还带着浓浓的苦苦丁的味道。

"小满"这个名字是你爹老麦根给你老婆取下的。你爹对你说，虽然他也是桑镇大东家徐老介的长工，但由于干活舍得一身力气，肯吃苦，从不使奸耍滑，所以很被老东家高看，得了更多好处。到你长大成人，家道已经相当殷实，不但搭起了带厢房的院落，还置买下了三头牛，二十亩肥田。老东家说，麦根呐，一根筋扭到底可不是什么好事儿，再续根弦吧，家里的丫鬟你可以挑一个。你爹连连给老东家磕头，千恩万谢就差没叫爹了。你爹说不急，等麦叶长大再说吧。

老东家过世后，再去桑镇，少东家也把他当朋友，当自己兄弟，行走在流水湾的街头巷尾，四邻们开始拿笑脸陪着。

有一天，你爹刚抽下插板，开了大门，扫帚还没有挥两下，一个人影就"扑通"一声，跪在了门口，带着哭腔说：救救我全家吧，我已经走投无路了，问遍了流水湾，也只有麦善人您能救我们了。

你爹扔了扫帚，上前把来人拉起来，说兄弟别这样，自古男儿膝下有黄金，你要是遇到了什么难处，尽管说出来。

来人不说话，转脸向着你家门口的老杨树后边喊：妮子快过来给善人磕头。

你爹这时才看见树后躲着的小满来。

来人说他们全家饿得实在支撑不住了，连爬着去桑镇的力气也没有了。

您行行好，把我家妮子留下，换给我半斗粮也行啊，我老婆孩娃都在村头麦场里眼巴巴等着呢，他们快不行了。来人说。

你爹蹲下身子，用手托着妮子的下巴，左一眼右一眼地打量过，又缩起手抓着她肩膀使劲按了按，像是挑上了一头中意的牲口，连连点了点头，说进屋吧，这女娃我留了。来人——不，应该叫你丈人，这才千恩万谢地从地上爬起来，跟着你爹进了院子。

你爹问你丈人，闺女叫什么名字？

大哥您就是他的再生爹娘，闺女命贱，您就随便给取一个吧。

你爹也不客气，想了想，说就叫小满吧。

叫小满好，叫小满一辈子不短粮食吃。你丈人说。你丈人留下小满做了你老婆，拿去了你家夜里才蒸的一锅馒头和半布袋麦子继续赶路了。后来你无数次问过小满家是哪儿的，每次小满都眼圈红红地告诉你，她从出生到来你家，都一直在路上，她也不知道自己的家在哪儿。

你和小满没睡几个安稳觉，床上的战争又开打了。小满试图拿我作武器阻挡你的进攻，小满说，你不顾及我，就不能看着孩儿的面上饶了我吗？你说，操，你想憋死我？买来的马，娶来的媳，随我打来任我骑。你想躲？你扒下小满的裤子，又爬了上去。你进入小满身体的瞬间，我强烈地感受到了尚未愈合的伤口重新被撕开的钻心疼痛。我铆足全身的力气，狠狠地踹了你一脚，说狗日的麦叶，老子零刀剁了你。我的反击竟如此无力，无力得一直到我出生你都浑然不觉。

每年秋后，你爹都要离家去桑镇一段时间。

你爹说老东家人不在了，但恩情还在，在他心里呢。他最看不起忘恩负义的人，说他这辈子做牛马也还不起老东家的情分。没有老东家哪有咱姓麦的？哪有我老麦根？哪有你麦叶？哪有你媳妇肚子里的娃儿呢？

你爹肩上扛着两个布袋，一个布袋里是小满蒸下的雪花馒头，另一个布袋里是你爹一年打下的粮食，有小麦、大麦、黄豆、高粱和红芋干。小满是吃稻米长大的南方人，但她的胃却有着和人一样的韧劲。人做了你老婆，胃也爱上了北方的粮食，并且很快学会了你爹的蒸馒头手艺，蒸出的馒头，不但外皮白腻、光滑，而且筋道、暄腾，特别香甜，很快就在流水湾出了名。那时候你爹虽然已经五十挂零，但身板儿还像锄板儿样结实，他出村口一直向东，很快就风一样刮进了桑镇西门。然后向北拐弯走上几百步，眨眼到了老东家门口。

看门的老常眼尖得很，远远就看见流水湾的老麦根到了，赶紧一溜小跑去上房通报，等你爹走到大门口，老东家的儿子已经接出来。你爹嘴里喊着"少东家"，放下布袋，就跪地请安，少东家一把拉住他的双手，说起来起来，麦大哥你这不折月群的阳寿吗？

徐月群是老东家唯一的儿子。

看门的老常笑望着面前的你爹和少东家，却不上前接你爹放在砖地上的布袋。先前老常总要抢着去替你爹扛布袋，但你爹坚辞不允，后来他索性就不再动手。你爹重新把布袋扛上，跟着少东家一起进了院门。你爹说，老东家在天保佑，今年收成不错，我每样庄稼都给少东家带来了一点儿。你爹把布袋里的粮食都掏出来，展览似的摆了一地。最后把小满蒸的馒头也摆了出来。少东家也尝尝，你爹说，今年的馒头是我儿媳妇小满蒸的哩。少东家说麦根你也使上媳妇了，怎么不言我一声？你爹说，小满的馒头蒸得好啊。你爹高兴得说话都有点驴唇不对马嘴了，两只手放在一起不停地搓着。

少东家转了话题，说好！麦大哥日子会越过越好的。

少东家不像老东家，不等你爹说完就抓起来逐一品尝，少东家让人收起，赶紧去厨房端饭上来。接下来直到入腊月，你爹就驻扎下了，把老东家大院里破损的墙壁门窗补齐，用了一年的犁耧锄耙归整好了。看看再没疏漏，才向少东家辞行。少东家拿出钱来，你爹说死也不要，说你这不打我麦根脸吗？少东家一直把你爹送到桑镇西门口，又目送他和西坠的日头一起消失在大路尽头。

每年秋后，都是你最春风得意的日子。你爹在桑镇老东家院子里不停地忙碌着，热汗顺着眉头和两腮曲曲折折地往下淌。你则成了流水湾不折不扣的快活王，被解除了紧箍咒的孙行者，在流水湾蝴蝶恋花，鸳鸯戏水。你上午从这一家的床上滚下去，下午又爬上了另一个女人的身子。流水湾的女人们咋也想不通，你这个骨瘦如柴的东西，看上去病恹恹的身体里竟然埋藏着那么多的干劲！她们不停地在你的身下呻吟，压抑的声音低得就像老鼠在咬木头，啃完了一根又接着啃下一根。她们说麦叶你弄死我吧。你说好我弄死你，弄死你再把你弄活过来！

傍晚，你哼着小调回家来了，扯下束在腰里的布袋，去厢房的囤里弄出半袋粮食，拎到大门外给等在那里的女人。望着她们千恩万谢地走远，你才笑眯眯地坐下来，说，上酒。小满低眉顺眼地把晚饭和一碗酒端到你跟前。

小满的身子已经很笨，她吃饭的时候，我在肚子里吃她；她不吃饭的时候，我也在肚子里吃她呢。我拼命地吃，不停气儿地吃，不但把小满脸上的红晕吃净了，吃出了斑点，而且把她的颧骨也吃高了，把她吃得整天心里闹慌慌的。我的身体越来越强壮了，温暖荡漾的羊水已经包不住我，我经常伸出拳头捅一捅，张开脚丫踹一踹，耸起脑袋拱一拱。小满就把手上的针线活停下来，解开裤带在肚子上抚摸，抚摸我的拳头，我的脚丫，我的脑袋。小满的手掌很温暖，她轻轻地把我按下去，我藏猫猫似的又从另一个地方升上来。小满的脸上一会儿开满了向日葵样的花儿，一会儿又扑簌簌流下了泪水。我不知道她究竟怎么了，便乖乖地安静下来，小满的肚皮才又恢复了浑圆的曲线。

小满知道你做的一切，但她不说。她知道没有你，你爹不会把她留下来，她早变成了孤魂野鬼，在从流水湾到桑镇的路边壕沟里游荡。所以无论你多么混世，她都宠着你，你去找别的女人，她也乐得少了那份折磨！

十五岁那年的夏夜，你爹把割下的麦子运到晒场上，让你独个留守一会儿，自己回家吃点饭。你爹前脚走，南瓜媳妇后脚就来了。南瓜媳妇可是流水湾出名的浪货。南瓜媳妇一只手把你的脑袋搂到半敞的怀里，把你的嘴唇按在水豆腐样的乳上，另一只手顺势滑去了你的下边。你一使劲就把南瓜媳妇拱倒在了麦秸堆里。

完事儿以后，南瓜媳妇一边提裤子一边说，麦叶你还要吗？你说，要！南瓜媳妇说，你只要给嫂子铲一斗麦子回去，你什么时候要，嫂子什么时候给你，只要招呼一声，南瓜不会挡你道儿的。你不说话，拿过铲斗，对着南瓜媳妇张开的布袋倒进了满满一斗麦子。南瓜媳妇说麦叶你真好，你真是嫂子亲溜溜的兄弟。南瓜媳妇朝你脸上摸了一把，笑嘻嘻地转身走了。南瓜媳妇走了好久，你还站在麦场中间发愣，你摸摸脸，滑滑的，细细的，香香的，从你的脸上一直香到心里，把你的心香得一漾一漾的。你抬眼望向远处，村子被高大的树荫笼罩着，黑魆魆的。夜空蓝得又高又远，仿佛镀上了一层亮银，又刚刚用湿毛巾细细地擦过，星子的光芒比平日扎眼了许多，场外田地里的麦子恍惚间变得异常清晰起来，被燥热的南风摇荡着，起伏荡漾，仿佛一片睡熟的金色大海，而一座接着一座的麦秸垛则变成了漂浮的船坞，你甚至能听见它们均匀的呼吸。布谷鸟的鸣叫从黑暗里响起，你的身心渐渐地松弛了下来。

你很快就入了门，每次只从家里偷出一斗麦子，就能把看上的女人轻易哄上床，你想不出世界上还有比这更便宜的痛快。但你很快就把南瓜媳妇扔开了，南瓜媳妇再怎么会浪，也是豆腐渣的浪。你还不喜欢她杀猪样的嚎叫，好像不让整个流水湾都听见你在干她就不罢休似的。哪像秧子、豆棵、谷糠的媳妇那样梨花带雨般惹人怜爱。哼哼唧唧，慢斤四两地就把你的魂儿抓到了手里。南瓜媳妇说麦叶你要了嫂子吧，嫂子不要你麦子了行不？

不行。你说得比菜园里的萝卜还干脆。

见没了麦子，也逮不着人，南瓜媳妇就发了狠，竹筒倒豆子全告诉了麦根。你牙咬得嘣嘣响：你个老 X，告去吧，爷爷就是不给你，甩到南墙上晒干了也不给你，急得荒草黍棵也不给你，急死也不给你，给狗也不给你。

这都是两年后的事了，你爹把你捆在院子里的枣树上，嘴里塞了破布，用皮鞭蘸了水，噼里啪啦抽，把你抽得皮肉都开了花儿，流下来的血又把那花儿染得鲜红。你指天发誓说再也不敢了，你爹才把你放下来。你爹说，再猖狂爹把你不争气的肉球子挤出来喂狗。秋后你爹就给你就把小满娶进了门。

你真佩服你爹的眼光，仅仅过了两个月，原本枯干瘦小的小满就出落成了流水湾最漂亮的媳妇，连村里没出阁的闺女也没有比得上的，而他老麦根只付出了两斗麦子和一锅馒头的本钱，这不是弯弯腰就捡到了一块金元宝又是什么？他以为有那一顿鞭子震着，有那些伤疤在你身上疼着，有花儿一样的媳妇在屋里戏恋着，这回你总该老实了。

腊月初一当晚，你爹回到了流水湾。你爹问小满，麦叶呢？你真长就了一副狗鼻子，似乎你爹一进村口，你就闻见了他身上浓烈的汗味儿。你站在门外，搓着双手，仿佛一个天生的窝囊废，等着你爹的发落。你爹瞟了你一眼，就不再说话，吧嗒吧嗒抽起旱烟来。

半夜时分，远远近近响起了轰隆隆的枪炮声。你爹第一个打开门，蹿到院子里，他看见无数的火蛇正喷吐着猎猎的毒焰，火光映红了东边的半个天空。你和小满也跟着跑出来。我也被小满带到了院子里，我望着小满，小满望着你，你望着你爹。你爹望着东边越舞越欢快的火蛇，脸色凝重，形如木雕。似乎过了很久，才发现身旁的你和瑟瑟发抖的小满，说，回屋去！小满也把目光转向你爹，看见你爹正颜厉色，只好惊恐地跟着你回了屋。

小满回到屋里才发现自己竟然忘了穿鞋子。

这个夜晚，一家人都没有再睡着。

我也没有睡着。

我知道只要枪炮一响，世界上就不会再安生，包括女人子宫这个最隐秘的水世界。我已经闻到了硝烟的味道，混合在玉米粥的芳香里，就像小满衣服的布缝里混合的你的味道。我说等着吧，灾难就要来了。我一动不动地躺在小满的肚子里。小满笨重的身子无助的婴儿一样蜷缩成了一团。我很后悔，我怀疑我的自言自语被她听到了。

这个夜晚，你爹一直待在院子里，一根接一根抽烟，一阵接一阵咳嗽。把你和小满赶回屋，他的身体也禁不住哆嗦起来，一种大厦将倾大难临头的预感秤砣样压在心头，使他虚脱，使他不能承受。少东家这回恐怕肯定完了，自己也将劫难逃。他一直以为有桑镇老徐家这把大伞罩着，总会逢凶化吉的，他没想到自己这么快就要完了，真是人算不如天算啊。他再也支撑不住，无比绝望地瘫坐在地上。

他散发着尿臊味的裤子已经湿透。

天刚蒙蒙亮，随着几声呱呱的乌鸦叫，百余名衣衫不整的国军吆五喝六地进了村，他们两三个一伙儿，挨门挨户地把一村的大人孩娃都赶到了村子中心的空地上，围了个密不透风。一个军官模样的家伙说，我们并不想惊扰老乡们，只要大家把粮食拿出来给国军吃，我保证绝不动大家一根毫毛。否则，他哼了一声，拔出腰里插着的那个黑乎乎的家伙，对着士兵抓来的一只芦花公鸡开了枪。操，桑镇的徐月群就是最好的例子。那只鸡蹬了几爪就完了，飞溅的鸡毛被风纷纷扬扬吹上了树梢，挂在枯干的枣树枝上，就像破碎的旗子。

村子里的人被围在空地上，没有一个敢动。你们一家也掺合在人堆里，要不是你爹突然失声痛哭，也许根本就没人去注意他。你爹的哭声像一把锤子砸在了那个军官耳朵上，嗡嗡地叫，他马上命令士兵把你爹从人堆里揪了出来。军官问你爹叫什么名字，为什么哭叫。你爹脸黑着不说话。军官问站在你爹旁边的南瓜媳妇，不说实话我让他们操了你。军官指了指对面的士兵。

南瓜媳妇的脸早已白成了一张纸，她说，他叫老麦根。

军官不再理南瓜媳妇，说老麦根，带几个兄弟到你家看看。你爹还是不说话。老东西，你聋子还是哑巴？军官说着，拎着的家伙交到左手上，甩手给了你爹一个大嘴巴。在有些冻僵的空气里，那一嘴巴打得分外响亮，鲜红的血丝顺着你爹的嘴角蚰蟺一样爬出来，你爹对着地上吐了一口，和他的鲜血一起吐到地上的两颗烟黄色的牙齿，蹦蹦跳跳地一直滚到了军官面前，才示威似的停下了。你爹说，我操你姥姥！

军官说，你再说一遍。

你爹又说，我操你姥……

军官的家伙已经交到右手上。不等你爹把第二个"姥"字吐出口，军官的枪"砰"的一声就把你爹的话抢了过去。

找阎王爷操你自己姥姥去吧。军官把枪口在马裤上蹭了蹭，插进了腰。

你爹也像芦花公鸡一样，只挣扎几下就不再动弹，却连一片鸡毛也没溅起来。军官说，老子就不怕臭硬的，还有谁？

空地上死一般静，似乎所有人的呼吸都好像突然消失了。我目睹了一切，用尽全身的力气蹬着母亲的肚皮，我哭喊道——爷爷。我看到你爹一边回头向我招手，一边慢慢化成了一缕白烟，向着昏暗的太阳飘去。他说孩子我走了，他说孩子再见。他微笑的脸就像一朵开在寒风里的硕大无比的葵花。

国军的队伍不到晌午就离开了村子，除了你家，流水湾根本就没有几粒粮食，他们过年和开春的粮食都要去桑镇老徐家借，或者到你家讨一点，指望他们给国军纳粮岂不是做梦？国军把你家的粮食搜罗尽了，棚里的三头牛也被开枪打死后弄上了卡车。国军撤退后，村子里的人帮着你把你爹草草埋了。小满呆呆地坐在院子里，看着满地的狼藉，搂着肚子号啕大哭起来。你说，哭个鸟，咱家还有二十亩地呢，我就不信，守着青山在还愁没柴烧。

你爹的死似乎把你眨眼之间变成了一条汉子。

我就是在那个茬口来到这世上的。那天夜里小满做了一个梦，她梦见有许多火蛇跳舞，在烧你家的房子，她撕心裂肺地喊："救火，救火呀！"全村的人都袖着手冷冷地在旁边站着，没有人上前帮一把。小满醒来后说，麦叶我怕……我——怕……

女人！给你说过多少遍了，有我在你怕个鸟！小满说不是，我肚子疼得难受，怕要生了。你这才爬起来，穿衣服去请接生婆。听着小满一声连一声地呻吟，我真的不忍心再折磨她。我想让自己停下来，我试了试，但不行，似乎身后正有一只大手推着我，使劲往小满身外推。我说，不！那只手也说不，它的力气更大了。先是肉乎乎的脑袋，接着我的整个身子都被它顺着温暖透明的羊水推到了小满体外。我的眼前一片亮晃晃的黑暗。

那是我爷爷的手吗？它温暖、包容又不容拒绝。

你领着接生婆回到家，小满已经昏睡过去，我在小满两腿之间的狭小空间里摇晃着胳膊。接生婆睁大眼睛望着我，她不相信眼前的一切，她说，嘿，说不定是个孽种！

她怎么会想到我是被爷爷不容拒绝的大手给用力推到世上来的呢！

我的降生没有给你和小满——现在应该叫我娘——带来哪怕米

粒大的欢乐。我嘹亮的啼哭更引得你厌烦。你说这倒好，正愁着没草料呢，又添一张驴嘴。

你把最后一线希望寄托在了桑镇。我去桑镇走一趟，瘦死的骆驼比马大，再怎么着老徐家也不会被掳掠得这么鸟毛净光吧？你对我娘说完，背起布袋上了路。从流水湾到桑镇的一路出奇地顺当，沿途你看到被践踏的麦田，被炮火轰得龇牙咧嘴的树木，桑镇海子边伤痕累累的寨墙，寨墙上偶尔走过的穿便衣的巡逻兵。你很顺利地找到了徐家，你告诉老常，说你是流水湾老麦根的儿子，有急事求见当家的。老常说，我认识你的，你爹不是前天傍黑才回去吗？你点点头，说他已经死了。老常这才小跑着去上房通报。过了一会儿，老常回来了。说走吧，老爷在上房等你呢。你说哪个老爷？老常奇怪地看着你，说少东家呀，还能有别的老爷不成？你一下子坠入了五里云雾，你怀疑自己根本就是在做梦，你在梦里跟着老常深一脚浅一脚往前走，你不知道自己是怎样走进徐家上房的，直到少东家说大侄子来了，你还没有回过神来。

少东家三十多岁年纪，深蓝长袍罩着微胖的身子，面皮白净，长得很富态。大侄子来了，少东家咳嗽一声，又把刚才的话重复了一遍。你点头，揉揉泪眼，说我爹已经死了。你就把这两天发生在流水湾和你家里的事情从头到尾说了一遍。唉，这个麦根真是老糊涂了，少东家听完，捶胸顿足地说，他怎么弄啥都拿着棒槌当真（针）使唤呢？

少东家告诉你，前天晚上确实有一支官兵和守寨的兵丁交了半夜火。徐月群说瞧那盔歪甲散的样子就不是什么正经队伍，无非是为了敲诈点儿糊口的吃食罢了，桑镇的寨墙高、海子水又深，他们没有占到便宜，只好继续向西退去了。

你听着就傻了。你说那我爹白死了？你"哇啦哇啦"大哭起来。

你背着半布袋麦子回到了流水湾，另外半布袋装的是雪白的馒头和一身小孩的棉衣。少东家说，天太冷，这边就不去人探望侄媳妇和侄孙子了，有什么难处尽管来。

但你终于没有再进桑镇求老徐家。因为半个月后，解放军的部队就开进了桑镇。流水湾也从国统区变成了解放区。解放军进驻桑镇后，第一件事就是开仓放粮，大地主徐老介家囤积多年的粮食，被按人头分给了桑镇周围十几里的老少爷们，大家可是过上了几十年一遇的暄年。

处决少东家的刑场设在桑镇西门外的海子边，和徐月群一起被处决的还有他的老婆和两个儿子。据说对于是否把徐月群的老婆和儿子也一起处决，驻军和县政府曾发生过激烈争执，争执到最后还是政府一方占了上风。政府一方认为：不杀徐月群不足以平民愤，不足以彻底揭穿徐月群以及死去的徐老介勾结军阀土匪、囤积财富、鱼肉乡里的人面兽心，而且杀就要斩草除根，以绝后患。但由于驻军的坚持，二太太和两个女儿还是留了下来。腊月二十三是旧历"小年"，又赶上桑镇的庙会，围观的人群站满了桑镇的寨墙和海子外边的空地，连那些光秃秃的桑树上也爬满了看热闹的年轻人。徐月群不见了往日的矜持和威风，他跪在海子边，衣衫潦草，目光空茫，比你上一次见到他老了至少二十岁。他承认对桑镇的百姓们犯下了万劫不复的罪。如果不是解放军公布的徐月群的罪状里有"勾结鸡公山的土匪许大麻子抢夺流水湾等几个村子的粮食欠下麦根等十几条人命"这一条，你真的认为徐月群有天大的冤枉。你拥挤在看热闹的人群里，心里像坠了一块石头。你真想不通：老徐家怎么了？不就是屋里钱粮多一些吗？可他们没有坑蒙拐骗，没有偷拿抢夺，如果这样的仁义君子也该死，真不知道天下还有啥人该活着！但慢慢地，你望着跪在地上的徐月群，拳头一点点攥紧了。随着十几声枪响，徐家的人谷个子一样倒进了海子，押来赔罪受审的二太太和两个女儿都低下头，你和围观的人群一起发出了怒吼，"共产党万岁解放军万岁打倒大地主徐月群"的口号和此起彼伏的爆竹声一起响彻了云霄。你从此死心塌地跟定了共产党和解放军，年也没过就穿上军装随着解放军的队伍一起南下了。

临走的晚上，我娘说给孩儿取个名吧。你想了想，说叫麦青，就叫麦青吧。我娘"麦青麦青"地反复念了两遍。说中，就叫麦青。我娘说麦青他爹你要早回，俺娘俩在家等着你呢。

你说要早回。

我娘说你要经常捎信回来他爹。

你说要经常捎信回来。

我娘说麦叶你可不能不要我们娘俩了。

你说哪能呢，要那样就叫我麦叶吃枪子。

你从我娘身上下来又把我抱了抱，说小满我真走了。

你从此一去杳如黄鹤。村子里有人说你在南下的途中战死了，有人说你根本就是混进革命队伍的坏分子，在国共混战中瞅准机会投向了国军，跟着蒋介石一起去了台湾。相反的消息是你打仗非常勇敢，跟着解放军一直打到海南岛，后来又跨过鸭绿江，转战去了上甘岭，凯旋后升了官，在城里又娶了个如花似玉的老婆，过上了神仙日子。但所有的消息都没有得到证实，土改的时候，工作队顾忌你的军人身份，仅仅给我们家定了个中农。不但给我们留下了三个人的土地，而且房子也没有动你的。我娘风里雨里、家里地里，硬是把我带到了入学的年龄。

我问我娘：人家都有爹我爹呢？

不是都告诉你一百次了吗？你爹跟着解放军南下打老蒋去了，你的名字就是你爹临走给你取下的呢。

那我爹什么时候回来呢？

你爹很快就要回来的。我娘说他发了誓说会回来的。我娘泪水哽咽地把我紧紧搂在了怀里。

3

你回到流水湾已经是十年以后，名字也由麦叶变成了麦向党。有一次我问你，爹你在部队混了十年，怎么连张党票也没捞到呢？你说臭小子，滚一边去！

你后来告诉我，说你这辈子都栽在女人身上。饱暖思淫欲，男人啊就是没出息，只要三顿饱饭下肚，裤裆里那个东西就想着惹是生非了。你说如果说当兵前年轻不懂事，到了队伍上还犯这样的迷糊就是混蛋透顶。你自己就是混蛋透顶。你说你是怀着一肚子家仇跟上队伍走的，你爹驴子样给徐老介拉了一辈子磨，临卸套还给徐月群背后捅了刀子，不跟这样的人拼命还跟什么样的人拼命？

你喘口气，说到了队伍以后你打仗特别拼命，就知道端着枪往前冲，不要命地往前冲。

我说那你不怕死？

怕的有鬼，战场的场面就是日怪，你越怕挨枪子，枪子就长眼睛一样专门往你要命的地方钻。你把命豁出去，可能还什么事儿都没有了。你躺在屋子里快要散架的木板床上，你的声音也渐渐高起来，仿佛重新回到了炮火冲天的岁月。你说因为打仗拼命，刚过长江你就升了排长，到昆明你已经是一连之长了，而且还入了党。连名字也听从首长的建议，改成了麦向党。从昆明追赶国军到蒙自县城，你带着部队冲进县衙，搜遍县衙大院，也只剩下了县长的家眷。部队首长命令部队停止追击，就地安抚当地百姓，整顿社会秩序，恢复农业生产。

你心里一百个不愿意，你说首长我要继续革命。首长说过去打仗是革命，现在生产也是革命，党叫你怎样革命你就要怎样革命。你只好留了下来。

打了一年多的仗，乍一停下来还真无聊，你一来二去就和县长的三姨太搞到了一起，你说县长的姨太太就是县长的姨太太，就是和流水湾里那些娘们儿不一样，你搞了她一回，做梦都想搞下一回，只要沾上边，你就再也离不开了，你不久就把人家的肚子搞大了，三姨太提出要嫁给你。你说那怎么行呢，我家里有老婆孩娃呢。三姨太说这我不管，反正我肚子里有了你的种，你不娶我，我就传扬出去，叫你们队伍上都知道，叫全蒙自的人都知道。你慌了手脚，吞吞吐吐地把事情说给了指导员。指导员不敢隐瞒，报告了上级，上级不但把你捋了个精光，连党也除了名，给了一些路费盘缠，让你自己回老家去。

回就回吧，反正家里还有老婆孩娃等着呢。你想。

你去给三姨太道别，你原以为她马上就会把你打发了，没想到你见到三姨太，她已经哭得不行。她一下扑到你怀里，说麦连长你咋就这么实诚，我只是吓吓你，你怎么就给上头说了？你心里咋就没一点空儿呢？

你知道坏了，这回也犯了和你爹当年一样的迷糊，又拿着人家的棒槌当针使唤了。瞧这猪脑子！怎么又进水了呢？你使劲用拳头砸自己的脑袋。但这世上啥都有卖的，就是没有卖后悔药的。你把队伍上给你的盘缠推到三姨太面前，说思伊你好自为之吧，我走了。三姨太说麦向党你不能走，你忍心抛下我，也忍心抛下我肚里的孩子？他可是你的孩子！

我——我……这下你真的两难了，你望着眼睛哭得桃一样的三姨太，结结巴巴一句话也说不上来。

三姨太说我能看出来你是个仗义男人，我也不稀罕你连长什么的，只要你一心对我，走到天涯，我跟到海角，吃糠咽菜一辈子我也跟定你了。

你只好留下来，带着三姨太悄悄出城，去了山上的寨子，和她做了没名分的夫妻。

我说我娘活着的时候知道这些事情吗？你摇摇头。我这辈子欠你娘太多了，怎么忍心再往她伤口上撒盐呢？

你和三姨太在一个穷寨子里生活了八年，在那个天高皇帝远的地方，你们日出而作，日落而息。到那儿的第二年夏天，三姨太生下了一个女孩，也就是我的妹妹麦穗儿。麦穗儿的出生远没我顺利，三姨太连哭带叫，折腾了一天一夜，最后都没有了一点力气。三姨太说麦叶我恐怕不行了，我死后你一定要去我老家给我妈说一声，说思伊对不起她，不能给她养老送终了。你说思伊别说傻话了你不会死的。你也豁出去了，连夜背着三姨太下山去了县城的医院。院里的医生还认识你和三姨太，他们不但没有看扁你，还说你重情义，是个男人。

折腾了一夜，大人小孩都算保住了，但医生说三姨太是再不能生了。三姨太说不生了，打死我也不生了，一个就遭罪够了。你们在医院住了三天，三姨太刚能下地走动就赶紧回了寨子。

麦穗儿长到六岁，已经出落成了一个比照片里小时候的三姨太还漂亮的丫头。三姨太说麦叶咱该送穗儿去后山念书了。你说丫头家念哪门子书？我祖上三代没踩过学堂门槛，一样走南闯北，你墨水喝得满肚子吭当，到头来不还得跟着我受苦遭罪？人就得信命！

三姨太的脸涨得像刚下窝的母鸡。

三姨太说麦叶你这是抬硬眼儿杠，是强词夺理，你不能这样说的！

不这样咋说？

我——我不知道咋说……三姨太有些结巴，反正每人的一辈子和另个人就是不一样的。你龇着牙坏笑，说当然不一样，比如我和你，我多长了一个东西，你就没有。

三姨太说麦叶你放屁，你胡搅蛮缠！我梅思伊样样事儿都依你，就麦穗儿念书这事儿不能依你的。三姨太说着，泪蛋子都流下来了。

你说得——得，我这辈子就见不得女人哭，依你还不行？

三姨太抬起衣袖抹去眼泪，说你去合作社干你的集体。穗儿的事不劳烦你。

那时候合作社的燎原之火已烧到蒙自最偏僻的山寨。你住的老界寨也被山下的花山寨给"合作"去了。大家被捏合在一起上山下田，说说笑笑的还真添了不少热闹，虽然经常黑天白夜连轴转，有时十几天也不能回一趟寨子，可那累挺一挺也就过去了。开春的一天中午，你正和一伙子青壮劳力边挥镐边嬉闹，花山寨送饭的二宝气喘吁吁地挑着饭担上来了。二宝放下担子，顾不得擦顺脸往下爬的汗道子，就火烧火燎地问，哪个是老界寨的麦向党？

我就是，嘛事？

你快回寨吧你家里出事了。

啥尿急的事？

二宝说你闺女——你闺女让熊瞎子叼去了你快回寨吧，你老婆哭得都快不行了。

你闺女才让熊瞎子叼去了呢！老子可是尸骨堆里爬出来的。敢骗我，把你脑袋揪下来。你咬着牙说。

谁骗你谁是这个，二宝使劲踢了踢脚下的一块石头。你这才把痴笑收起来，扔下镐头，没命地向寨里跑去。

翻过两个山坡你竟然没喘一口气，你跑回寨里，推开家门。你家屋子已聚满了留守在寨里的妇女老人，还有几个在院子里戏闹的孩子。看到你回来，人们自动闪开了一条缝儿。梅思伊正披头散发地坐在当门的泥地上哭呢！你只看见她的口大张着，却没有听见从里面有声音发出来。

咋啦？咋啦？咋啦咋啦？……你连问了十几声，也没有一个人回应你，你揪起三姨太的头发，对着她的脸，甩巴掌搧过去。

你说究竟咋啦？

旁边一个你不认识的老头儿告诉你，大约中午放学后，麦穗儿一个人偷偷溜出学校玩耍去了，没有人看到她去了哪里，也没有人知道她去了多远，整整一个下午也没有人问起她去了哪里。下午放学点名，老师才发现麦穗儿不见了，老师报告给校长，校长这才慌了神，发动所有的老师去找。最后只在学校后面的山坡上找到麦穗被撕得稀碎的衣服和一片血迹，血迹是新鲜的，一直拖进了山林，顺着血迹继续找，又找到了几块血淋淋的骨头。

估计是被熊瞎子给害了。老头儿说，这都是老朽的责任呀。麦向党同志，有啥要求提出来，只要我李华庭能办到，拿去我这条老命我也没怨言。

老头儿一边说着，"扑通"跪在你身前，泪水哽咽地哭起来。

村里的人告诉你，老头儿是后山村小的李校长。你低下头打量他，此时跪在你面前这个满头白发的老先生，瘦得树枝子一样的身体正在不住地打战。你扬在半空中的拳头无声地落了下来。你说李先生你能还我的穗儿吗？李先生说，这——

那我还要求啥呢，你起来吧。

日子黑一阵白一阵地忽闪着翅膀，你只在家待了三天，就又去了社里的工地。这三天里你和三姨太脸对脸坐着，却不说一句话。哀莫大于心死，那时你的心的确死了。你对屋子里这个叫梅思伊的女人已经产生了一种深深的厌倦和恶心，连跟她搭个腔的兴趣都没有一星半点，更别提把她搂到怀里哄劝。你说男人和女人之间不怕打架，就怕这个厌倦，天天打架的夫妻不一定不是好夫妻，要是厌倦了，日子十有八九也要过到头了。

你头也不回地离开了家。

但你有家呢，你不能死在工地上吧。十天后，合作社里的活儿告一段落，你不得不跟大家一起回了老界寨。见到三姨太你差点没有喊出声来。从前那个年轻而又美丽，让你丢了前程，弃了妻儿，勾去你七魂六魄的梅思伊不见了。躺在床上的是一个头发花白、形容枯槁、目光呆滞的病恹恹的老女人。如果不是见到你走进来她嘴角流露出的凄然一笑，你真以为自己走错了门。

　　麦叶，我终于把你等回来了，三姨太说，你过来。三姨太的声音里像有一铁钩拽着你。

　　坐下！

　　你乖乖地坐下了。你的泪水已经哗哗流落下来。

　　抱着我。

　　你轻轻把三姨太抱了起来，像抱一个刚出生的婴儿。

　　抱紧我！

　　嗯。

　　我爱你。

　　嗯。

　　我恨你。

　　嗯。

　　我对不起你。

　　嗯。

　　我下辈子还来找你。

　　嗯。

　　我走了。

　　嗯……

你的手突然轻松了。你的耳边仿佛响起了麦穗儿的哭声。你看见一缕白烟从你的眼前向窗外飘去。你伸出手，却什么也没有抓住。

把三姨太草草埋掉，你想你不能再在老界寨待下来了，一分钟也不能再待下去，再待下去你的心都会碎的。你简单收拾一下行李，冷笑着把栖身八年的屋子也点着了，在一团奔跑的火光里，一步一步下了山。

两天后，你乘上了从昆明开往内地的汽车。

你说，都是我害了梅思伊，她其实和你娘一样是铁了心跟我过日子、做夫妻的。

你的手在我手心里挣扎着，似乎只要我松开来，它立刻就会远走高飞，但窗外的夜空这么深邃，它能飞到哪里去呢？我下意识地把它攥得更紧，我感到它在渐渐变凉，变硬。但你塌陷的眼坑里却有两团火苗在越来越明亮地燃烧，不停地舔舐着我干裂的皮肤。

你人间蒸发十年后又突然冒出来，就像一块石头扔进河里，在流水湾引起了极大的轰动，但见到你的四邻却掩饰不住心里的失望。你的衣着破烂而肮脏，头发像鸡窝，乱蓬蓬的胡子遮严了大半张脸。这哪里是官人，被通缉的流窜犯还差不多！

他们说麦叶你回来了。

回来了，你说。

你给他们敬纸烟。他们的手摆得像杨柳枝，说还是老辈传下来的烟锅子抽着舒坦。他们的目光狐疑重重，不相信面前这个落魄的家伙就是顶天立地麦大善人的儿子麦叶。

你说，我现在叫麦向党。

麦——向——党……好！这名字好！他们咧嘴嘿嘿地笑。

一拨人出门去，另一拨人又拥进来。不是说麦叶在城里做大官吗？不是说麦叶跟老蒋跑台湾了吗？屁！瞧那熊样儿。

我也不信。

我把书包扔到床上，冷冷地扫了他一眼，说，你是谁？

你爹。小满说。

我说谁是我爹？

小满说你爹就是你爹。麦青快叫爹叫爹！小满一忽儿哭一忽儿笑，哭的时候脸上带着笑，笑的时候泪水扑簌簌地流。

我说爹——我的声音弱得像被扼紧喉咙的蚊虫。你却还是听见了。你伸出脏兮兮的手摸我的头。你的手掌冰凉石头般硬，我使劲拨开它跑了出去。

那个晚上，我被移到了另一个房间的雕花木床上。你说这是你爷爷当年的床呢！那个晚上开始，我再也没有闻到小满身上特有的气息。那气息是田野的气息春天的气息庄稼的气息花花草草的气息，是我用言语无法形容的，它让我迷恋让我沉醉让我不能自拔，让我一次次脚踩祥云飞过一片又一片田野最后到达了那个长满奇花异草的世界。我知道，那个世界就盛开在我母亲的身体里。

狗日的麦向党！我在心里一遍遍地诅咒你，恶狠狠把身上的染花被子蹬落地上，我的泪水止不住地流。就是你把小满我从怀抱里硬生生夺走了。狗日的麦向党！

你问小满，说这孩子看我怎么那么凶，好像我是他几辈子的仇人似的？我躺在老麦根的雕花床上，听着另一间房子里的窃窃私语，心想，算你眼还不瞎。小满说麦叶你胡扯啥哩，日子长着呢，你的种会不跟你亲？他只是跟你生分，慢慢会好的。我望着黑沉沉的房顶，它似乎已经摇摇晃晃地压下来，我咬牙切齿举起双手迎上去。

我又开始做梦了。

你在我梦里丢盔卸甲地奔跑，我在后面拼命追赶。我的手里有时拎着一条虎口粗的木棒，有时是铁棒，还有时是明晃晃的大刀。我和你的距离越来越近了，我手里的家伙狠命砸下去，我看到火花飞溅，我的木棒铁棒砍刀不偏不倚正砸在一块巨石上，我抬起头又看见了你惊慌的影子，我继续追上去。我说麦向党有种你跑吧，跑到你娘肚子里我也要把你拉出来剁了。我已经抓住了你的衣服，我猛一用力。我从梦里醒过来，我的头颅里像丢进了无数个炸弹一样在嗡嗡作响。天亮了，窗外树上的叶子已经染上一层亮晃晃的金黄，我摸索着穿上衣服。背起书包向学校跑去。

4

我的母亲小满死于一个电闪雷鸣、洪水肆虐的夜晚。超负荷的重体力活计的折磨和对儿子的思念已经使她只剩下了几根在风中铮铮作响的骨头，才四十岁的女人啊已经没个人形，从床上站起来也摇摇欲坠。

那一年的暴雨下得特别大，雷声挟裹着闪电在耳边炸响，黑夜被劈开的瞬间，那些老树已经一棵棵倒下去，院子里横七竖八到处躺倒的都是它们的尸体。天上的水在向下倒，地上成了一片汪洋，连老鼠和蛇都绝望地爬上了屋脊。这样恐怖的夜晚是不会有人能睡着的。你们也从床上爬起来，用被子裹着身体，瑟瑟地缩在屋子的角落里，度过了失魂落魄的一夜。你的脚下已经涨起腿肚子深的水，雷声里有雨声，流水声，哭叫声，大树拔根声，墙倒屋塌声和人与畜生的尖叫。小满说要天塌地陷了，我恐怕再也见不到麦青了。你说天塌地陷了吧，天塌地陷了世界就干净了。

熬到天亮，你去大街上转了一圈，回来对小满说，你得自己在家守着了，我跟村里男人们一起到堤上去。你穿上雨衣，打开那个只有你才有钥匙的柜子，摸索着拿出一个沉甸甸的东西，拎在手上掂了掂，塞进裤腰，又重新锁上，扛起铁锹出门，混在大伙儿中间上了河堤。

小商河是颍河的一条不值一提的支流，但它却是流域内的十几个村庄的命根子，遇到洪水暴发，在哪里堵塞了，那儿的村子必定倒霉，一直流下去，我们流水湾就要遭殃，连带着桑镇也不会有什么好日子过，所以多年以来，桑镇和上游的柳树乡，流水湾跟相邻的皮条村，没少挑梁子、结冤仇。但这么凶的水毕竟还是几十年来的第一次。流水湾的人们怎能甘心看着自己立命的村庄被洪水夷为废墟呢？一旦洪水退去，他们和他们的儿孙又能到哪里去讨生活？

你和村里人来到村北水闸上，第一眼就看见了皮条村的支书皮志豪。站在皮志豪身后的是皮条村的老少爷们。两个村庄的几百号人瞬间进入了对峙状态。你看见黄汤汤的泥水像一条不驯的蛟龙翻着花，打着旋，抖动着鬃毛从上游的河道里冲下来，发疯似的撞向紧闭的闸门，掀起的狂浪猛地甩到了闸门的另一边，河堤内侧满人高的玉米只剩下了最顶上两片叶子在拼命地挣扎着，仿佛在向人们呼救。

皮志豪瞥了流水湾的人一眼，说：开闸！

流水湾的支书说，谁敢开闸？

对峙的双方像两堵墙壁各自向前跨进了一步，你甚至听到了他们目光相撞所发出的叮叮当当的脆响和噼噼啪啪的燃烧。他们手中的家伙已经高高举过头顶，铁色的光芒在雨水中闪闪发亮。他们虎视眈眈地逼视着对方，猎狗一样警惕地等待着对方目光中稍纵即逝的胆怯和慌乱，以发出闪电般的致命一击。一场流血的肉搏已不可避免。

没有人注意到你是什么时候从人群里挤出来的。也没有人注意你是怎样神不知鬼不觉地站到闸门上的。你说事后自己都感到奇怪，对峙的双方上千号人竟然没有一个人发觉你。真是日怪了。你说可见当时的气氛已经紧张到了何种程度！

你站到闸门上。你的手上拎着的竟是一把黑森森的驳壳枪！

这枪可是上膛了的！你说。

你的话音刚落，那支驳壳枪就示威似的发出了一声尖声厉叫。

有种的来吧。你把枪在空中挥了挥，向着对峙的双方嘶喊，然后突然把枪口堵上了自己的太阳穴。

天地间突然静了下来，风和雨也似乎突然间没了一丝声息，只有你的心跳在耳畔咔咔地响。你说两个村子的人是被你吓蒙了。他们真的冲上来，你也不知道会不会开枪打死自己。

你像一座紫檀木雕一样立在那里。

天色渐渐黑下去，又渐渐亮起来。等到再一次看见流水湾人们的脸，皮条村的爷们儿发现一夜之间流水湾竟然在自己的土地上筑起了一条拦河坝。肆虐的洪水张牙舞爪地扑上去，拼命地撕咬、扑打，河坝却纹丝不动。皮条村的爷们儿脑袋耷拉了下来，他们恶狠狠地丢给你一堆白眼儿，气咻咻地撤下了河堤，回村商议其他办法去了。

　　你被从水闸上接回去的时候差不多成了一具僵尸，村里的人们把你抬进屋子里的时候都惊呼了一声。他们看见了躺在床上的另一具白发飘飘的尸体——我母亲小满的尸体。但你没有叫，你说你在水闸上就已经看见了发生在家里的一切。小满躺在床上，她的身体里像有无数的蛆虫在蠕动，但她已无力动弹一下，只能圆睁着空茫的眼睛，绝望地注视着漏雨的屋顶。带着霉味的雨水打在她身上、脸上，她身下的床已经开始向地下陷落，她慢慢地闭上了眼睛，藏在眼窝里的两颗硕大无朋的泪珠也咕嘟落下来，眨眼间就融入了横溢的雨水。你说你听见她最后喊了一声"麦叶"，但你不能答应，你要是一答应，整个人就会塌下来。你看见一缕青烟从你的眼前向窗外飘去。你没有伸手，你说你知道再伸手也是白搭，小满、思伊、麦穗儿都追随着你父亲到太阳里享福去了。

　　你在屋子里躺了一个多月才爬起来，秘藏了十几年的驳壳枪也被公社武装部没收了回去。你一能走路就忍不住去看了我的母亲，但你只看见了一坟的荒草在寒风里飒飒起舞。你说这些荒草都是小满的魂小满对你的恨！你这一辈子最对不起的女人就是小满，你只好来世变牛变马赎罪了。

　　你把倒塌的老屋又筑起来，白天你就到小满坟上坐一会儿，有时候迷迷糊糊睡着了，你会梦见小满和思伊，你的父亲老麦根，你心爱的小女儿麦穗儿，永远只有六岁的麦穗儿，还有老东家、少东家。你一边哭一边不停地对他们数落，你醒来的时候，手上只抓着一把冰凉的枯草。

晚上回到屋里你就把门死死地关上，夜深人静，冰凉的月光透过木格窗棂照着你散发着霉味的木床，你躺在床上，翻来覆去地折腾，你睡不着，你的耳边却只有老鼠啃咬泥块的吱吱声，和骨头缝里漫上来的噼噼啪啪的疼痛。你说你不愿意再跟村里任何人说话了。你和他们已经无话可说。

你成了流水湾最大的孤独者。

5

你说人一辈子说破了就是一场梦，你在梦里拼命地去追赶那些你最想得到的东西，你挖空心思，把吃奶的力气都使出来了，你觉得自己抓在了手里，你想这回你总跑不掉了，你松开手才发现自己抓住的不过是另一个梦。

人活一辈子其实根本就一无所有，可惜这道理我明白得太晚了。要不然也不会六十多岁的一大把年纪疯疯癫癫往南边跑了。

我记得那是一个天阴得能拧下水来的秋末的午后。你像一个幽灵一样飘到了我面前。自从在陌生的城市安定下来后，我一直懒得打听你的消息，更不愿意过问你的事情。我一直认定你应该对我母亲小满的死负责，你能原谅我心里没有你这个父亲的位置吗？

你的头发已经全白了。白得像一个梦，一场下了几十年的大雪。你说我们的村子里差不多已经变成了一具空壳，村子里的男人都像鸟一样振振翅膀飞向温暖的南方去了，只剩下了一些孩子和半死不活的老人。

我说那承包田呢？你说撂荒了，全都撂荒了。这年头儿旱得平地生烟，提留杂税多如牛毛，别说庄稼，田地里连屌毛不长，有土地和没土地有什么两样儿，指望着土里刨食，只能被人笑话，有一点出息的男人，谁还囚在村子里等死？

我想到南方去看看，路过这儿，就下了火车，来看看你。

我用难听的话噎你，我说看什么，不看我也死不了。

那也是，你说，你媳妇呢？

兴许回娘家去了，谁知道呢？

看我没有留你的意思，你说那我走了，到了那里我会给你写信的。

望着你孤单的背影渐渐消失在小巷尽头，我的心中渐渐生出了一种报复的快感。

一个人要真正理解另一个人，完全走进他的内心是多么艰难。没有谁的内心对另一个人是完全开敞的，哪怕是他最亲爱、最信任的人。我还以为你到南方去只是因为活得过于孤独。你只是想出去透口气。要不了几天。你就会老老实实回到那个叫流水湾的破烂村子的，因为那里有你的根，你的魂，你一辈子的骄傲、光荣和梦想。

临近年关，厂子里依然忙碌，我正在车间里干活，一个工友走到我面前，扬了扬手上捏着的东西对我说，麦青你的信。

我接过来，看见那封信已经破得不成样子，不但表面皱巴巴的，上下两边也已经炸开了口。信封的右下角一片空白，既没有地址，也没有邮编。我撕开封口，抽出缩在里面的信瓤。打开来，才知道了你离开我所在的城市后发生的事情。

信是一个陌生人写来的，他说和你是广东湛江东坡岭收容站的狱友，是你托他传信给我的。如今你在监狱里怕已经瘦得皮包骨头了，你吃不下饭，睡不着觉，浑身被蚊子咬得血迹斑斑，都连成了疮，每天还要去山上打十几个小时的石头，稍有懈怠，还会遭到看管人员的呵斥毒打。最后他说，快去救救你爸吧，他在梦里都喊你名字呢，晚了你就再也没有爸爸了。

我二话没说就揣上钱去了火车站。也许是过年的缘故，火车站上人并不多，偶尔的几个也被浓浓的大雾遮住了脸，分不清是人还是鬼魂。售票员问我去哪里。我说湛江，我父亲在湛江。售票员说你是湛江人？我说你才湛江人呢！然后头也不回地离开了。走了好久我听见售票员的声音从小小的窗口追了上来——

神经病！他骂。

大年三十那天，我按照陌生人提供的地址，终于找到了你。相隔着冰冷冷的铁栅，我喊你"爹——"我的喊声不高，却像一道光突然照亮了你。你从人群中慢慢抬起头来，四下里寻找那熟悉而又遥远的呼唤，终于，你的目光锁定在了我的脸上不再移动，你的脸已经变成了一张揉皱的废纸，瘦弱的身子也像被一条看不见的细线在纸团上吊着，只有那热切的目光证明你还是个活物。你从地上站起来，一步一步地向我走来，你的脚步踉跄满含惊喜，像一个受了委屈的孩子，隔着铁栅，俯首在我的胸前，放声大哭起来。

我搂着你的后背，抚摸你的乱蓬蓬的白头发，小心地擦去你脸上的泪水。

我们都不说话，却有万语千言通过身体的各个部位在同时传递。

那一瞬间，我多像一个历尽沧桑的父亲，而你却变成了一个满腹委屈的孩子。

我们在噼里啪啦的鞭炮声中走上了湛江街头。

又是一年即将过去，新的一年也会如期来临，融融的海风吹过来，世界似乎没有发生丝毫变化，但仔细看，又总觉它已经不是旧年的相识。我们踏着遍地的彩纸，闻着浓浓的烟火味拐进了一家小饭馆。我们要了不少的菜，还破例要了一瓶白酒。望着你狼吞虎咽的样子，我开心地笑了，泪水流到嘴角，我伸出舌头舔一舔，咽了下去。

甜的！

我没骗你，真的比蜜糖还甜。

我怀疑刚刚发生的一切仿佛一场梦，一场从来就不曾发生过的梦。

我说咱们回吧，你就把你的村子扔了，搬到城里来住吧。你摇了摇头，又点了点头。你说我知道你是个立事的人，不像我，一辈子就这样糊里糊涂过去了，到该死还是两手空空。

你还给我讲了给我写信的陌生人的故事。一个挺不错的人呢，你说，但他却是一个潜逃了几十年的杀人犯。

有一年他从镇子上回家。正是中午时分，原本就行人稀少的山道更寂静无声，风吹得道旁的荒草飒飒作响，他刚靠上路边的一块石头上，就迷迷糊糊睡着了。猛然睁开眼睛，就看见了一个从山下上来的女人，在漫山起伏的树叶的绿浪里，女人一身粉红显得特别扎眼。他怀疑自己眼花了，要不就是撞上鬼了。他顾不得擦去嘴角边流下的涎水，就赶紧站直了。

女人显然也看见了他，径直向他走过来，说大哥，赶场去了？

他点点头，算是答了。还问，妹子你呢？

卖两头小猪。女人指了指背在身上的箩筐，憨厚地咧了咧嘴。

卖猪？他重复了一句，心里当时就莫名其妙地动了歹念。不是那样的歹念，是谋财害命的歹念。

他说之前他可从没有干过这样的事情。他知道前边不远的两山之间就有一座独木桥，那里正是下手的好地方。

路上人挺少的，听说最近还老有野狼下来惹事，妹子咱们一路走吧？女人又咧开嘴笑了笑，露出了一口好看的白牙。

两个人边走边聊，各自说着自己村子和家里的长短，很快就上了桥，他偷眼瞅了一下女人，女人并不知道已经大难临头。他说一路上他犹豫了几回，但最后还是下了手。

他伸出手指着桥下，说妹子你看那是什么？

女人不由住了脚，勾着头去往桥下找。还没等她看清什么，他就顺势用力把女人推了下去。

女人连哼都没哼一声就像一只鸟儿脱离了地面。他赶到桥下，顾不得女人的死活，就把她身上里里外外搜了个遍。你猜结果怎样，他只从女人身上找到了两块四毛钱。

两块四毛钱杀了一条人命，他真是昏头了。他低头看了看躺在沟底的女人，多漂亮的一个女人呀，他的心里突然一阵惊慌，下意识地往四周看。还好，别说人影，连一只鸟的影子也没有。他脱下自己的上褂把女人的脸盖严了。没敢再回家，就匆匆下山，逃去了南方。那人说这么多年，他一直把这件事憋在心里，连到南方后再娶的老婆也不敢告诉。越到后来他越害怕，这害怕就像一把匕首插在他心上，戳得他鲜血淋淋，每天夜里一闭上眼睛，女人就哭着向他讨命。他说他杀死那个女人只用了一眨眼的工夫，女人却三十年每天都要杀他一次。就这样一年年地苦熬，他终于再也支撑不住，向政府投了案。

我问你，说这些干什么？

你说不知道，在监狱里的那些日子，你的眼前老是飘着你爹、小满、梅思伊、麦穗儿、徐月群的影子。他们紧紧地扑在你身上，哭泣、流泪、撕扯、抓挠，让你夜不能眠。你想尽了所有的办法也不能把他们赶开。你说你知道我的日子不多了，他们这是提醒你赶紧上路呢。

你说你原本打算去蒙自看看，你得在上路之前再去蒙自看看，都三十多年了，你也该去看看了。你先去我母亲小满坟上跟她说了一天掏心掏肺的话。你说小满你先别急，回来我就去天上陪你。你又去了徐月群和他老婆孩娃坟上烧了纸。你说巧得很，你还碰到徐月群的两个闺女。她们现在都在国外安了家，听说做了啥大学的教授，这次是专门回来祭奠父亲的，并有县长亲自作陪。

你并没有和他们相认，你说世事难料，三十年河东，三十年河西啊。

你顺路来看了我，就乘上了去昆明的火车。

你说真不好意思，你竟然晕头晕脑地坐上了去湛江的火车。车到徐闻站，乘警查票，你才知道自己搞错了。他们不由你分辩就把你当盲流装进一辆闷罐车，运去了东坡岭劳教所。你说可惜我这一辈子再也没有机会去蒙自一趟了。

我说你愿去就去吧，我也可以请假陪你去看看。

算了，也许梅思伊和麦穗儿不愿我去打扰她们的安静才让我故意坐错车的，我还是回到村里去吧。你说村里人都走完了也挺好，我就一个人留下来，和村庄一起老去。

你说，麦青你回城里忙吧，忘了这儿，全当你这辈子没有过我这样一个父亲。流水湾只是我一个人出发的地方，它也只允许我一个人留下来。

这是中午，一天里最安静的时光。太阳暖暖地晒着你，他光滑明亮的手指轻柔地摩挲着你的皮肤和骨头。你仿佛变成了一个婴儿，一个粉红透明的婴儿，在阳光里乜斜着眼睛，呵呵地笑。

你想，那太阳一定是你爹的使者，是你爹从天上派来照顾你的。或者，他其实就是如今生活在天上的老麦根。他不放心你，又不能对你说出来，只能这样不舍昼夜地呵护着你。

被他光滑明亮的手指抚摸着，你真的变成了一个婴儿——一个粉红透明的婴儿。

多年以前就是这样，多年以后依然是这样。

你坐在门前的残墙下，望着天上的老麦根，他的眼睛依然是昏花的，身上浓重的汗味儿也没有丝毫的改变。你顺着他的目光望过去，恍惚中又回到了那个混沌而又透明的水世界，你知道那是你娘的子宫——你娘和你爹一起孕育你的地方，也是你出发的地方，现在它像一个巨大的摇篮在天地之间摇晃着。

它一直在那里摇晃着……

6

有关你的生活碎片，我只收集到这些，我不可能再写下去了。

但我仍然接着写下了下面这段莫名其妙的文字：

在我们流水湾，树比人多，也比其他事物活得更长久，所以称它们为流水湾的主人一点也不过分。在我的记忆里，树总是长不多高就手拉着手，把指甲盖大小的村子严严实实围起来，再小心地遮上厚厚的绿荫。春天归来的时候，树上也繁忙起来，先是树身上的皮肤由粗糙变得爽滑了，树枝渐渐泛出一层浅淡的若隐若现的鹅黄，突然有那么一天，第一粒绿芽爆了出来，接着第二粒、第三粒……而且每一粒的额顶都沁着细密的汗珠，仿佛刚刚经历过催生的阵痛。等到那些绿芽睁开惺忪的睡眼四面张望时，所有的枝头都笼上了一层云蒸霞蔚的紫雾。红的、白的、黄的花儿赶年集似的火火地盛开来，装点着留守的村人足不出户的寂寞日子。过不了多久，密密的绿荫深处偶尔就会有几个绒绒的小脑瓜不经意探出来。

夏天蹑手蹑脚地来到树上，树似乎早有准备，伸一伸胳膊拂去脸上的浮尘，把浓郁的绿变得更油亮肥厚一些，又不知从哪儿招来些昆虫和蝉子，没明没夜地吵嚷着，村人不耐烦了，怒冲冲地抄起根长棍一阵轰赶，或者怂恿着孩子去屋子里拿来粘网将其缉拿归案。而他们自己则睡回到软床上，又优哉游哉地扯起了呼噜。日头斜向西南他们才不情愿地爬起来，伸着懒腰，打着哈欠，松松垮垮地朝田野走去。树目睹了这一切，但树不说话，只摇着头，哗哗啦啦落下几片叶子。第二天再去那儿躺下来，村人就感到脸上灼烫。村人知道树是生气了，便不敢再怠慢。

秋天一到，树不得不多吃些累，多受些委屈了。村人把收获的玉米从田里运回来，赶午后或晚上的间歇，扒净一层层护皮，只留下最里面的两片，编结到一起，用绳子吊着，高高地挂满树几乎所有的枝枝权权，有意无意地炫耀着。如果这时节你来到流水湾，冷不丁还会以为是树发生了变异，也学着玉米结起棒子来。这和夏天多么不同，夏天你远远地望我们的村子，像望着一座座漂浮在蔚蓝大海上的森林，这都是树带给你的误会。但现在是冬天，而且刚刚落下一场这么大的雪。安置好来年的庄稼，村子里的男人都成群结队地外出赚钱去了，留下女人们守着家，照料孩子和家畜，侍候爹娘。其实谁舍得走呢，但有什么办法。这年头我们村子着实不怎么景气。村人安置完来年的庄稼后，爬到树上去，把晒干的玉米扔下来，剥下籽粒喂牲畜，或者干脆堆放到角落里任老鼠啃啃。至于春天那些茸茸的小脑瓜，早在秋天已被村人扫荡得一干二净。

树低头看看自己裸露在寒风里的根，那儿的皮肤这些年来不知脱过多少层，所以留下的伤疤也特别深，好在自己习惯了，早已忘记什么叫痛。不像过去，每一次都痛得锥心刺骨。树隐约记得小时候身上拴过一只羊，雪白雪白的羊毛依卧在身上暖融融的，还散发出迷醉的太阳的味道。羊无聊的时候就用弯弯的两只犄角往自己身上蹭痒，蹭得自己心里也痒痒的。羊每蹭一下，自己就禁不住颤动一下，羊来了兴，越蹭越快，自己也不停地颤动。直到蹭得那些泛黄的叶子落下几片，羊才心满意足地停下来，轻轻地咀嚼着，两只凝望着自己的清澈黑眸盈满了温柔和甜蜜。那只羊养了不到一年，就被卖掉了。树心疼了好久，直到今天，树一想起来，仿佛村外还隐约回荡着羊嘶哑的咩咩哭喊。

稍大一些年龄，树身上还曾拴过一头猪，树真的记不得那头猪的模样了。那头猪不但整天滚满泥浆，臭气熏天，而且除去吃食和酣睡，总爱伸长鼻子在树周围拱来拱去，不长时间就把潮湿的泥土

297

掀了个底朝天。树想起自己的根就是这个可恶的家伙给拱出来的，然后啃、踩、践踏，终于再没有机会完整地愈合。那些日子树黄皮寡瘦的像患了癌症。那头该死的猪到底没有躲过春节，被外出回来的村人一刀子捅进心脏，做了全村人的年夜饭。树这才长长地吐出一口恶气，把心装进肚子里。转年开春后，树拼了命伸展黑暗里的根，才仄仄歪歪活过来。

树出落成大树后，身上还拴过一头老牛。老牛可不像羊那么顽皮，更不像猪那么贪吃贪睡和肮脏，它总是静静地卧在树荫下，眼睛眨也不眨地凝望着远方的田野，嘴巴不停咀嚼着，仿佛有反刍不完的失落，想不完的心事似的。也许它已预感到大限将近，岁月留给自己的日子已经不多了。有许多次，树看见纵横的泪水顺着老牛深陷的眼窝流淌下来，却不知道怎样安慰它，只好扭过脸去，摇摇头，叹息一声，落下纷纷扬扬的叶子来。

树还记得它裸露的根上曾经坐过一个孩子，一对男女和一个老者。如今孩子已有了女人；男女已成了家并且生下了自己的孩子；老者已被自己的孩子哭泣着安葬到田野里，成了土地的孩子。世界就这样生生不息地轮回着，似乎改变了什么，又似乎什么都不曾改变。树想自己不定哪天也会倒下，化成泥土的一部分。树想到这儿心里就压上了一块石头。树想与其这样闲着，还不如趁自己还有些力气，再找点什么事情做做。树探头向村人的院子里望去，院子里一个人影也没有，只有几只脸涨得通红的母鸡扑闪着翅膀，咯咯地叫着低头觅食，风打着旋儿扬起地上的碎草纸屑，炫耀着飞向临近的院子。树拉拉另一棵树伸过来的手，另一棵树也条件反射似的点点头，表示自己也看见了。树怅然地闭上眼睛，恍恍惚惚进入了梦乡。

树梦见春天提前来到了流水湾，自己也突然年轻起来，爆出更多的叶芽，开出更繁盛的花儿，风风火火地忙碌起新一年的事情，还抑制不住内心的狂喜，惊惊乍乍向返青的麦苗、破土的小草、经过树下的生灵和村人问好。那些村人先是满面春风地微笑，渐渐围拢过来后，却突然收起笑容，同时向它抡起了藏掖在衣服下的斧头……

树醒过来时已天近黄昏。落日正一寸一寸融化在村庄尽头。无边的黑暗不动声色地淹没过来，厚厚的积雪也不再刺眼，树感到浑身冰凉，像刚从冰窟窿里挣扎上来一般。多长时间也不见鸟儿飞过来，停在枝头歇脚了，原来隐藏在树叶深处的鸟巢也支离破碎得没有一点鸟巢的样子了，树索性用力把它抖落在雪地上。甚至对那个每天披着夜色走到村口、满眼泪水地痴望着远方的美丽女人也不再搭理，似乎它很快也要步安息的老人后尘离去。

树累了，倦了。树抬起头望望四野和天空，四野一片岑寂，天空高远而深不可测。树幽幽地吐出了最后一口气。

今夜你来到流水湾，并且留住下来。夜阑更深，你突然被惊醒了。你听见整个流水湾回荡着咯咯喳喳的恐怖的断折之声。天亮以后，你走到村外，远远地就看见了那棵倒在雪地上的大树，四周横七竖八躺满密密麻麻的断枝，断折的茬口上，无色的津液结着一层不易觉察的薄冰。

没有人知道树是什么时候倒下的，也没有人知道树为何拒绝继续活下去，从那时直到如今，流水湾的空气里一直飘荡着死亡的血腥气息。

我想，它也许是有关你的生活碎片的神示。